London im Jahr 1888: An einem unschuldigen englischen Sommertag hat die erfolgreiche Schriftstellerin mittelalterlicher Liebesromane – Miss Amelia Spencer – eine Erscheinung. Hingelagert auf ihrer Chaiselongue, liegt anmutig ausgestreckt ein Faun, einen kleinen Huf auf eines von Miss Amelias Samtkissen gestützt. Er entpuppt sich als verführerischer und entzückender Gentleman namens Fritz Forrester, dem Amelia nach anfänglichem Widerstand gerne erliegt. Eine Liebe mit doppeltem Boden, denn während Amelia ihre Gefühle entdeckt, versucht Fritz auf die Figuren in ihrem letzten, noch unvollendeten Roman Einfluß zu nehmen. Es zeigt sich, daß er Amelias Heldin, die schöne Eleanor, schon lange zu kennen scheint und eine höchst eigensinnige Vorstellung vom Ausgang ihrer Geschichte hat. Miss Amelia spürt, wie mit dem Auftauchen des Fauns nicht nur die Liebe, sondern zugleich eine unheimliche und drohend unbekannte Welt Einzug in ihr kleines Londoner Haus hält.

Ein Roman über die phantastischen Fallen der Liebe, ein abgründiges romantisches Märchen, hineingespiegelt in die Welt einer englischen Romanschriftstellerin. Und zugleich ein kluges Buch über die Liebe. Parallel zur Welt der Amelia Spencer erzählt Anna-Karin Palm die moderne Liebes- und Leidensgeschichte einer in London lebenden jungen Frau anhand ihrer Tagebuchaufzeichnungen. Ein weiterer funkelnder Splitter in einem Spiegelkabinett der Liebe.

Anna-Karin Palm, 1961 geboren, gehört zu den profiliertesten schwedischen Schriftstellerinnen der jüngeren Generation. Mit ihrem Roman ›Die Töchter des Malers‹ (Bd. 14396) gelang ihr der internationale Durchbruch.

Unsere Adresse im Internet: www.fischer-tb.de

Anna-Karin Palm

Der Faun

Roman

Aus dem Schwedischen von
Verena Reichel

Fischer Taschenbuch Verlag

›Der Faun‹ erschien erstmals auf deutsch
im Rowohlt Taschenbuch Verlag GmbH, Reinbek bei Hamburg 1994

Neuausgabe
Veröffentlicht im Fischer Taschenbuch Verlag,
ein Unternehmen der S. Fischer Verlag GmbH,
Frankfurt am Main, November 2002

Die schwedische Originalausgabe erschien 1991
unter dem Titel ›Faunen‹

First published by Albert Bonniers Förlag AB, Stockholm, Sweden

Published by arrangement with Linda Michaels Limited,
International Literary Agents
Satz: Pinkuin Satz und Datentechnik, Berlin
Druck und Bindung: Clausen & Bosse, Leck
Printed in Germany
ISBN 3-596-15732-3

Should I, after tea and cakes and ices,
have the strength to force the moment to its crisis?

T. S. Eliot

Die Uhr am Kirchturm schlug neun, als Miss Amelia Spencer ihr Arbeitszimmer betrat. Sie hatte gerade ihr Frühstück beendet, das sie stets an einem wackeligen Tisch vor dem Küchenherd einnahm. Morgens war sie immer so ungeduldig, ihr Tagewerk zu beginnen, daß sie jedesmal mit dem unangenehmen Gefühl erwachte, verschlafen zu haben – obwohl sie seit bald zehn Jahren Schlag acht erwachte. Das Frühstück schlang sie stets herunter und verbrannte sich die Zunge an dem heißen Tee; das Gefühl von Ungeduld und Verspätung verließ sie erst, wenn sie in der Tür des Arbeitszimmers stand.

Es war ein schöner Raum, der schönste im ganzen Haus, vermutlich weil es das einzige Zimmer war, mit dem Miss Amelia sich wirklich Mühe gegeben hatte. Vor dem großen Bogenfenster mit Ausblick auf den Hinterhof stand ein mächtiger Schreibtisch. Die dunkelgebeizte Platte war vom Alter mitgenommen und verschrammt, und er hatte zahlreiche Schubladen mit gelben Messingbeschlägen. Der Schreibtisch war Miss Amelias liebster Besitz und einer der wenigen Gegenstände, die sie von ihrem Elternhaus zurückbehalten hatte. Er hatte ihrem Vater, dem Pfarrer, gehört, und für Amelia verband sich damit der dunkle, nach Büchern duftende Raum im Pfarrhaus, wo er seine Predigten verfaßt hatte. Jetzt sah der Schreibtisch jedoch völlig anders aus, in diesem hellen Londoner Zimmer, bedeckt mit den wohlbekannten Utensilien, die Miss Amelias Leben ausmachten. Auf der linken Seite stand ein großes Tintenfaß aus Messing, daneben das Gestell mit dem Schreibzeug. Am rechten Rand der Schreibtischplatte lag ein Stoß mit weißen

Bögen, säuberlich gestapelt. Eine Mappe mit vollgeschriebenen Blättern steckte rechts in einem Fach, und in der Mitte des Schreibtischs, vor dem Fenster, stand ein gerahmtes Bild des Pfarrhauses.

Das Fenster war von einer großen Kastanie beschattet, die dem Raum ein freundlich gefiltertes Licht gab. Die linke Wand bedeckten Bücherregale vom Boden bis zur Decke, vollgestopft mit allen nur erdenklichen Büchern. Ein dicker Orientteppich, abgetreten zwar, aber von tiefer Leuchtkraft, trug zur wohnlichen Stimmung des Raums bei. An der rechten Wand stand eine kleine Chaiselongue, mit moosgrünem Samt bezogen, und daneben ein kleiner Tisch mit einer großen Palme in einem Topf.

Miss Amelia öffnete wie gesagt Schlag neun die Tür zu diesem Zimmer, und wie stets überlief sie ein freudiges Prickeln angesichts des bevorstehenden Tagewerks. Der Roman im mittelalterlichen Milieu, an dem sie arbeitete, neigte sich seinem Ende entgegen, und daher betrat sie ihr Arbeitszimmer mit besonderer Ungeduld.

Doch auf der Schwelle blieb sie wie festgenagelt stehen, statt wie üblich direkt zum Fenster zu gehen und die schweren roten Samtvorhänge zur Seite zu ziehen. Sie stand starr da, die Arme seitlich herabhängend, und wagte kaum, sich zu rühren.

Auf Miss Amelias Chaiselongue saß ein Faun.

Saß ist vielleicht zuviel gesagt, es wäre wahrheitsgemäßer zu sagen, daß ein Faun sich auf die Chaiselongue hingelagert hatte; anmutig ausgestreckt, einen kleinen Huf auf eins von Miss Amelias Samtkissen gestützt. Er hatte die Augen geschlossen, doch er schien nicht zu schlafen, denn die Hände, die er in die Luft streckte, bewegten sich langsam in kleinen Kreisen, und ein Lächeln umspielte seine vollen Lippen.

Miss Amelia machte eine rasche Bewegung, wie um aus dem Zimmer zu stürzen, und da öffnete der Faun die Augen und blickte sie ernst an. Sie wagte es nicht, sich vom Fleck zu rühren, und so blieb sie einfach stehen, starrte den Faun an und fragte sich, ob sie wahnsinnig geworden sei. Auch der Faun rührte sich nicht, aber er ließ die Hände sinken und lächelte nicht mehr.

Schließlich, nach einer Zeit, die sehr lang schien, räusperte sich Miss Amelia, vor allem, weil sie nicht wußte, was sie tun sollte. Der Faun runzelte die Augenbrauen, und da nieste Amelia. Dann nieste sie noch einmal und noch einmal; sie empfand sich zweifellos als sehr töricht, aber sie konnte nicht aufhören. Zehnmal nieste sie insgesamt – und da begann der Faun zu lachen: ein lautes, hell perlendes Lachen, das eine Reihe spitzer weißer Zähne entblößte.

Aus irgendeinem Grund wirkte dieses Lachen irritierend auf Miss Amelia, und sie beschloß, so zu tun, als sei der Faun überhaupt nicht da. Mit entschlossenen Schritten ging sie zum Fenster und griff nach der mit einer Troddel verzierten Gardinenschnur. Der Faun hörte abrupt auf zu lachen und sagte erbost, mit rauher Stimme, die ganz anders war als sein klingendes Lachen: – Laß das sein.

Erschrocken drehte sich Amelia um und sah ihn an. Er hatte sich von der Chaiselongue erhoben; Amelia bemerkte, daß er im Stehen klein war, nicht größer als sie selbst, und irgendwie fand sie das beruhigend. Sie wollte ihn gerade fragen, was um Himmels willen er in ihrem Arbeitszimmer zu suchen habe, als der Faun selbst wieder das Wort ergriff. Er tat einen Schritt auf sie zu und sagte sehr streng: – Ich bin böse auf dich, Amelia, sehr böse. Und dann schnalzte er ein wenig mit der Zunge, auf eine sonderbar spielerische Weise, die in einem völligen Gegensatz zu seinem Gesichtsausdruck stand.

– Wie bitte? sagte Miss Amelia mit zitternder Stimme und merkte, wie sich alles in ihrem Kopf zu drehen begann. Der Faun schien vor ihren Augen zu schwanken, dann wurde er zu einem Muster aus bunten Flecken, die sich langsam in Dunkelheit auflösten.

Als Miss Amelia wieder zu Bewußtsein kam, war sie allein im Zimmer. Ihr erster Gedanke war, sie müsse alles geträumt haben, aber dann merkte sie, daß sie ausgestreckt auf der Chaiselongue lag und nicht vor dem Schreibtisch am Fenster, wo sie in Ohnmacht gefallen war. Konnte sie auch das geträumt haben? Doch in den zehn Jahren, die sie hier gewohnt hatte, war sie kein einziges Mal zur Chaiselongue gegangen, um sich hinzulegen, wenn sie morgens das Arbeitszimmer betrat. Nein, jetzt, da sie wieder völlig klar im Kopf war, wußte Amelia plötzlich, daß sie nicht geträumt hatte, das alles war passiert, und – noch schlimmer – als sie ohnmächtig wurde, mußte der Faun sie aufgefangen und zur Chaiselongue getragen haben. Miss Amelia schauderte, als sie an seine nackten, behaarten Beine dachte. Sie setzte sich auf und sah sich im Zimmer um. Wo war er abgeblieben? Und wie konnte überhaupt so etwas wie ein Faun existieren, in ihrem Arbeitszimmer, mitten im Zentrum von London im Jahr 1888?

Sie fühlte sich am ganzen Körper wie zerschlagen, als sie aufstand, zum Fenster ging und die Vorhänge zur Seite schob. Die Sonne flutete voll ins Zimmer; sie sah die Blätter der Kastanie sich leicht im Wind bewegen und erkannte zu ihrem Schrekken, daß sie offenbar lange ohnmächtig gewesen war. Die Sonne stand genau über dem weißen Haus gegenüber, was bedeutete, daß es bald zwölf sein mußte. Der ganze Morgen mit seinen kostbaren Arbeitsstunden war bereits verstrichen! Und da Dienstag war, würde Mary um zwölf kommen, zum Putzen und Waschen. Rasch verließ Amelia das Arbeitszimmer, durchquerte den Flur und ging ins Wohnzimmer. Dieses lag zur Straße und zum Kirchturm, und Amelia warf eilig einen Blick auf die Uhr. (Obwohl in einer Ecke des Wohnzimmers, neben dem Kamin, eine kleine vergoldete Wanduhr hing, sah Amelia meist auf die Kirchturmuhr, da sie diese für zuverlässiger hielt.) Zwanzig Minuten vor zwölf, also blieb ihr noch etwas Zeit. Sie eilte zurück ins Arbeitszimmer, rückte den Stuhl zurecht und holte die Mappe hervor. Bis wohin war sie gekommen? Ungeduldig blätterte sie in den vollgeschriebenen Seiten; den Faun hatte sie vergessen und wußte jetzt nur, daß die Zeit drängte. Wollen wir doch mal sehen …

> Die schöne Eleanor setzte sich ermattet auf einen Stein am Bach und verbarg das Gesicht in den Händen. Sie hörte nicht das fröhliche Plätschern des Bachs, sah nicht das lichte Grün der Bäume; nein, sie sah nicht einmal ihren treuen Hund Fabian, der winselnd zu ihren Füßen lag. Ihre Augen standen voller Tränen, und in ihrer Brust brannte eine große Verzweiflung. Fabrizio, ihr geliebter Fabrizio, hatte sie verschmäht, und heute würde er mit der reichen Helena Hochzeit halten. Genau an diesem Bach hatten sie einander ewige Treue geschworen, sie und Fabrizio, und dann hatte er sie geküßt. Eleanor erinnerte sich daran, als sei es gestern gewesen. Erstarrt vor Schmerz und Trauer saß sie auf dem Stein, ein Inbild verratener Liebe. Dann erhob sie sich, bleich, aber gefaßt, und zog aus ihrem Mieder einen kleinen perlenbesetzten Dolch. Ohne Fabrizios Liebe wollte sie nicht leben …

Miss Amelia seufzte tief, zog eine Feder aus dem Kielfuß, tunkte sie ins Tintenfaß und senkte sie auf das unbeschriebene Blatt. Doch sie blieb mit der Feder in der Hand sitzen, zögernd. Sie hing so sehr an ihrer Heldin, der schönen und edlen Eleanor, daß es ihr jetzt fast widerstrebte, sie in den Tod gehen zu lassen. Aber das hatte sie doch die ganze Zeit gewußt, daß sie diesmal einen tragischen Roman schreiben würde? Er war so gut wie beendet, es fehlte nur noch der Dolchstoß, unerbittlich, und dann ein abschließendes Kapitel, in dem Fabrizio die Nachricht vom Tod der Geliebten erhält; erfüllt von Reue und Verzweiflung eilt er zu ihr in den Wald, küßt ihre bleiche, kalte Stirn und beschließt, ihr in den Tod zu folgen. All das hatte Amelia schon lange im Kopf gehabt, aber jetzt, da das Ende nahte, widerstrebte es ihr irgendwie. Warum sollte sie überhaupt einen tragischen Roman schreiben? War der Grund nicht, daß ihr Verleger, Mr. Finkle, bei ihrem letzten Besuch angedeutet hatte, das Publikum wünsche jetzt tragische historische Romane?

Wieder seufzte Amelia und stützte die Stirn in die Hand. Sie brachte es nicht über sich weiterzuschreiben. Irgend etwas an ihrem Roman erschien ihr aufgesetzt, unecht. Sie konnte bloß nicht verstehen, was. Mit der Milieuschilderung war sie sehr zufrieden, ebenso mit dem Porträt ihrer Heldin.

Plötzlich tauchte eine Erinnerung in Amelias Kopf auf, dunkel und verschwommen wie etwas, das vor langer Zeit geschehen war. Jemand hatte behauptet, böse auf sie zu sein – wer um alles in der Welt hatte einen Grund, ihr böse zu sein? Sie legte die Feder weg und erhob sich, gerade als die Uhr am Kirchturm zwölf schlug, und da kam ihr die Erinnerung wie ein Blitz: der Faun, sie war ohnmächtig geworden, er war böse auf sie, und jetzt war es zwölf, und Mary konnte jeden Moment eintreffen.

Verwirrt verließ sie ihr Arbeitszimmer, ohne zu verstehen, was sie von dem halten sollte, was ihr am Morgen zugestoßen war; schon im Flur hörte sie Marys Klopfen an der Küchentür. Mit der Vorahnung beginnender Kopfschmerzen ging Amelia, um ihr zu öffnen.

Nach dem Lunch machte Miss Amelia gewöhnlich einen Spaziergang, um sich nachmittags der Lektüre zu widmen. Dank dieser Angewohnheit hatte sie sich im Lauf der Jahre eine breite Bildung angeeignet – eine Tatsache, auf die sie insgeheim gar nicht wenig stolz war. Heute jedoch, da so vieles in ihrem ruhigen Leben durcheinandergeraten war, beschloß sie, den Spaziergang zu überspringen. Ihre Freundin Natalie hatte sich zum Tee angesagt, und Amelia wollte vorher die Ereignisse des Morgens in Ruhe durchdenken. Sie machte es sich in einem der Sessel vor dem Kamin im Wohnzimmer bequem.

Wir nehmen die Gelegenheit wahr, unsere Heldin kurz vorzustellen, während sie nachdenklich in ihrem Sessel sitzt, die Stirn in kleine nadelfeine Falten gelegt: Miss Amelia ist dreiunddreißig Jahre alt, und als vor zehn Jahren ihre Eltern bei einem Unfall ums Leben kamen, übersiedelte sie aus ihrem kleinen Heimatdorf Plumtree-on-Stoke nach London. Das Erbe, das ihr die Eltern hinterließen, war bescheiden, die Zinsen reichten kaum für ihren Unterhalt. In der ersten Zeit in London hatte sich Amelia als Gouvernante durchgeschlagen, doch die Arbeit mißfiel ihr, und sobald ihr erster Roman angenommen wurde (und sie erkannte, daß er ihr etwas Geld einbringen würde), kündigte sie. Seitdem war ihr Leben in einem gleichmäßigen Rhythmus verlaufen; ein Tag war wie der andere, und das war Amelia recht.

Sie hatte schon immer geschrieben, kleine Erzählungen und anspruchslose Naturbeschreibungen, und den ersten Roman hatte sie vor allem deshalb angefangen, weil sie nichts mit ihrer einsamen Zeit anzufangen wußte. Es war ein konventioneller Liebesroman, aber für sie war es ein Abenteuer gewesen, ihn zu schreiben. Sie lebte unter ihren erdichteten Gestalten, sie wurden ihre Freunde, und abends setzte sie sich voller Spannung hin, um sie neue Abenteuer und Verwicklungen durchlaufen zu lassen. Vielleicht war es die Liebe zu ihren Romanfiguren, die sie befähigt hatte, sie so außerordentlich anziehend zu schildern, daß das Buch großen Anklang gefunden hatte.

Danach hatte sie noch zwei weitere Romane publiziert; der eine ebenfalls ein Liebesroman im Ambiente des 18. Jahrhunderts, doch der dritte Roman war anders. Es war die Entwicklungsgeschichte einer jungen Frau, die in einem kleinen englischen Dorf aufwächst, und die Hauptperson hatte viele Züge von Miss Amelia entliehen. Doch leider traf der Mangel an dramatischen Ereignissen und aufregenden Liebesgeschichten nicht den Geschmack des Publikums, das Geld begann zu versiegen, und da war Mr. Finkle mit seinem dezenten Hinweis auf tragische Romane gekommen. Gehorsam folgte Amelia seinem

Rat und arbeitete fleißig, ohne Rücksicht auf die vagen Unlustgefühle, die sie angesichts des fortschreitenden Romans überkamen. Sie war zufrieden damit, unabhängig zu sein, und sie liebte das Schreiben, was immer dabei herauskam. Freunde hatte sie eigentlich keine, außer Natalie (sie hatten sich auf einem Empfang kennengelernt, den Mr. Finkle beim Erscheinen ihres ersten Romans gegeben hatte).

Im übrigen war Amelia gern allein. (Wie Miss Amelia aussieht? Das ist eine Frage, an die sie selbst nie einen Gedanken verschwendet, und so lassen wir sie dahingestellt, bis sie selbst sie aufgreift.)

Miss Amelia seufzte tief und starrte in den Kamin, wo trotz des warmen Herbsttages ein kleines Feuer brannte. Jetzt war also dieser Faun aufgetaucht! Merkwürdigerweise, so scheint es, war es nicht sein Auftauchen, das Miss Amelia am meisten beunruhigte, sondern daß der Faun gesagt hatte, er sei ihr böse. Sie war immer so still und zurückhaltend gewesen, daß noch nie jemand richtig böse auf sie geworden war. Was hatte sie diesem Faun bloß angetan?

In ihrem Gedankengang an diesem Punkt angelangt, erkannte Amelia das Absurde an der ganzen Situation, daß sie überhaupt einen Faun gesehen hatte. Sie mußte ein wenig lachen, das Ganze erschien ihr so albern. Vielleicht hatte sie es sich doch nur eingebildet? Aber im tiefsten Inneren wußte Amelia, daß dies nicht der Fall war, und sie begann darüber nachzudenken, was sie eigentlich über Faune wußte. Kaum hatte sie sich erhoben, um ein Buch über griechische Mythologie aus ihrem Arbeitszimmer zu holen, da hörte sie die Türklingel. Einen verwirrten Augenblick lang dachte sie, das müsse er sein, der Faun, aber dann fiel ihr ein, daß Natalie sich angesagt hatte. Sie eilte in den Flur und öffnete die Tür.

Natalie sah wie üblich strahlend aus, sie trug heute ein mit Bisampelz verbrämtes, schwingendes Cape, und wie üblich machte sie Amelia darauf aufmerksam, daß sie sich wirklich ein Hausmädchen zulegen sollte, schließlich gehe es doch nicht an, daß eine Dame in ihrer Stellung und so weiter.

– Ich habe doch Mary, sagte Amelia und half Natalie aus dem Cape.

– Liebe Amelia, du bist wirklich zu exzentrisch, seufzte Natalie entzückt.

Nachdem die beiden Freundinnen sich an den Wohnzimmertisch gesetzt hatten, wo die Teekanne rund und warm an ihrem Platz stand, die Zuckerschale und die silberne Milchkanne bis zum Rand gefüllt waren, dazu ein üppiger, köstlich duftender Kuchen, den Mary noch rasch gebacken hatte, lehnte sich Natalie im Stuhl zurück und streckte beide Arme in einer anmutigen und zufriedenen Geste über den Kopf. Sie schien bis zum Bersten voller Neuigkeiten, und tatsächlich, nachdem Amelia ihr den Tee serviert hatte, beugte sie sich vor und sagte mit gedämpfter Stimme:

– Du ahnst nicht, welches Paar mir heute im Hydepark begegnet ist ...

Amelia ahnte sehr wohl, wer ihr begegnet war, denn der Tonfall verriet, daß es sich um die jüngste Liebesaffäre in dem Kreis handelte, in dem Natalie verkehrte, aber um die Freundin nicht zu enttäuschen, sagte sie, während sie den Teewärmer über die Kanne stülpte:

– Nein, erzähl! und setzte sich bequem auf dem Stuhl zurecht. Eifrig und mit glühenden Wangen berichtete Natalie nun von der bleichen kleinen Miss Pennymongler und Leutnant Fairwill, deren unbeholfene Liebesgeschichte solches Aufsehen erregt hatte. Amelia hörte mit halbem Ohr zu, warf hier und da an passenden Stellen Ahs und Ohs ein, spann aber innerlich weiter an dem Gedankengang, den Natalies Ankunft unterbrochen hatte. Der Faun. Gern hätte sie Natalie das Ganze erzählt, denn trotz ihrer Oberflächlichkeit und Neugierde war Natalie eine sehr loyale Freundin, ausgestattet mit einer nicht geringen Portion gesunden Menschenverstands (den sie allerdings sehr selten zeigte, denn solche Talente genießen kein besonderes soziales Ansehen). Doch Amelia traute sich nicht, da sie vorhersah, was Natalie über ihre geistige Gesundheit denken würde, wenn sie behauptete, sie habe einen Faun gesehen, ja sogar mit ihm gesprochen. Nein, das war ausgeschlossen.

Sie wurde in ihren Gedanken unterbrochen, als Natalie ihr eine Frage stellte. Amelia wollte sich gerade zu einer Antwort sammeln, obwohl sie nicht richtig zugehört hatte, als sie auf ihrem Stuhl erstarrte und mit halbgeöffnetem Mund vor sich hin stierte. Da war er wieder, der Faun! Nur wenige Schritte hinter Natalies Stuhl, mit dem Rücken zu ihnen. Interessiert betrachtete er einige Reproduktionen, die über dem Kamin hingen, ein Zyklus von sieben Bildern, genannt *Die Dame mit dem Einhorn.* Amelia fürchtete, er werde sich umdrehen und etwas sagen oder eine Bewegung machen, die Natalies Aufmerksamkeit erregte – und blitzschnell wurde ihr klar, daß sie keineswegs wünschte, daß Natalie ihn sah.

– Liebe Amelia, was ist dir! rief Natalie aus, du mußt dir doch eine solche Frage nicht zu Herzen nehmen, schließlich weiß doch jeder, daß die beiden bei allen möglichen und unmöglichen Gelegenheiten zusammen gesehen wurden. Natalie schüttelte den Kopf ein wenig, als wolle sie ihrer Empörung Ausdruck geben, doch ihre Augen leuchteten vor Entzücken, und Amelia wußte ganz genau, daß sie nicht im geringsten schokkiert war. Natalie betete die Liebe an, in welcher Gestalt auch immer sie auftrat, und sie konnte ganz schön unerschrocken sein, was ihren eigenen Ruf betraf. Amelia schluckte und versuchte irgendeine Antwort zu finden, aber sie wagte den Faun nicht aus den Augen zu lassen. Woher war er so plötzlich gekommen?

– Weißt du, Amelia, sagte Natalie streng, ich glaube, du würdest diese Dinge überhaupt nicht so schwer nehmen, wenn du eine eigene Liebesgeschichte erlebt hättest. Das ist eigentlich genau das, was dir fehlt. Wie du weißt, war ich schon immer dieser Meinung, und ich verstehe absolut nicht, warum du keine hast. An Gelegenheiten hat es ja wohl kaum gefehlt. Auffordernd blickte sie Amelia quer über den Tisch an, und diese errötete tief. Sie haßte es, über sich selbst zu sprechen und vor allem über die Liebe.

– Du weißt doch, daß ich keine Lust habe, dieses Thema zu erörtern, sagte sie und hörte selbst, daß sie blödsinnig erregt klang. Dann errötete sie aufs neue, diesmal bis hinunter zum Hals, denn der Faun hatte sich umgedreht und betrachtete sie jetzt mit einem, wie ihr schien, spöttischen Lächeln auf den Lippen. Amelia versuchte ihn nicht anzusehen und fixierte die etwas verdrießlich wirkende Natalie mit dem Blick.

– Oh, Natalie, rief sie aus, darüber haben wir doch schon oft genug gesprochen! Ich bin an der Liebe nicht interessiert, das heißt, außer in meinen Büchern. Sie hat einfach keinen Platz in meinem Leben; was könnte ich zustande bringen, wenn ich den lieben langen Tag mit Liebesträumen herumginge? Nein, das bringt nur Kummer. Sieh dich doch selber an, wie viele Tränen hast du doch wegen diverser Mannsbilder vergossen – von denen obendrein keiner, das sage ich dir unverblümt, deiner auch nur im geringsten würdig war.

Sie beugte sich über den Tisch und ergriff Natalies Hand in einem plötzlich aufsteigenden Gefühl von Zärtlichkeit. Natalie lächelte ihr zu und zögerte mit der Antwort. Ihre Augen verloren sich irgendwo über Amelias Kopf und nahmen einen verträumten Schimmer an. Amelia warf einen raschen Seitenblick auf den Faun: er war noch da. Er lehnte am Kaminsims und verfolgte ihr Gespräch mit offenkundigem Interesse. Unter erneutem Erröten wandte Amelia den Blick von ihm ab.

– Ja, du hast recht, sagte Natalie langsam, mit ihrer allersanftesten Stimme, ich habe viel geweint um der Liebe willen. Aber du verstehst nicht, daß es süße Tränen sind. Und alle Träume, alle Sehnsucht, alle Augenblicke von Wonne und Glückseligkeit! Nein, ich begreife nicht, wie man ohne das leben mag.

Sie seufzte und blickte Amelia wieder an. Oh, wie sentimental sie ist, dachte Amelia mit plötzlicher Gereiztheit, was für ein einfältiges Geplapper!

– Nein, nein, nein, sagte Amelia, dergleichen ist nichts für mich. Sie hörte, daß sie richtig wütend klang, und sah überhaupt nicht in Richtung des Fauns.

– Aber wie kannst du etwas ablehnen, von dem du nichts weißt, erwiderte Natalie mit zunehmender Schärfe in der Stimme, etwas, das für viele Menschen die große Freude im Leben ist?

– Pah, schnaubte Amelia. Für mich ist die Freude im Leben, ein ruhiges Dasein zu haben und mich mit dem zu beschäftigen, was mir gefällt, nämlich Bücher schreiben. Ich dachte, das hättest du doch verstanden, Natalie. Was soll ich denn mit einem Mann? Sie tun sich nur wichtig und machen sich breit und bringen alles durcheinander – nein danke, weißt du, ich komme sehr gut allein zurecht.

Natalie erhob sich langsam aus dem Stuhl, und auf einmal sah sie plötzlich beinahe zornig aus. Ihr schönes Gesicht glühte, als sie sich über den Tisch beugte und die letzten Worte hervorstieß:

– Eins will ich dir sagen, meine gute Amelia, und das nimmst du jetzt vielleicht doch ernst. Ich habe die Liebesgeschichten in deinen Romanen schon immer äußerst bleichsüchtig gefunden, und ich bin überzeugt, das kommt daher, daß du in Wirklichkeit nicht das geringste von der Liebe weißt. Wenn du erst einmal aus einem echten Gefühl heraus schreibst, werde vielleicht auch ich deine Romane mit wahrem Vergnügen lesen – aber erst dann!

Mit diesen Worten rauschte Natalie aus dem Zimmer. Amelia war so schockiert, daß sie es nicht einmal schaffte, sie zur Tür zu bringen, sie blieb einfach nur auf dem Stuhl sitzen und starrte auf ihre bleichen Hände. In weiter Ferne hörte sie die Wohnungstür zuschlagen. Natalie, ihre einzige Freundin, mochte also ihre Romane nicht! Miss Amelia fühlte sich so leer, so einsam, als sei sie der einzige Mensch auf der Welt – und so überzeugend war dieses Gefühl, daß sie zusammenfuhr und fast vom Stuhl gefallen wäre, als sie plötzlich neben sich eine Stimme hörte.

– Soso, sieh mal an, sagte die Stimme, und zuerst begriff Amelia überhaupt nicht, woher sie kam. Doch dann entdeckte sie den Faun, der hinter einem der schweren Sessel vor dem Kamin auftauchte. O nein, nicht schon wieder! Mit einer erschöpften Geste verbarg Amelia das Gesicht in den Händen. Es pochte in ihrem Kopf, und sie fühlte die Tränen in die Augen schießen.

– Geh weg, verschwinde, ich mag dich nicht mehr sehen! schrie sie dem Faun zu und brach in hemmungsloses Schluchzen aus. Was folgte, war ungefähr das einzige, womit sie nicht gerechnet hatte; es wurde ganz still im Zimmer, und als sie nach einer Weile aufsah, war der Faun verschwunden.

An diesem Abend hatte Miss Amelia Schwierigkeiten mit dem Einschlafen. Lange drehte und wendete sie sich im Bett hin und her, konnte aber den eigenwilligen Bewegungen ihrer Gedanken nicht entrinnen. Schon den ganzen Abend hatte sie in der Gewalt dieser Grübeleien verbracht; jetzt hatten sie das Stadium erreicht, in dem sie nicht mehr Gedanken zu nennen waren, sondern eher wirre Fragmente, abgebrochene Dialoge und Szenen aus den Ereignissen dieses Tages, die sich ständig wiederholten. Außerdem – unsere Amelia wollte sich das selbst nicht recht eingestehen – war sie den ganzen Abend im Haus herumgegangen, in der Hoffnung, der Faun würde wieder auftauchen. Bald hatte sie sich in der Küche zu schaffen gemacht, bald im Arbeitszimmer, sie hatte in die Ecken und dunklen Winkel der Zimmer gespäht, aber er war nicht da. Eine Frage, die hartnäckiger als alle anderen in ihrem schlaflosen Kopf herumschwirrte, war: Und wenn er nun für immer verschwunden ist?

Schließlich stand Amelia auf, zog den Morgenmantel an und ging hinunter in die Küche, um sich etwas Lindenblütentee aufzubrühen. Dort unten war es kalt und dunkel, sie zündete die Petroleumlampe und einige Wachskerzen an. Dann setzte sie sich an den Tisch und tat einen großen Löffel Honig in den heißen Tee. Kalt und dunkel – und einsam. Ja, Miss Amelia fühlte sich tatsächlich einsam. Es war für sie, die meistens einsam war und gut damit zurechtkam, ein unangenehmes und ungewöhnliches Gefühl. Oft hatte sie die Gesellschaft anderer Menschen gemieden und sich gegenüber neuen Bekanntschaften kühl verhalten. Sie hatte sich selbst gesagt, sie habe kein sehr großes Bedürfnis nach anderen Menschen, und das war die Wahrheit gewesen.

Natalie war die einzige gewesen, die sie regelmäßig sah, und jetzt, da sich zwischen ihnen unversehens diese tiefe Kluft aufgetan hatte, erkannte Amelia, wieviel ihr Natalies Besuche bedeuteten. Ihr leichtes, fröhliches Geplauder, ihre Klatschgeschichten und ihre Begeisterung für alles mögliche: neue Menschen, neue Bücher und neue Ideen – all das hatte Amelia belebt und in gewisser Weise die Welt in ihr kleines Haus hineingezogen. Und jetzt? Amelia wollte Natalie nicht wiedersehen, nicht nach dem, was sie über ihre Romane gesagt hatte, dazu war sie zu stolz und zu verletzt. Aber es tat weh, Natalie zu verlieren (noch dazu auf diese Art!), und sie fühlte sich sehr einsam.

Der Lindenblütentee wärmte und beruhigte Miss Amelia, er zerstreute den Tanz der unruhigen Gedanken und legte sich ihr wie ein schwerer, warmer Kloß in den Magen. Doch die Trauer konnte das nicht lindern, und plötzlich, mitten in der Nacht, in ihrer eigenen Küche, und zum zweitenmal an diesem sonderbaren Tag, brach Amelia in Tränen aus. Verzweifelt schluchzte sie an ihrem Küchentisch, und die Tränen flossen in Strömen. Sie hatte das Gefühl, etwas zutiefst Persönliches sei ihr genommen, ihr Inneres sei genauso dunkel und verlassen wie ihr einsames Haus in der schlafenden Stadt, und mit dünner Stimme rief sie in die Stille:

– Komm doch zurück, hörst du!

Aber niemand kam, und als die Kirchenuhr vier schlug, schlief Miss Amelia ein, den Kopf auf den Armen, an ihrem Küchentisch sitzend.

13. Juli
Eine Jukebox dröhnt in einem menschenleeren Café in Wales, genauer gesagt in Aaberaeron. Der dicke Caféhausbesitzer, mit dem traurigen und zerknitterten Gesicht eines Boxers, hat auf unsere höfliche Bitte hin die Lautstärke hochgedreht. Rolling Stones *Paint it black*, und bitterer englischer Tee, der mir die Unterlippe verbrennt. Mir gegenüber an der Resopalplatte des wackeligen Tisches sitzt Rakel mit leeren, abwesenden Augen. Eine Art Müdigkeit zwischen uns: erschöpft und übervoll von Erlebnissen, Eindrücken, Gesprächen.

Gestern abend kamen wir in Bristol an. Von dort aus, mitten in der Nacht, nahmen wir einen kleinen Zug, in dem wir offenbar die einzigen Reisenden waren. Schliefen ein und erwachten in totaler Abgeschiedenheit. Milford Haven stand auf dem Schild an dem schmalen grasbewachsenen Bahnsteig. Feuchter Nebel lag über dem Ort, und von hier gingen keine Züge mehr. Wir trampten zur Küste, es ging problemlos, nur daß die Wärmewelle, der wir entflohen waren, aus der frischen Morgenluft wie der Hammerschlag eines bösen Engels auf unsere Köpfe niederfuhr.

So gelangten wir hierher nach Aaberaeron, das sich in einer Flußniederung ausbreitet, wo die mit Heidekraut bewachsenen Berge zusammentreffen. Der Strand ist steinig, es gibt eine Mole, die Gezeiten ziehen das schleimige Seegras hin und her. Das Meer ist grau, der Horizont scharf umrissen. Wir haben den halben Tag einfach auf einer Bank am Strand verbracht, schweigend, ruhig. Nach dem vergangenen Jahr, in dem wir nicht nur räumlich, sondern in gewisser Weise auch seelisch getrennt waren, haben wir wieder zueinandergefunden. Die Einsamkeit haben wir verschieden erlebt, unsere Kämpfe waren nicht die gleichen. Dennoch waren sie ja durch das doppelte Band des Verrats unauflöslich verbunden. Vielleicht haben wir jetzt den Punkt wechselseitiger Nähe erreicht, an dem die Gegenbewegung einsetzen kann – bald werden wir uns auch trennen. Mein selbstgewählter Auftrag ist ausgeführt. Vermutlich fahren wir morgen nach London.

> Rilke schreibt ganz am Schluß des *Malte* über die Legende vom verlorenen Sohn. Er sagt, der Sohn sei fortgegangen, weil er es nicht ertrug, so geliebt zu werden, es schwächte ihn. Er war gezwungen, der Gefährlichkeit der Familie den Rükken zu kehren, um lieben zu lernen; der Liebende zu werden statt der Geliebte.

Ich hatte diesen Abschnitt vergessen, und jetzt schlug er mit verheerender Kraft bei mir ein. Ich las ihn Rakel vor, doch sie sagte nichts, musterte mich nur interessiert.

16. Juli

Sitze in einem großen, kühlen Zimmer mit französischen Fenstern mit Blick auf einen kleinen Garten. Hier werde ich für eine Weile meine Bleibe haben; ich versuche, mich in die Zimmer einzulauschen und zu begreifen, daß ich hier leben werde. Das Haus ist groß und himmelblau, meine Vermieter ein gebildetes Paar in den mittleren Jahren, ein bißchen nervös und freundlich zerstreut. Ich habe zwei Zimmer und Küche ganz für mich.

Rakel packt, ich wollte ihr helfen, aber sie machte es lieber allein. Ich packe meine Gedanken zusammen, sagte sie und lächelte mir zu, übrigens wolltest du doch Tagebuch schreiben?

Sie strich die Haare zur Seite, die ihr in die Stirn gefallen waren, und sah mich mit diesem klaren, blanken Blick an. Manchmal weiß ich wirklich nicht, ob sie ironisch ist oder nicht. Ich höre sie in dem anderen Zimmer singen, ihre klangvolle Stimme vibriert von einer Art rastloser Nervosität. Sie ist jetzt am Endpunkt ihres Herumreisens angelangt und will wirklich zurückkehren. Ich glaube, sie wird es schaffen: Ich muß es glauben.

Merke, daß ich einen weiten Weg zu den Worten habe, sie tauchen vereinzelt mit größtem Widerstreben auf. Rakels und meine Vierundzwanzig-Stunden-Gespräche (in Zügen, Cafés, an Stränden, in Straßen, Museen, Bars) haben den größten Teil der Wortenergie verbraucht. Es ist, als hätten wir während der gesamten Reise ein und dasselbe Gespräch geführt, von dem Tag an, als ich nervös in Perugia ankam und sie in der Bar des Bahnhofs an die Wand gelehnt stehen sah: die smaragdgrüne Farbe ihres Pullovers kontrastierend zum kastanienbraunen Haar; ihre abwartende und zugleich fröhliche Haltung. Mit einer gewissen Vorsicht näherten wir uns einander. Ein einziges Gespräch, sporadisch unterbrochen von Schlaf, Schreiben, Schwimmen, Lesen oder Schweigen. Ein Gespräch und eine Reise.

(Erinnere mich, wie wir im Zug nach Rom geredet haben, voller Freude darüber, daß die erste Schwelle zwischen uns überschritten war. Vor den Fenstern türmten sich die steilen bewaldeten Berge in ihrer großartigen Schönheit, aber wir sahen nur einander. Erinnere mich an das amerikanische Paar, das mit aufrichtigem Erstaunen die Tatsache kommentierte, daß wir so ernsthaft miteinander *redeten*, ohne uns stören zu lassen.)

17. Juli

Habe heute einen Faun entdeckt, in der National Gallery. Ich fuhr in die Stadt, mit einer starken Sehnsucht nach Bildern statt nach Worten, und wurde auf der Stelle von diesem Faun verzaubert. Da hockte er, in einem der kleinen Räume linker Hand, zärtlich über die ausgestreckte tote Frau gebeugt. Eine Hand umfaßt ihre runde Schulter, die andere berührt zart, zart ihre Stirn. Es sieht so aus, als würde sie im Tod ihren Kopf an seinen Zeigefinger lehnen, ein friedliches Lächeln schimmert auf ihrem kleinen Mund. Er kniet, die Bocksfüße ordentlich unter den behaarten Schenkeln angewinkelt; sein Blick ist wehmütig und verwundert. Die Frau liegt auf der Seite, einen sandalenbekleideten Fuß über den anderen gestreckt. Sie ist in lose hellrote und hautfarbene Schleier gehüllt, die den Oberkörper, den sanft gerundeten Bauch und die kleinen abstehenden Brüste frei lassen. Blut sickert in einem dünnen Rinnsal aus ihrem gestreckten Hals auf die Brust herab, und auch auf dem linken Arm ist unter dem durchsichtigen Schleierstreifen Blut zu sehen. Ihr goldbraunes Haar liegt in dünnen Strähnen um ihren Kopf, eine Locke ringelt sich in ihre Halsbeuge.

Sie befinden sich auf einer mit weißen Blüten übersäten Wiese – ein Streifen gelbweißen Strands grenzt sie gegen das hellblaue Wasser ab, mit langgestreckten, dunkel blauenden Hügeln am Horizont. An beiden Seiten ist das Bild von blühenden Büschen eingerahmt. Unten am Strand sind drei Hunde, ein weißer, ein brauner und ein schwarzer. Ein vierter Hund aber sitzt zu Füßen der Frau und blickt sie mit traurigen Augen an. Große Vögel fliegen über das Wasser hinweg.

In dem Bild herrscht eine solche Ruhe, ein solcher Frieden. Nur der Faun ist in Bewegung, nur er ist neugierig und verwundert und bezaubert. Daß ihre Schönheit und ihre große Ruhe vom Tod herrühren, kümmert ihn nicht. Er berührt ihre Stirn und staunt; sie ist glücklich, daß sie hier ruhen darf, leicht gegen seine Hand gelehnt.

Rakel ist abgereist, und es ist angenehm, allein zu sein. Auf dieser intensiven Reise haben wir uns immer mehr einem Ort der Stille und Wortlosigkeit genähert: ein großes Vertrauen zueinander. Italien, Frankreich, Spanien, Portugal, England – wir haben uns wieder zueinander hingeredet. Über das, was damals eigentlich geschehen ist, vor mehr als einem Jahr, mit meinem Verrat und ihrer Flucht, haben wir jedoch kaum gesprochen; als hätten wir beide beschlossen, von vorn zu beginnen, zu unserer Freundschaft zurückzufinden wie zu etwas Neuem und doch zugleich Vertrautem. Sie sagt, sie habe es geschafft, sich endgültig zu befreien, und ich glaube ihr. Dieses Vertrauen ist jetzt das Wesentliche. Gegen Ende der Reise war sie immer stärker geprägt von ihrer Sehnsucht zurückzukehren und ihrer Angst davor; sie lebte irgendwo zwischen den Erinnerungen und der Rückkehr. Jetzt wird sie bald in Stockholm sein, und ich werde mein Studium aufnehmen und meinen Erinnerungen nachgehen, um vielleicht den Faden zu finden, der es möglich macht, das Gewebe zu verstehen. Von meinem Gefühl, sie in einem entscheidenden Moment im Stich gelassen zu haben, komme ich nicht los; deshalb muß ich weiterhin die Erinnerungsbilder von diesem Geschehen zusammenfügen und deuten, um irgendwann erkennen zu können, was wirklich zwischen uns geschah. Ich glaube, erst dann kann auch ich Frieden finden.

19. Juli

Hatte heute nacht einen ganz sonderbaren Traum, der mich den ganzen Tag lang verfolgt hat. Im Traum stand Rakel am Ende eines langen Korridors und blickte mich an. Sie trug ein helles, schmales Kleid und hielt gelbe Blumen in der Hand. Der Korridor war unwahrscheinlich lang und ganz gerade, mit grauweißen fensterlosen Wänden. Rakel sah mich an, schien mich jedoch nicht zu erkennen. Zögernd begann ich auf sie zuzugehen. Da merkte ich, daß der Boden des Korridors mit Schneckenschalen übersät war; kleine schimmernde Schnecken mit messerscharfen Kanten, die in meine nackten Füße schnitten und sie zum Bluten brachten. Ich schluchzte auf und blieb stehen, und als ich Rakel ansah, lächelte sie, und ich ahnte einen Duft nach Meer in der Wand hinter ihr.

Erwachte nahe am Weinen. Bestimmte Träume bleiben in einem, sie geben tagsüber den Gedanken ihre Färbung und hinterlassen eine Stimmung, die nicht zu durchbrechen ist. Ich bin spazierengegangen, habe gelesen und gegessen, aber immerzu hatte ich die blaßgelbe Farbe vor Augen und war den ganzen Tag traurig. Jetzt sitze ich wie fast jeden Abend hier am Tisch und sehe zum Fenster hinaus, und ich versuche den Traum zu verstehen. Er wirkt so konstruiert, fast überdeutlich symbolisch. Rakel ist wie zu einer Zeremonie gekleidet (Beerdigung? Hochzeit?), ich will zu ihr hingehen, aber sie erkennt mich nicht, und ich verletze mich unterwegs. Der Traum ermüdet mich in all seiner Deutlichkeit – und trotzdem habe ich das Gefühl, ihn überhaupt nicht zu verstehen.

Vor einer Weile erinnerte ich mich plötzlich und ohne direkten Anlaß an ein Fest, auf dem ich Ende letzten Sommers war. Ich palaverte in der Küche mit meinen Freunden, als Thomas auf dem Fest auftauchte und mich in ein leeres Zimmer zog. Er war erregt und wollte mit mir über Rakel sprechen. Es war ein paar Monate nach ihrer Abreise, und ich hatte neulich ›Den Brief‹ von ihr bekommen. Thomas hatte ich monatelang nicht gesehen.

Das Zimmer war dunkel, und wir machten kein Licht. Ich erinnere mich an sein Gesicht, das sich im Zwielicht abzeichnete: grau, müde und so nackt, wie es manchmal sein konnte, wenn er sich aus irgendeinem Grund entschlossen hatte, seine Deckung fallenzulassen, oder vielleicht einfach nicht mehr die Kraft hatte, eins seiner Gesichter aufzusetzen.

– Könntest du mir einen Gefallen tun, fing er an, und ich erinnere mich, daß ich dachte: Warum sollte ich dir einen Gefallen tun, nach allem, was ich jetzt von dir erfahren habe? Ich wollte ihn so gern hassen können, wollte ihm die ganze Schuld geben und Rakel als Opfer sehen. Aber ich kannte sie ja allzugut, um das tun zu können.

Wir unterhielten uns eine Weile; er wollte, daß ich Rakel überreden sollte, heimzukehren und ihr Studium zu Ende zu bringen. Das war der Gefallen, um den er mich bat. Er sprach lange davon, wie töricht es von ihr gewesen sei, ihr Jurastudium abzubrechen und nach Italien zu verschwinden, wieviel besser es für sie wäre, nach Hause zu kommen.

– Hier hat sie doch dich, höre ich ihn noch sagen, und obwohl ich darin sowohl die Schmeichelei wie die Hintergedanken erkannte, wollte ich so gern glauben, daß meine Freundschaft Rakels Seelenzustand durchaus zuträglich wäre.

– Wenn jemand sie dazu bringen kann, ihre Meinung zu ändern, dann du, fuhr er fort, auf dich hört sie immer.

Thomas gab mir Feuer für die Zigarette, und ich versuchte ihm in die Augen zu sehen, aber er hielt das Feuerzeug so, daß ich geblendet wurde, und statt dessen wurde mir bewußt, daß der Rausch meine Züge vergröbert hatte und daß er es sah.

Noch lange konnte ich mich an diesen Abend erinnern, und wie total Thomas mich entwaffnet hatte. Warum habe ich ihm nicht von Rakels Brief erzählt und daß ich jetzt wußte, wovor sie geflüchtet war? Warum habe ich nicht gesagt, daß ich ihn hassen sollte und ihm auf keinen Fall helfen würde, Rakel zur Rückkehr zu überreden? Heute erkenne ich, daß ich Thomas nur aus der Ferne hassen konnte; jedesmal, wenn wir uns trafen, war ich gezwungen zu kapitulieren, weil das, was uns verband – die Liebe zu Rakel –, soviel stärker war als alles andere. Und ich weiß ja auch, daß Rakel ihn wählte, weil er ihre Schwäche war, so wie sie die seine. Es heißt doch, man müsse lernen, mit seinen Schwächen zu leben.

Die Sonne ist schon untergegangen, ich sitze hier auf meinem Stuhl und erinnere mich. Rakel ist jetzt in Stockholm, ich habe Thomas den Gefallen getan, um den er mich bat, und sie zur Rückkehr bewegt. Doch was ihn betraf, war es ja längst zu spät. Habe ich bewußt ein ganzes Jahr lang gezögert, zu ihr zu fahren, um sie für mich zu haben? Oder lag es ganz einfach an den Umständen, wie ich mir oft sage? Ich habe dazu beigetragen, daß er und Rakel sich trennten, jedoch zu einem Preis, den ich nicht vorhersehen konnte. Und Rakel steht immer noch am anderen Ende des Korridors, und Thomas kann jederzeit wieder auftauchen, in irgendeiner Form. Nie wird sie vor ihren Schwächen sicher sein, und ich, die sie schützen sollte, erreiche sie nicht, weil ich mich vor dem fürchte, was weh tut. Ich sage mir, daß ich ihrer Stärke jetzt vertraue, aber nachts, in den Träumen, überkommt mich die Unruhe aufs neue. Werden wir sie je überwinden?

Miss Amelia erwachte von einem bohrenden Schmerz im Rücken und öffnete langsam die Augen. Zu ihrer Überraschung bemerkte sie, daß sie vornüber auf dem Küchentisch lag; ihr ganzer Körper war steif, und der Kopf fühlte sich schwer an. Ein Arm war eingeschlafen, verwirrt schüttelte Miss Amelia ihn und sah sich in der Küche um. Kaltes Morgenlicht sickerte durchs Fenster und streute kleine, rasch aufflackernde Sonnenkringel hier und da über die Gegenstände. Die Teemaschine, die an ihrem Platz auf der Anrichte stand, reflektierte einen Sonnenfunken in seiner blanken Rundung; die Keramikschale mit Äpfeln schien in einer eigenen Sphäre aus flimmerndem grauen Licht zu ruhen, das die Formen der Früchte hervorhob und ihre Farbe ganz grell machte. Amelia schien es, als habe sie ihre Küche noch nie gesehen, und sie hatte das kindliche Gefühl, die Dinge würden ein Eigenleben führen, voller Geheimnisse, und sie habe sie nun durch einen sonderbaren Zufall dabei ertappt. Sie habe sie überrascht und sei in eine neue Welt geraten. Sie lächelte entzückt und hielt still, versuchte sich am Küchentisch klein und unsichtbar zu machen, um nicht das geheime Geschehen zu stören, dem sie anscheinend beiwohnte. In der Stille der Küche hörte sie die Geräusche von der Straße: Schritte, die über das Kopfsteinpflaster klapperten, das heisere Bellen eines einsamen Hundes, der klirrende Wagen des Milchkutschers. Auch die Geräusche waren heute anders, so deutlich, abgegrenzt, und Amelia gefiel das sehr.

Die Verzauberung wurde von den Schritten des Milchmanns auf dem Weg zum Kücheneingang durchbrochen. Amelia hörte, wie er die Flaschen austauschte, und fragte sich, wie spät es sein mochte. Der neue Milchmann hatte so unberechenbare Zeiten, man wußte nie, wann er kam – einmal hatte sie bis elf Uhr warten müssen, ohne einen Tropfen Milch im Hause. Wie anders war da Evans, nach ihm konnte man die Uhr stellen. Warum war sie nur am Küchentisch eingeschlafen! Der Rücken schmerzte noch immer, aber trotzdem fühlte Amelia sich munter, ausgeschlafen und guter Dinge. Sie stand auf und füllte die Teemaschine mit Wasser, zündete die kleine Gasflamme an und öffnete die Küchentür. Als sie sich hinunterbeugte, um die Milch hereinzuholen, lief ihr ein kleiner Schauer über den Rükken, und ein ketzerischer Gedanke durchfuhr sie: Ich will heute nicht arbeiten. Langsam richtete sie sich auf, ehrlich erstaunt über sich selber.

– Aber ich will tatsächlich nicht arbeiten, sagte sie laut in den Morgen hinein und fühlte ein ungezogenes kleines Lachen in sich aufsteigen, als sie ihre eigenen Worte hörte. Es war ein schöner Morgen, die Luft war noch kühl und klar; auf der Straße vor dem Kücheneingang sah Amelia zwei Jungen auf dem Schulweg. Sie trugen ihre Bücher unter dem Arm und unterhielten sich lebhaft. Amelia streckte sich, bis es im Rücken knackte, und ließ die Tür zum Morgen hinaus offen.

Ausnahmsweise eilte es Miss Amelia nicht mit dem Frühstück. Sie aß langsam, kochte sich sogar zwei Eier und stellte den Stuhl so, daß sie zur Tür hinaussehen konnte. Sie dachte eigentlich an nichts, saß einfach nur da und ließ den Blick wandern; genoß Tee und Brot und Eier, genoß den Morgen in ihrer neuen Küche.

Aber als sie nach dem Frühstück ihren Mantel holen wollte, überkam sie eine Art Scham, und sie schielte verstohlen nach der Tür des Arbeitszimmers. Der Roman war ja fast fertig, sollte sie sich nicht doch an das letzte Kapitel machen? Zögernd tat sie ein paar Schritte Richtung Tür, den Mantel überm Arm. *Der Faun!* Nun hatte sie ihn wieder vergessen. War das wirklich gestern gewesen – ihr kam es vor, als sei viel Zeit vergangen, seit sie ihn zum letztenmal gesehen hatte. Was, wenn er sich nun wieder da drinnen auf ihrer Chaiselongue räkelte. Amelia sah seine behaarten, kräftigen Beine vor sich und zog entschlossen den Mantel an. Sollte er doch da liegen, sie würde sich jedenfalls auf keine sonderbaren Gespräche mehr mit ihm einlassen. Mit raschen Schritten verließ sie das Haus und verriegelte die Küchentür sorgfältig.

Es war zweifellos ein sehr schöner Morgen. Amelia ging schnell und nahm eine ganz andere Straße zum Hydepark als sonst. Die Luft war so klar und frisch, eine stille Herbstsonne tastete sich hin und wieder durch den grauen Dunst. Es war noch ziemlich früh, und Amelia erkannte, wie selten sie um diese Zeit draußen war. Überall sah man Schuljungen mit ihren Büchern und Frauen mit großen Körben am Arm unterwegs zum Einkaufen. An der Straßenkreuzung traf sie den alten Oberst, der überrascht den Hut lüpfte.

– Heute schon so früh unterwegs, Miss Spencer! Was macht der Roman? fragte der Oberst freundlich.

– Danke, er ist jetzt fast fertig, antwortete Amelia leicht verwirrt. Sie konnte sich nicht erinnern, je mit dem Oberst über ihren Roman gesprochen zu haben.

– Das freut mich, das freut mich, lächelte der alte Mann und setzte seinen gemächlichen Spaziergang fort.

Was wissen all diese Menschen eigentlich von mir? dachte Amelia. Lesen sie meine Bücher? Sehen sie zum Fenster hinaus und denken: Da geht die Schriftstellerin Miss Spencer – wie früh sie heute unterwegs ist. Mögen sie meine Romane? Oder (hier runzelte Amelia die Stirn) teilen die meisten in Wirklichkeit Natalies Ansicht? Ihr wurde plötzlich klar, daß sie kaum je mit einem ihrer Leser gesprochen hatte, das einzige, was sie von Mr. Finkle erfuhr, waren die Verkaufszahlen. – Aber wer liest sie eigentlich? sagte Amelia laut und steckte die Hände in die Manteltaschen. Sie meinte, die Fenster der Häuser würden ihr auflauern, verborgene Augen und Gedanken, um die sie sich bisher nie hatte kümmern müssen. Beschämt und wütend stellte sie sich vor, wie sie hinter den Gardinen über sie sprachen: Da geht die alte Miss Spencer, die nie eine Liebesgeschichte hatte, obwohl sie über Liebe schreibt.

– Aber ich *habe* doch keine Zeit für so was, sagte Amelia und beschleunigte die Schritte, um der Nachbarschaft zu entrinnen. War sie noch nie verliebt gewesen? Verschwommen regte sich eine Erinnerung in ihr, an den Sohn des Dorfschullehrers: Tom hieß er und hatte so rote Backen. Einmal war er äußerst waghalsig in ihren Apfelbaum geklettert, um für sie den letzten Astrachanapfel zu pflücken.

Entschlossen schob Miss Amelia die unangenehmen Gedanken beiseite und konzentrierte sich darauf, ihren gestohlenen Morgen zu genießen. Sie ging gern sehr schnell, spürte dabei das Blut in den Beinen pulsieren und die Kraft, die ihren Körper erfüllte. Sie versuchte zu der einfachen Freude zurückzufinden, die sie zu Hause in der Küche erfüllt hatte, und die Gegenstände in ihrer Umgebung mit den gleichen Augen zu sehen wie dort.

Im Hydepark war es still und friedlich, ohne die Hektik, die gewöhnlich hier herrschte, wenn Amelia nachmittags spazierenging. Heute konnte sie auf dem Hauptweg gehen, ohne ins Gedränge zu geraten. Tatsächlich waren ganz andere Menschen unterwegs als die, denen sie sonst begegnete – als wäre es eine andere Stadt. Diese Morgenstadt hatte nichts vom üblichen gehetzten Tempo und den farbenprächtigen Kleidern; sie hallte nicht wider von zahllosen Equipagen und kultivierten Stimmen. Ein paar schmutzige Jungen spielten auf einem der Kieswege mit Murmeln und riefen ihr etwas Freches zu, als sie vorbeiging und ihr Spiel störte. Auf den Bänken hockten hier und da alte Menschen wie aufgeplusterte Vögel im kühlen Sonnenschein. Ein Militär las die Zeitung; ein junges blasses Mädchen saß ganz still da und starrte vor sich hin. Miss Amelia sah sie alle und überlegte, wer sie waren. Wo hielten sie sich nachmittags auf? Waren sie vielleicht immer da, aber verborgen hinter der Pracht und dem Gewimmel, das später den Park erfüllte?

Sie schlug den Weg zum See ein und verlangsamte die Schritte, um die Ahornbäume zu betrachten, die sich gelb und orange verfärbten. Da hörte sie Schritte neben sich, und eine Männerstimme sagte:

– Guten Morgen, ist das nicht ein herrlicher Herbsttag heute?

Miss Amelia erstarrte innerlich und ging weiter, ohne zur Seite zu sehen. Es kam selten vor, daß sie auf der Straße von unbekannten Mannsbildern angesprochen wurde, und es war ihr jedesmal genauso unangenehm. Für wen hielten die sie eigentlich? Sie beschleunigte die Schritte, aber die Person neben ihr ließ sich nicht abweisen, sondern trabte ebenfalls drauflos. Amelia überlegte, ob sie ihm den Kopf zudrehen und ihm einen vollständig vernichtenden Blick zuwerfen sollte, als der Mann von neuem das Wort ergriff, in einem völlig veränderten Tonfall.

– Aber liebe Amelia, warum verschmähst du mich so grausam? Ich habe doch eine gewisse Hoffnung gehegt, wir könnten richtig gute Freunde werden, du und ich.

Die Stimme klang einschmeichelnd und untertänig, und für einen Moment bekam Miss Amelia richtig Angst. Doch da brach der Mann in Lachen aus; ein perlendes, silberhelles Lachen, sehr vertraut.

– Du schon wieder! rief Amelia aus und blieb auf der Stelle stehen.

Tatsächlich, da spazierte der Faun an ihrer Seite, und mit einem breiten Lächeln registrierte er ihre Überraschung. Er war heute sehr adrett gekleidet, in dunklen Hosen und Überzieher, sogar eine Melone zierte sein lockiges Haupt. Der kleine Bocksbart wirkte fast pikant und gepflegt, und in der Hand hielt er einen Regenschirm, den er munter schwang.

– *Du*, wiederholte Amelia und konnte den Blick nicht von ihm wenden. Sie wußte nicht, was sie von seiner Verwandlung in einen korrekten, wenn auch ein wenig exotischen Gentleman halten sollte.

– Derselbe, zu Ihren Diensten, bezaubernde Dame, sagte der Faun und vollführte eine vage kleine Verbeugung.

Amelia lächelte. Die Sonne schien, und sie ging mit einem Faun im Hydepark spazieren. Das Ganze überstieg ihr Fassungsvermögen so total, daß sie kapitulierte und beschloß, so zu tun, als sei alles völlig in Ordnung. Und Tatsache war, daß sie sich richtig freute, ihn zu sehen, und noch dazu bei so guter Laune.

Sie fanden jeder einen freien Klappstuhl und setzten sich unter den großen Ahorn am Hang über dem See. Der Faun konnte sich gar nicht fassen vor Entzücken, er wirbelte um Amelia herum und sorgte dafür, daß ihr Stuhl in einem angenehmen Winkel zur Sonne stand, er fegte einige herabgefallene Ahornnasen weg und bat sie, Platz zu nehmen. Dann zog er seinen Stuhl dicht an ihren und beugte sich vor, ein konspiratives Lächeln auf den vollen Lippen.

– Liebste Amelia, du *ahnst* nicht, wie überrascht ich war, dich zu entdecken, und wie ich mich freue!

– Ja, ja, erwiderte Amelia und zupfte an ihrem Mantel herum.

– Ich habe wirklich gedacht, du würdest um diese Zeit nicht spazierengehen – aber es ist ja auch ein so strahlendes Wetter!

– Nun, ich habe wirklich gedacht … aber wie kommt es, daß du so viel über mich weißt?

– Interesse, Amelia, pures Interesse. Und dann habe ich ja auch etwas mit dir zu besprechen, sagte der Faun und tätschelte freundlich Miss Amelias Hand. Amelia zuckte zusammen und entwand sie ihm. Was für warme kleine Hände er hatte!

– Ich weiß ja nicht einmal, wie du heißt, sagte sie ausweichend.

– Du kannst mich Fritz nennen, meine Liebe, Fritz Forrester – das klingt doch stilvoll? Ein wenig ausländisch (ja, ich weiß, daß Engländer gewöhnlich keine solchen Bärte tragen) und zugleich solide englisch. Ist das nicht hervorragend?

Er schien ganz begeistert. Amelia wußte nicht, was sie davon halten sollte – hatte er diesen Namen nur erfunden? Aber er stand ihm gut. Er war eigentlich ziemlich nett, dieser Faun, fand sie jetzt, und es war angenehm, hier in der Sonne zu sitzen und zu schwatzen. Sie hörte nicht richtig auf das, was er sagte, seine Worte waren heute genauso geziert wie sein Auftreten; Amelia schloß die Augen und wandte das Gesicht der Sonne zu. Plötzlich fiel ihr jedoch ein, was er ihr bei ihrer ersten Begegnung gesagt hatte, und sie setzte sich kerzengerade auf und starrte ihn an.

– Du bist böse auf mich, sagte sie anklagend.

Der Faun, vertieft in eine längere Betrachtung über die Essensgewohnheiten der Engländer, fuhr auf und sah sie erstaunt an.

– Aber *Amelia*, wie du dich ereiferst. Ja, ein bißchen gram war ich dir schon, aber das war doch gestern. Heute scheint die Sonne. Aber ich würde dir gern eine Geschichte erzählen – weißt du, du hast alles total mißverstanden.

– Was alles?

– Na, das mit Eleanors Tod. Es hat sich überhaupt nicht so abgespielt. Deswegen war ich dir wohl gestern böse, du hast so schrecklich gelogen, und mich hast du bei der ganzen Geschichte völlig ausgelassen. Wir Faune mögen es nicht, wenn man uns vergißt.

– Eleanor? sagte Miss Amelia mit schwacher Stimme. Jetzt begann sich wieder alles in ihrem Kopf zu drehen.

– Eleanor, ja. Ich glaube, besonders dämlich fand ich diesen kleinen perlenbesetzten Dolch. Ich denke, du solltest erfahren, wie es sich wirklich verhielt.

– Meine Eleanor? wiederholte Amelia dümmlich.

Jetzt sah Fritz ein wenig verärgert aus.

– Deine hin, deine her, wie könnte sie *deine* sein, wenn du dich nicht einmal an die Wahrheit hältst? Aber wenn es dich nicht interessiert, will ich dir deine kostbare Arbeitszeit nicht länger stehlen.

Er erhob sich und ergriff seinen Regenschirm, für einen Moment sah er richtig bedrohlich aus. Amelia sprang auf.

– Nein, verschwinde doch nicht gleich wieder. Ich verstehe nur nicht, was du meinst. Natürlich interessiert es mich wahnsinnig, deine Geschichte zu hören.

Der Faun schmollte noch immer, und so klopfte sie freundlich mit der Hand auf seinen Klappstuhl, um ihn zum Sitzen aufzufordern. Wie empfindlich er war!

– Ich bin sicher, es ist eine außerordentlich lehrreiche Geschichte, sagte sie, um alles noch besser zu machen, und das schien zu helfen.

– Genauso ist es, meine liebe Amelia. Lehrreich!

Er kicherte vergnügt und setzte sich.

– Aber es ist keine gewöhnliche Geschichte, Amelia, und sie läßt sich nicht irgendwie erzählen. Ich kann eigentlich überhaupt keine Geschichten erzählen. Aber ich kann es dich selber sehen lassen, als wärst du dabei – wenn du willst.

– Jaa, ich glaube schon, daß ich das will, antwortete Amelia und sah ihm in die Augen. Sie fühlte sich sonderbar eifrig, zugleich erschreckten sie sein Ernst und sein braungrüner, schmaler Blick.

– Hmm, sagte der Faun, *schon*. Du glaubst *schon*. Willst du, oder willst du nicht?

In Amelia erwachte ein Gefühl, das ihr Zögern und ihre Angst besiegte – sie wurde neugierig. Richtig kalt und englisch neugierig. Jetzt hatte sie genug von diesem Geschwafel, jetzt wollte sie wissen, worauf er hinauswollte. Offene Worte und Wahrhaftigkeit, das war schon immer ihre Devise gewesen.

– Ich *will* wirklich wissen, was eigentlich vorgefallen ist bei Eleanors Tod, sagte sie mit fester Stimme.

– Das ist gut, meine Liebe, habe ich es mir doch gedacht. Aber du mußt mir vertrauen. Es ist eine lange Geschichte, und wir werden heute vielleicht nicht alles schaffen. Tu jetzt einfach, was ich dir sage, dann wirst du bald Eleanor selbst sehen und hören. Schließe die Augen und schau hinter den Lidern in die Sonne. Siehst du die grünen Flecken tanzen? Das ist gut. Bleibe dabei, auch wenn es sich etwas unangenehm anfühlt, das geht schnell vorbei. Da – nimm meine Hand. Gleich sind wir dort.

Drei Monde noch werden sich am Himmel runden, dann werde ich ihr, meiner Dame, begegnen. Bis dahin Warten und ein Gesicht, das ich im Schloß vor mir hertrage. In mir wächst etwas, der Gesang schwillt in meinem Körper und lenkt mich von meinen Pflichten ab. In der Gesellschaft der anderen Hofdamen senkt sich zuweilen ein grüner Schleier über meine Augen, und alles um mich her wogt, schimmert und flirrt in Grün. Die grüne Farbe ist so nah an der roten und weit entfernt vom Blau und Gold des Hofstaats, von den steifen Bewegungen der Höflinge auf den Steinböden. Drei Monde an meinem Himmel, und schon bin ich eine andere. Seit dem Tag, an dem ich meiner Dame begegnet bin und zum erstenmal den Gesang gehört habe, vollzieht sich in mir eine Verwandlung. Die Spiegel sagen mir nichts mehr, sie können nichts anderes zeigen als mein altes Gesicht. Alles, was wesentlich ist, geschieht anderswo.

In den dunklen Nächten, wenn ich in meinem Bett liege, höre ich den Gesang. Er ist jenseits von allem, er übertönt die schleichenden Schritte in den Gängen des Schlosses und das ängstliche Kichern im Garten. Durch den Gesang beginne ich das zu empfinden, was darunter zittert, was im Inneren vibriert, was sich hinter allem bewegt. Und wieder die grüne Farbe vor meinen Augen, alles überflutend. Das Keuchen in der Dunkelheit, Schreie, Blitze aus Blut – all das, was ich bisher nie wahrgenommen habe. All das, was das Schloß unterjocht und seinen strengen Mustern unterwirft. Bald werde ich nicht mehr hier sein, bald bin ich nicht mehr Eleanor. Bald bin ich ein Lied in einem grünen Wald und ein Rinnsal roten Bluts in den Adern eines andern.

Noch drei bleiche Monde, so hast du es gesagt, und dir muß ich gehorchen. Du brauchst mich, und ich komme zu dir; in deinen Wald aus dunkelgrünen Übergängen zwischen Licht und Schatten. Mein Schloßgesicht darf ich behalten, du willst es so. Würde es gern loswerden, würde gern für immer bei dir bleiben. Doch das wird nicht meine Aufgabe sein.

Die kalten Nächte bringen auch den Schrecken mit, die Angst des trägen, dunklen Lebens. So vieles, was ich noch nicht weiß. Mein rotes Blut, mir noch so fremd. Meine Bande zum höfischen Leben zerren an mir, sind noch immer stark. Aber du bist stärker. Du wirst mich all die alten Geheimnisse lehren, und der Gesang wird mein sein.

Sich gebraucht wissen. Vom Grünen und vom Roten wissen. Die Eigenart beständig in sich wachsen fühlen. Und jeden Abend betäube ich mich mit deinen Träumen, die du mich gelehrt hast: Das Einhorn befreien, durch das Einhorn befreit werden. Sich vom blanken Horn durchbohren lassen; sich hingeben zur Freude des Einhorns, für das Leben des Einhorns. Zum Gesang werden, der unter allem, in allem und auf dem Grunde von allem singt. Das Einhorn befreien, das Einhorn bejubeln. O meine Dame, jeder neue Mond ist so weiß, und ich bin schon in allem Wesentlichen dein.

Hatschi!

– Amelia, du bist aber auch zu schwierig.

– Was ist geschehen? Wo bin ich? Wie kalt es ist.

Amelia setzte sich auf und rieb sich die Augen. Sie brannten und juckten, das war bestimmt der Beginn einer Erkältung. Es war ziemlich kühl im Park, nachdem die Sonne hinter Wolken verschwunden war. Sie hörte die Uhren von St. Paul zwölf schlagen. Wie sonderbar das alles! Was hatte dieser Faun mit ihr gemacht? Eleanor im Schloß – sie war so nahe gewesen, als hätte Amelia die ganze Geschichte von innen erlebt.

– Englisch, englisch, knurrte der Faun und ahmte Amelias Stimme nach: »Wie kalt es ist.« Jetzt wird sie wohl gleich Tee trinken.

– Ich verstehe wirklich nicht, fing Amelia an.

– Natürlich nicht! rief Fritz aus, aber du hast mich ja auch unterbrochen, bevor wir richtig in Gang gekommen waren. Na schön, den Rest nehmen wir uns an einem anderen Tag vor.

Er erhob sich, streifte ein paar Ahornblätter von seinem Überzieher und bot Miss Amelia ritterlich den Arm. Gemächlich machten sie sich auf den Rückweg durch den Park. Amelia schwieg, die Gedanken wirbelten ihr im Kopf herum, und es war unmöglich, sie in vernünftige Bahnen zu lenken. Außerdem war sie hungrig, verfroren und steif. Der Park bevölkerte sich jetzt allmählich immer mehr, blasse Ladenmädchen kamen mit ihren Butterbroten, und Herren mit Aktenmappen unterm Arm schlenderten vorbei. Ein paar kleine Jungen ließen ein Boot auf dem Teich segeln, ihr Kindermädchen saß in einiger

Entfernung mit dem Strickzeug auf einem Klappstuhl. Die Sonne kam wieder hinter den Wolkenschleiern hervor und glühte in den Kronen der Ahornbäume.

Ausnahmsweise war auch Fritz schweigsam, und sie durchquerten Arm in Arm den Park. Amelia lud ihn zum Lunch ein, und das freute ihn offenbar. Heute würde Mary ja nicht kommen, und keiner müßte sich über den Herrenbesuch wundern. Sie könnte Schinken braten und Rühreier machen. Es war angenehm, an etwas so Konkretes, Einfaches zu denken wie das Essen; Amelia hatte das deutliche Gefühl, wenn sie weiter über das nachgrübeln würde, was sie gerade erlebt hatte, würde sie verrückt werden. Resolut schob sie alle Fragen der schwierigeren Art beiseite und beschäftigte sich statt dessen mit dem Problem: Sollte sie die Tomaten grillen, oder sollten sie roh sein?

Als sie in ihre Straße einbogen, entdeckte Amelia Mrs. Gossler, die mit der alten Miss Peacock vor deren Gartentor schwatzte. Miss Peacock stützte sich auf ihren Stock und nickte nachdrücklich, während Mrs. Gossler wie üblich drauflosschnatterte. Als unsere Freunde sich näherten, verstummten die beiden Damen abrupt. O nein, dachte Amelia, jetzt komme ich ins Gerede. Zuerst genierte sie sich schrecklich bei der Vorstellung, was die Frauen von ihr denken würden – aber dann fielen ihr plötzlich Natalies Worte von gestern ein. Na schön, sollten sie ruhig tratschen, sie glaubten doch bestimmt, alles über sie zu wissen. »Miss Spencer hat noch nie eine Liebesgeschichte gehabt«, ja, sollten sie doch denken, was sie wollten. Erhobenen Hauptes schwebte Miss Amelia an den Damen vorbei und grüßte mit einem kurzen Nicken. Aus dem Augenwinkel sah sie, wie sie in ihren Positionen erstarrten, wie groteske kleine Steinstatuen, und sie genoß die Situation. Hoch aufgerichtet schloß sie ihre Haustür auf und bat Fritz herein. Als sie die Tür hinter ihm schloß, sah sie Mrs. Gossler bereits die Straße hinabeilen – aha, sie würde mit Mrs. Willis den Anfang machen, und bald wüßte die ganze Nachbarschaft Bescheid.

Amelia lachte herzlich, das Ganze war eigentlich zu komisch. Offenbar hatte Fritz die Situation durchschaut, denn er kicherte vergnügt und rieb sich die kleinen Hände.

– Gut gemacht, Amelia, ich wußte doch, daß du Mumm in den Knochen hast.

– Diese Klatschweiber, schnaubte Amelia, nicht wenig stolz auf die Wirkung, die sie erzielt hatte.

Nach dem Essen setzten sie sich ans Kaminfeuer im Wohnzimmer. Amelia hatte sich einen Wollschal um den Hals gewickelt und trank heißen Lindenblütentee mit Honig darin. (Ein Getränk, zu dem unsere Heldin in allen Krisensituationen griff, sowohl physischen wie seelischen.) Sie fühlte sich tatsächlich erkältet. Fritz saß zurückgelehnt mit geschlossenen Augen im Ohrensessel, er schien zu schlummern. Amelia musterte ihn verstohlen über den Rand der Teetasse – eigentlich hatte er ein ziemlich angenehmes Äußeres. Das schwarze, lockige Haar lag dicht am Kopf an, die Nase war gerade und die Augenlider schön gewölbt. Der Mund war für einen Mann vielleicht eine Spur zu füllig, aber er versteckte ihn auch unter dem Schnäuzer und dem Bocksbart. Am meisten entzückten Amelia jedoch seine spitzen Ohren, die aus den Locken hervorstachen.

Ein spöttisches Lächeln zuckte in seinem linken Mundwinkel – hatte Fritz gemerkt, daß sie ihn betrachtete? Amelia errötete und nahm einen tiefen Schluck vom Tee. Fritz öffnete die Augen und sah sie freundlich an.

– Nun, Amelia, wie hat dir unser kleines Abenteuer gefallen?

– Es war sonderbar – ich verstehe nicht – ich meine, ich habe gedacht, Eleanor sei meine Erfindung, wie kannst du dann …

– Erfindung – was soll denn das heißen? Was glaubst du wohl, woher solche Erfindungen kommen?

– Na ja, aus der Phantasie, man phantasiert sich eine Geschichte zusammen, die einem gefällt, und schreibt sie nieder. Wie du weißt, bin ich Schriftstellerin.

– Freilich, aber was ist denn die Phantasie? Alle Geschichten (das heißt alle *guten* Geschichten) müssen doch von irgendwoher kommen? So ist es, mein entzückendes Fräulein, alle Geschichten haben ein Eigenleben. Sie leben oder sind gelebt worden. So ist es, Amelia. Und wenn man dann, wie ich, zufällig die Fähigkeit besitzt, sich etwas freier zu bewegen, als die Menschen es gewöhnlich tun, dann kann man in diesen Geschichten ein und aus gehen, wie es einem gefällt. Verlaß dich auf mich, Amelia, meine Erfahrung auf diesem Gebiet ist, das versichere ich dir, nicht unbedeutend.

– Aber was war das überhaupt, woran Eleanor da im Schloß dachte, ich verstehe nicht …

– Zu gegebener Zeit wirst du *verstehen*, wie du es ausdrückst. Wir hatten ja gerade erst mit der Geschichte angefangen, als dein idiotisches Niesen das Ganze unterbrach.

– Es war zu kalt im Park, jetzt habe ich mich auch noch erkältet. Das mußt du mir wirklich nicht zum Vorwurf machen, Fritz.

– Aber, aber, jetzt werd doch nicht verdrießlich. Trink deinen Tee und starr mich nicht so vorwurfsvoll an. Was ich sagen wollte, war nur, selbst wenn man *phantasiert*, muß man es in Übereinstimmung mit dem Leben der Geschichte tun. Man kann schließlich nicht *irgendwas* erfinden. Dieser Dolch, das war doch sehr übertrieben, Amelia, der hatte schließlich nicht das geringste mit Eleanors Geschichte zu tun. Und das Einhorn hast du noch nicht mal gesehen und auch seine Dame nicht.

– Das Einhorn?

– Ja, ja, du wirst das alles noch rechtzeitig erfahren. Sprechen wir von etwas anderem. (Aber bedenke, daß ich in aller Bescheidenheit die Tatsache übergehe, daß du auch *mich* aus der Geschichte ausgeschlossen hattest.) Nun, Amelia, was denkst du eigentlich über die Liebe? Das war ein interessantes Gespräch mit deiner Freundin gestern, nicht wahr?

Amelia bekam den Tee in die falsche Kehle und begann so

heftig zu husten, daß Fritz aufsprang und ihr den Rücken klopfte. Als sie seinen gutgemeinten, doch etwas heftigen Beistand abzuwehren versuchte, warf sie ein Glas mit Portwein um; das dunkle Getränk floß über den Tisch und sammelte sich in einer kleinen, zitternden Pfütze auf dem Teppich. Es dauerte eine Weile, bis die Aufregung sich gelegt hatte (Fritz war empört über die Portweinflecken auf seiner neuen Hose) und sie sich wieder in die Sessel setzen konnten.

– Nun, wo waren wir gerade, sagte Fritz und strich sich den Schnurrbart.

– Ich will nicht darüber sprechen.

– Ach richtig, die Liebe. Ja, das hast du gestern schon gesagt und deine schöne Freundin verärgert. Aber hör mal, Amelia, es ist doch gar zu kindisch, daß du …

– *Ich will nicht darüber sprechen.* Und kein Wort über Natalie, hörst du.

– Hoppla, hier zeigt sich ein gewisses *Temperament*, wie mir scheint! Nun gut, betrachten wir das Ganze aus einem anderen Blickwinkel, da du so störrisch bist. Geschichten. Wie ich dir bereits gesagt habe (und ich hoffe wirklich, daß du das verstanden hast), sind alle Geschichten Leben, sie haben ein Eigenleben. Nun, mein vernünftiges Fräulein, was ist die logische Folge daraus? – Na, jedes Leben ist eine Geschichte!

– Ich weiß nicht, wo du Logik gelernt hast, sagte Amelia überheblich, aber ich muß schon sagen, daß …

– Nein, jetzt hör mal zu, Amelia! Wenn man wie ich, was ich bereits erwähnt habe, die Fähigkeit hat, in allen möglichen Leben und Geschichten ein und aus zu gehen, dann verstehst du doch, daß auch *dein* Leben als eine Geschichte betrachtet werden kann? Wenn die reizende Amelia ihre Tage hier auf Erden beendet haben wird (was noch lange hin ist, wie ich aufrichtig hoffe!), dann kann ich, und die wenigen, die diese ziemlich einzigartige Gabe mit mir teilen, in dein Leben hineingehen wie in eine beliebige Geschichte. Aber ehrlich gesagt, meine Liebe, wie viele, meinst du, würde das reizen?

– Ich weiß wirklich nicht, worauf du mit deinen seltsamen Unterstellungen hinauswillst.

– Verantwortung! Ich spreche von Verantwortung. Das mußt du als Professionelle, wenn ich so sagen darf, doch begreifen! Wenn dein Leben, zumindest aus einem Blickwinkel, als eine Geschichte zu betrachten ist – dann mußt du doch eine gewisse Verantwortung dafür empfinden, daß diese Geschichte so unterhaltsam, sinnvoll und fesselnd wie möglich wird, nicht wahr? Genau wie die Romane, die du schreibst. Und – was ist ein Roman ohne eine oder lieber mehrere aufregende Liebesaffären?

– Fängst du schon wieder damit an. Mir wird ganz schwindlig von deinen Ausführungen. Kannst du nicht die geringste Rücksicht darauf nehmen, daß ich erkältet und müde bin? sagte Miss Amelia gereizt.

Sie hatte wirklich keine Lust, mit diesem hartnäckigen Faun über die Liebe zu diskutieren, welche Anlässe er auch immer fand. Aber Fritz ließ sich nicht abhalten, das Thema hatte ihn offenbar richtig entflammt.

– Um acht Uhr aufstehen, um neun Uhr arbeiten, Lunch, Spaziergang, Bücher, Schlaf. Immer das gleiche, tagein, tagaus. Wer, glaubst du, möchte eine solche Geschichte miterleben?

– *Ich* möchte das, vielen Dank.

– Ha! Das reicht nicht – es ist wirklich höchste Zeit, daß du die Dinge aus einem etwas weiteren Blickwinkel betrachtest. Du hast schließlich einmalige Möglichkeiten, mit deinem klaren Verstand – ganz zu schweigen von deiner Schönheit! Ein Teint wie eine Heckenrose, ach, diese seltsam verzaubernden, klaren Augen!

– Hmmm.

– Das meine ich ehrlich, Amelia. Du hast alle Voraussetzungen dafür, eine richtig gute Geschichte aus deinem Leben zu machen – und dann vergeudest du es auf diese Weise. Bist du nicht einmal neugierig? Ich bin überzeugt, du könntest höchst bemerkenswerte Dinge zustande bringen, mit einem gewissen Beistand eines weitblickenden Freundes, natürlich, fügte er bescheiden hinzu.

Amelia antwortete nicht. Ihr war völlig klar, daß er ihr schmeichelte, aber trotzdem machte es sie froh. Es kam wirklich nicht häufig vor, daß jemand ihr sagte, sie sei schön. Ihr war schwindlig, und sie hatte Lust auf einen Cognac. Das wäre sicher gut gegen ihre Erkältung, redete sie sich ein. Außerdem – wie ungern sie sich das auch eingestand – war sie neugierig. Wir haben ja bereits erwähnt, daß die Neugier ein hervorstechender Charakterzug unserer lieben Miss Amelia war. Die Worte des Fauns kitzelten diese Eigenschaft hervor, auch in Bereichen, die Miss Amelia bisher völlig vernachlässigt hatte. Es prickelte in ihrem Bauch, und eine Menge vager Träume und Hoffnungen aus ihrer Jugendzeit überschwemmten sie wie ein lautloser Strom. Eine Schriftstellerin muß sich schließlich dem Dasein gegenüber aufgeschlossen und interessiert verhalten, verteidigte sie sich innerlich. Sie erhob sich, ging zum Eckschrank, holte die Cognacflasche und zwei kleine Schwenker hervor. Fritz lächelte so breit, daß seine spitzen Zähne sichtbar wurden, und erhob sein Glas zu einem Trinkspruch.

– Auf Amelia, diese bezaubernde, blühende Frau, die kennenzulernen ich das große Vergnügen hatte!

Sie leerten beide ihre Gläser in einem Zug.

– Und die ich bald noch viel besser kennenzulernen hoffe, fügte Fritz hinzu und legte eine warme Hand auf Amelias Arm.

Ich darf nicht wieder husten, dachte Amelia, alles, nur das nicht. Sie füllte die Gläser nach. Eine ungewohnte Wärme breitete sich in ihrem Körper aus und schien sich auf den Fleck zu konzentrieren, wo Fritz mit seiner Hand ihren Arm berührte. Es war eigentlich überhaupt nicht unangenehm. Es ist wie ein Traum, dachte sie, und wen kümmert es, was in einem Traum geschieht? Ein Faun! Das muß man sich mal vorstellen. Fritz'

Hand kletterte langsam, fast zerstreut, an ihrem Arm empor und erzeugte neue Wärme, wo sie sich bewegte. Amelia nahm noch einen Schluck. Es ist mir egal, was geschieht, ich werde es ihnen zeigen, dachte Amelia aufrührerisch. Die Ereignisse der vergangenen Tage hatten sie derart verwirrt, daß sie sich gar nicht mehr richtig wiedererkannte. Sie leerten ihre Gläser, und jetzt war es Fritz, der nachschenkte, während seine Hand gleichzeitig an Amelias Nacken hinaufglitt, wo sie sogleich anfing, mit einer Locke zu spielen, die sich aus Amelias Knoten gelöst hatte.

– Vielleicht ist das wirklich eine Geschichte, das alles, kicherte Amelia beschwipst.

– So ist es, meine Liebe, sagte Fritz und beugte sich zu ihr.

Als er sie küßte, schloß Amelia die Augen, und sie merkte, daß sie errötete. Aber das spielte keine Rolle mehr. Sie öffnete die Augen und lächelte warm, als Fritz aufstand und ihre Hand nahm. Sie schwankten (nun ja, zumindest Amelia) aus dem Zimmer und stiegen die Treppe zum Schlafzimmer hinauf.

Und dort, liebe Leser, verlassen wir sie für diesmal. Ihr Debüt in der Welt der Liebe sollte jede Frau für sich behalten dürfen, als ihre ganz persönliche Geschichte.

20. Juli
Heute habe ich mir Zutritt zur Universitätsbibliothek verschafft, mein Empfehlungsschreiben beseitigte alle eventuellen Schwierigkeiten. Das Gebäude ist ziemlich nichtssagend – ganz und gar nicht das ehrwürdige Haus, das ich mir vorgestellt hatte –, aber es liegt schön im alten Bloomsbury. Und vor allem: Es gibt dort alle Bücher, die ich möglicherweise brauchen werde. Bestimmt werde ich dort gut arbeiten können. Den ganzen Weg nach Hause bin ich zu Fuß gegangen, die sonnendurchtränkte Tottenham Court Road entlang. Es war wirklich unerträglich heiß. Morgen werde ich ernstlich mit der Arbeit anfangen.

Heute haben sich Erinnerungen bei mir eingefunden. Gespräche, Szenen, Gesichter kreisten endlos in mir herum. An manchen Tagen ist man wie ein öffentlicher Spielplatz für die Vergangenheit. Ich war zu müde, um Ordnung in diese Fragmente zu bringen oder sie resolut aus meinem Bewußtsein zu verbannen. Irgendwie war es auch ganz angenehm; wie eine wohlbekannte Sinfonie, in der man sich mit einer gewissen Zerstreutheit aufhalten kann: sporadisch lauscht man den Leitmotiven, bestimmte Passagen suchen einen heim, während andere spurlos vorübergleiten.

Als ich nach Hause kam, hatte ich dann doch Lust zu versuchen, diese Bruchstücke aufzuzeichnen, um sie zu sehen, um zu erkennen, was sich in mir bewegt – aber dann lösen sie sich natürlich sofort auf, zersplittern, zerstreuen sich, machen sich unzugänglich. Ich bekomme nur hier mal einen Faden zu fassen, dort ein Bild, und weiß überhaupt nicht, ob das, was ich einfange, repräsentativ oder des Aufschreibens wert ist:

Die Schwester und ich sitzen auf einer Bank im Humlegården Park, wir haben Schuhe gekauft. Die Szenerie ist in Sonne getaucht, ich glaube, es ist Vorfrühling. Die Schwester ist bedrückt, ihr neuester Freund hat sie verlassen. Sie bohrt ihre Schuhspitze in den feuchten Sand unter der Bank und sagt: Ich habe ihn verscheucht, verstehst du, weil ich solche Angst davor hatte, ihn zu verscheuchen. Ich sehe eine Krähe im Wipfel eines kahlen Baums neben der Königlichen Bibliothek, schmutzig und in großer vogelhafter Reglosigkeit. Frage: Hast du ihn denn überhaupt gewollt? Ich wollte wollen, antwortet die Schwester und kickt ein bißchen Sand weg. Wir lachen beide.

Thomas' Gesicht ist das erste, das ich sehe, als ich zur Tür des *Prinsen* hereinkomme. Ich bin mit F. da und will Thomas nicht begegnen, aber er winkt mir zu, und ich gehe zu ihm hin. F.s Nähe ist mir ständig körperlich bewußt. Thomas sagt: Hast du von Rakel gehört? Ich nicke. Er strahlt, und da ich weiß, wie seine nächste Frage lauten wird, komme ich ihm zuvor: Sie läßt dir ausrichten, daß sie nicht mit dir sprechen will, sie wird auch nicht schreiben. F. wiegt sich auf den Fersen, die Hände in den Hosentaschen, ich weiß, daß er sich langweilt, er haßt es, mit Fremden Konversation zu machen. Thomas' Gesicht ist plötzlich wie zerknittert, er sieht mich betrübt an, sagt aber nichts, nickt nur. Seine Gesichtsfarbe hat sich von glühendem Rotbraun ins Sandfarbene gewandelt, grauer Sand. Ich sage tschüs und setze mich mit F. in den hinteren Teil des Lokals. Wir bestellen eine Flasche Rotwein. F.s Augen glitzern, er nimmt meine Hand und beißt in meine Handfläche, ganz zart. Ich bin voll flatternder Unruhe.

Rakel und ich fahren die Riviera entlang. Wir haben ein Abteil für uns, auf allen Sitzen sind unsere Sachen ausgebreitet. Wir sind erschöpft nach einem langen Tag in Genua. Am dunklen Sommerhimmel leuchtet ein großer roter Mond. Draußen gleiten glitzernde Hotels vorbei, Obstgärten, kleine weiße Häuser, Strandpromenaden mit bunten Lampions, Steinmauern, Straßen mit tastenden Scheinwerfern. Manchmal fährt der Zug so nahe am Wasser entlang, daß man die Spritzer vom Salzwasser durchs Fenster zu spüren meint. Alles duftet. Wir haben zwei Kopfhörer für ihren Walkman und hören eine Tangoband. Wir sitzen einander gegenüber und haben das Licht im Abteil ausgemacht, die Landschaft zieht draußen vorbei, und wir wollen nicht schlafen; wir hören die ganze Nacht Tango, sehen zum Fenster hinaus und einander an. Der kleine Raum des Abteils ist angefüllt mit einer stillen Ausgelassenheit, einem gedämpften Lachen. Wir sind allein in einer schlafenden Welt; ich kichere über die dünnen Kabel aus schwarzem Plastik, die uns verbinden. Die Musik dröhnt, und der Mond flimmert über dem Meer.

Jahre zuvor:

Eva und ich spazieren an einem späten Herbstabend durch Östermalm. Wind weht durch die leeren Straßen, wir reden nicht viel. Die Häuser halten den Atem an und haben die Augen der leeren Fenster geschlossen. Auf der anderen Straßenseite kommt uns ein Mann entgegen, er redet wild gestikulierend vor sich hin. Eva und ich sehen einander an, prusten plötzlich gleichzeitig lauthals los, während wir davonrennen. Der Mann schreit uns nach: Aber warum lacht ihr! Lacht doch nicht! Wir schämen uns, aber das Lachen tobt in uns, und wir rennen durch die leeren, stillen Straßen.

Rakel und ich gehen an einem frühen Sommermorgen durch die Stadt. Wir haben die ganze Nacht mit ihrem Bruder Monopoly gespielt und sind völlig ausgeleert von Gekicher und Gealber. Wir gehen über Skeppsbron hinauf zur Südstadt, vereinzelte Möwen segeln durch die Luft. Es riecht nach brackigem Wasser und Asphalt: eine große gelbe Asphaltiermaschine glättet den neuen Straßenbelag, Männer bewegen sich an den Rändern der dampfenden schwarzen Masse. Mir wird bewußt, wie sehr ich diese Leere liebe. Rakel sagt: Wir müssen einander auch bremsen können, wir haben beide den Hang, Zustände zu weit zu treiben. Wir teilen uns die letzte Zigarette, sie schmeckt wie die erste damals im Park unterhalb der Schule.

23. Juli

Seit ein paar Tagen habe ich mich wieder mit Freunden getroffen und mich unter Leuten bewegt, und das war angenehm. Angenehm, mit jemand anderem umzugehen als mir selbst oder Rakel.

Laura hat neulich abends hereingeschaut – sie war ganz die alte, die vergangenen Jahre haben keinen Abstand geschaffen. Wir saßen hier in meinem Zimmer, ich habe Kaffee gekocht, den wir mit warmer Milch aus großen Steinguttassen tranken. Laura hat eine Wärme und Intensität, die mich anziehen; ihre sanften braunen Augen funkeln und glitzern. Sie hat einen lebhaften Blick, dahinter ist jemand zu Hause. Wir haben ausführlich über ihren Beruf gesprochen, sie arbeitet als Kunsttherapeutin mit Verhaltensgestörten und »sozial Unangepaßten«. Laura ist Idealistin, im konkretesten Sinn des Wortes, und im Lauf des Abends wurde mir bewußt, daß diese Art von Idealismus unter meinen Freunden in Stockholm kaum noch existiert. Warum? Wir beschäftigen uns so viel mit uns selbst. Muß daraus notwendigerweise ein Gegensatz entstehen? Ich weiß nicht, aber manchmal denke ich, als Weltverbesserer muß man entweder seiner selbst unbewußt sein wie ein Kind (davon befreit, sich ständig selbst zu sehen), oder man muß sich seiner selbst so bewußt sein, wie ein wahrhaft weiser Mensch es ist (sich selbst in anderen sehen und die anderen in sich selbst). Die Selbstbeobachtung, die ich und meine Freunde betreiben, führt oft zu Handlungsunfähigkeit, aber trotz allem glaube ich, dies ist der Weg, den wir gehen müssen. Hat man erst angefangen, über sich selbst nachzudenken, seine eigenen Motive in Frage zu stellen, dann gibt es keinen Weg zurück zur simplen Aktion. Vielleicht können wir von einem anderen Punkt im Lebensraum in unsere Handlungen hineinwachsen.

Gestern habe ich Joe getroffen, Lauras und Marks klavierspielenden Freund. Er holte mich ab (Mrs. Mosse lächelte glücklich, weil ich ein »Date« hatte, das an der Haustür klingelte und höflich mit ihr Konversation machte), und wir spazierten hinauf nach Hampstead Heath, um ein Konzert zu besuchen. Es war ein merkwürdiges und ein wenig absurdes Erlebnis. Eine große Menschenmenge saß auf einer Wiese, die zu einem kleinen See hin abfiel. Auf der Bühne, die wie eine große Schnecke geformt war, unter dichtbelaubten Bäumen auf dem Wasser schwimmend, saß das Orchester ganz in Schwarzweiß und spielte. Die Leute hatten Picknickkörbe dabei und lagerten im Gras, aßen und schwatzten; Dvořáks Neunte strömte über das Wasser und in den langsam sich verdunkelnden Himmel hinein, während der Wind leise in den Bäumen raschelte. Es war sehr schön.

Ich mochte Joe, er begriff ziemlich rasch, daß er nicht versuchen mußte, mich zu verführen, und wir hatten einen netten Abend. Nach dem Konzert gingen wir wieder zu mir und spielten im Keller Tischtennis, tranken Bier und hörten Mozart. Er gewann jedes Spiel und war fröhlich und zufrieden. Während des Abends bemerkte ich: Wir waren ernst miteinander, Joe und ich, und da wir einander nicht kannten, versuchten wir von uns selbst zu erzählen, Fragen zu stellen und unsere Leben zu beschreiben. Aber wie unmöglich ist es doch, von sich selbst zu sprechen, wenn man »ehrlich« sein will! Mir fiel auf, daß alles, was ich von mir selbst behauptete, sich ebensogut ins genaue Gegenteil verkehren ließ. Als Joe mich beispielsweise nach meiner Einstellung zur Liebe fragte, habe ich geantwortet, wenn ich mich verliebte, sei ich in meinen Gefühlen intensiv, ernsthaft und leidenschaftlich – und im gleichen Moment wollte ich das Gegenteil sagen: Ich mache mir nichts aus der Liebe, ich hätte nie geliebt, ich sei kühl und abwartend und selbstgenügsam.

Zuerst frustrierte mich das sehr, ich hatte die Vorstellung, ein wahres Bild meiner selbst geben zu wollen, und litt darunter, wie offensichtlich verlogen alle Behauptungen klangen. Aber je weiter das Gespräch fortschritt, um so mehr fand sich eine Art *Leichtigkeit* in mir ein; wenn die eine Aussage über mich selbst genauso wahr oder falsch war wie die andere, spielte es ja wirklich keine Rolle, welche ich wählte. Dieses Gefühl hatte etwas Befreiendes, und ich empfand sehr stark das Törichte daran, überhaupt irgendwelche Behauptungen über mich selbst zu machen. Wir reichen einander kleine Stücke von dem Prisma, das unser Selbst ist – aber auch wenn wir wissen, daß wir dadurch unseren Geheimnissen nicht näherkommen, müssen wir ja trotzdem weiterhin so tun, *als ob* wir an die Möglichkeit der Kommunikation glaubten. Und im Akt des Überreichens geben wir vielleicht doch etwas von uns selbst, wenn auch nicht das, was wir glauben. Über der weiten grünen Fläche der Tischtennisplatte erübrigten sich die Gespräche, und das Lachen gewann die Oberhand.

Ich denke heute an den Faun, dieses Bild bewegt mich und bewegt sich in mir. Ich habe mir eine Postkarte davon gekauft, die sich jetzt hier auf meinem Tisch befindet, und oft ertappe ich mich dabei, wie ich sie betrachte. Seine ganze Körperhaltung – der gebeugte Rücken, die behutsam ausgestreckten Hände – drücken eine Art Fürsorge und Zärtlichkeit aus. Er hat innegehalten, ist in seiner Bewegung erstarrt. Aber zugleich ist etwas an ihm, das mich nicht so recht an seine Zärtlichkeit, seine Behutsamkeit ihr gegenüber glauben läßt. Es ist etwas in seinem Gesicht, oder in der Bereitwilligkeit der angewinkelten Bocksfüße, jederzeit aufzustehen und davonzugehen, uneingedenk der gesamten Szene. Er ist verwundert, er ist da, aber es ist eine zufällige Anwesenheit, die sich jederzeit in eine Bewegung weg von ihr verwandeln kann. Aber ist nicht auch sie unnahbar, in sich selbst ruhend und wunschlos? Auch ihr Lächeln ist doppeldeutig und geheimnisvoll. Eigentlich ist es nur der große braune Hund zu ihren Füßen, der ein ungeteiltes und eindeutiges Gefühl ausdrückt. Seine Trauer ist ganz auf sie gerichtet und von ihm selbst unabhängig; sein ganzer klobiger Körper ruht in einer Art Bewegung der totalen Liebe auf die Frau zu.

Vielleicht schaue ich noch mal in der National Gallery vorbei, bevor ich gleich in die Bibliothek gehe.

Miss Amelia lächelte im Schlaf und drehte sich langsam im Bett um. Die Sonne flutete durch ein offenes Fenster ins Zimmer; ein kleiner Sonnenstrahl tastete sich keck zu ihr hin und streichelte rasch ihre Wange. Dann hüpfte er weiter, tanzte vergnügt im Spiegel über der Waschkommode, glücklich über die Reflexe, die in dem buckligen Glas glitzerten, schlängelte sich zwischen den Rosenranken der Tapete ein und aus, bevor er sich schließlich im Dunkel hinter dem Kamin verlor.

Amelia schlug die Augen auf. Einen Augenblick lag sie da, noch gefangen in den Tönungen der Träume, und betrachtete verwundert das Laub der Kastanie, das so schön ins Gelb spielte. Dann setzte sie sich rasch im Bett auf und sah sich im Zimmer um.

– Fritz?

Er war verschwunden, die kühle Morgenluft machte Amelia hellwach. Sie wünschte fast, die Ereignisse der Nacht wären ein Traum gewesen, aber das offene Fenster, die zur Seite geschobenen Gardinen, die zerknitterten Laken – das alles sagte ihr, daß sie nicht geträumt hatte, sie war heute nacht nicht allein gewesen. Auf dem Kopfkissen fand sie ein gelocktes Haar, schwarz und kräftig, und sie lächelte. Es spielte keine Rolle, daß er verschwunden war, bestimmt tauchte er früher oder später wieder auf. Im Moment genoß Amelia die Einsamkeit.

Sie stand auf und errötete, als sie merkte, daß sie nackt war. Rasch schnappte sie sich den wattierten Morgenmantel vom Haken neben der Tür und hüllte sich darin ein. Wohin war das Nachthemd verschwunden? Sie ging zum Fenster und tat einen tiefen Atemzug. Die Sonne schien auch heute, der Hinterhof lag still und friedlich im Morgenlicht; ein paar späte Astern blühten in den Beeten am Kücheneingang und verstreuten ihre Farbenpracht in der gelbgrünen Welt. Amelia lachte leise vor sich hin, ein sprudelndes kleines Lachen, das sich ganz von selbst den Weg aus ihrem Mund bahnte.

Amelia schloß das Fenster und ging zur Waschkommode. Rasch schüttete sie etwas kaltes Wasser aus der Kanne und wusch sich das Gesicht. Ich glaube, ich werde ein Bad nehmen, dachte sie und suchte nach dem Handtuch. Sie trocknete sich ab, spritzte ein wenig Rosenwasser auf einen Zipfel des Handtuchs und betupfte damit sorgfältig das Gesicht. Dann fing sie ihr eigenes Bild im Spiegel ein und hielt plötzlich inne. Was hatte er gesagt? – »Ein Teint wie eine Heckenrose.« Amelia musterte sich neugierig in der verzerrten Oberfläche des Glases.

Es war, als hätte sie sich selbst anzusehen noch nie richtig für wert befunden, und nun studierte sie jeden Gesichtszug mit kühlem, fast unpersönlichem Interesse. Der Teint war wirklich schön: weiß und glatt und weich, mit einem rosigen Hauch auf den Jochbögen. Im übrigen sah sie ein rundes, ziemlich breites Gesicht mit festen Wangen und einem kleinen, energischen Kinn. Die Nase war ein wenig stumpf und ziemlich groß, aber man vergaß sie über den großen, klaren Augen, die heute in seltsam blauem Glanz leuchteten. Die Augenbrauen waren schmal und zu einem hohen Bogen gewölbt, der dem Gesicht einen Ausdruck der Verwunderung verlieh, aber auch eine Leichtigkeit, die ihre Züge sonst nicht hatten. Amelia lächelte sich selber zu wie einer Fremden und griff nach der Haarbürste. Mit entschlossenen Bewegungen bürstete sie die zerzausten braunen Locken aus. Sie waren weich, ihre Haare – jetzt erinnerte sie sich, daß Fritz das bemerkt hatte –, und bekamen in der Sonne einen bernsteingelben Glanz.

Aha, das also war die Liebe. Während sie die Haare sorgfältig zu einem blanken Knoten hochsteckte, dachte Amelia nach. Sie konnte nichts von dem Geschehenen bereuen, dazu war es zu unwirklich, zu unbegreiflich. Sie wußte, daß es kein Traum war, aber sie konnte sich auch nicht dazu überwinden, es für ganz wirklich zu halten.

– Vielleicht ist es eine Geschichte, wie er gesagt hat, murmelte sie, den Mund voller Haarnadeln. Die Augenbrauen zogen sich zu schmalen Strichen zusammen, während sie den Knoten befestigte.

Habe ich mich jetzt verändert? fragte sich Amelia und betrachtete fast mißtrauisch ihren weißen, üppig gerundeten Körper, der im Spalt des Morgenmantels hervorschimmerte. Am Halsansatz war ein rotes Mal von den spitzen Zähnen des Fauns zu sehen, und Amelia errötete, während eine tiefe körperliche Freude in ihr aufstieg. Ja, irgendwie hatte sie sich wohl verändert, das sah sie ihrem Spiegelbild an. (Oder, könnten wir bemerken, die bloße Tatsache, daß sie ihr Spiegelbild *sah*, zeugte von einer Veränderung.) Zugleich war alles um sie her so sonderbar gewöhnlich, so vertraut und heimisch. Amelia fand, irgendwie müßten auch die Dinge im Zimmer an ihrer Veränderung teilhaben, aber sie sahen genauso aus wie jeden Morgen. Sie setzte sich auf die Bettkante und blickte sich im Zimmer um. Die Liebe.

– Ich glaube nicht, daß ich jetzt viel mehr davon verstehe, sagte Miss Amelia zum Kamin. War es Liebe, was uns heute nacht beschäftigt hat?

Sie lächelte in sich hinein und sah auf ihre Hände herab, die in ihrem Schoß ruhten.

Plötzlich hörte sie klappernde Schritte auf der Treppe, die Tür ging auf, und da stand Fritz mit einem Tablett in den Händen. Er lächelte sein glitzerndes Lächeln und trat ein, umgeben von einem Duft nach frisch geröstetem Brot.

– Guten Morgen, meine Liebe, sagte er fröhlich und stellte das Tablett auf den Nachttisch. Er hatte ein paar Astern gepflückt und sie in eine gesprungene alte Vase gesteckt. Eine große Tasse Tee, einige geröstete Brotscheiben mit Kirschmarmelade und ein in Scheiben geschnittener Apfel füllten das Tablett.

– Wo hast du denn diese scheußliche Vase gefunden? fragte Amelia vergnügt und griff nach der Teetasse. Da sah sie, daß ein kleiner weißer Briefumschlag an der Vase lehnte.

– Der ist mit der ersten Post gekommen, sagte Fritz und deutete salopp auf den Brief. Amelia nahm den kleinen Umschlag und musterte ihn gründlich. Er war nachlässig zugeklebt, und es sah tatsächlich so aus, als hätte ihn bereits jemand geöffnet. Sie drehte ihn um und las: Miss Amelia Spencer, 7 Green Road, London. Sie blickte zu Fritz empor, der summend zum Fenster hinaussah.

– Fritz! Hast du meinen Brief aufgemacht?

– Wie kannst du bloß so etwas *annehmen*, Amelia, du verletzt mich! rief Fritz aus und sah sie treuherzig mit aufgerissenen braunen Augen an.

Amelia öffnete den Brief. Er lautete in aller Kürze:

Aus Anlaß des Erscheinens meines Romans Das Tal der Rosen *ist Miss Amelia Spencer eingeladen, am Mittwoch, dem 17. d. M., um 17 Uhr an einem Empfang in meinem Hause teilzunehmen.*

Hochachtungsvoll
Miss Agathe Crackle

– O nein, seufzte Amelia, nicht diese schreckliche Frau.

– Das kann doch ganz unterhaltsam werden, sagte Fritz und beugte sich über das Tablett, ich finde, wir gehen hin.

– Wir? Fritz, du *hast* den Brief gelesen!

– Was spielt das schon für eine Rolle – er war übrigens schon fast offen, ich habe nur die Klappe ein bißchen gestreift, und wups! fiel die Karte von selbst heraus. Na ja, fast von selbst, fügte er hinzu und wand sich ein wenig unter Amelias Blick.

– Du bist unverbesserlich, stöhnte Amelia, und ich will überhaupt nicht hingehen! Ich kann Miss Crackle nicht leiden. Sie ist so entsetzlich geschwätzig und prahlt immerzu damit, daß ihre Romane sich besser verkaufen als meine, ja, sie veröffentlicht auch bei Mr. Finkle. Ich fühle mich ganz erschöpft, wenn ich die Person nur sehe. *Das Tal der Rosen* – was immer das sein mag?

– Ach, ein dämlicher, tragischer Ritterroman, der im Mittelalter spielt, glaube ich, sagte Fritz zerstreut. Aber wir könnten uns dort richtig amüsieren, Amelia, wir haben doch unsere Geschichte gerade erst angefangen. Es ist noch viel zu machen mit deinem Leben, *viel*, und auf solchen Veranstaltungen kann man sich immer amüsieren, wenn man die richtige Veranlagung hat. *Ich* amüsiere mich fast überall, aber ich bin in dieser Hinsicht vielleicht auch besonders begabt. Meinst du nicht, deine entzückende Freundin wird auch dort erscheinen?

– Natalie? Amelia runzelte die Stirn. Beim Gedanken an den Auftritt zwischen ihnen spürte sie Zorn in sich aufsteigen. Woher nahm Natalie das Recht, in diesem Ton zu sprechen – so belehrend, als spräche sie zu einem Kind.

– Meinst du nicht, sie würde sehr überrascht sein, wenn du in Gesellschaft dieses *charmanten* Gentleman zum Empfang kämst, säuselte Fritz in einem neckischen Tonfall.

Amelia nickte grimmig. Überrascht! Ja, das würde Natalie gerade recht geschehen, vielleicht würde es sie lehren, sich nicht in die Privatangelegenheiten anderer Leute zu mischen. Sie lächelte Fritz zu, der sogleich einen kleinen Freudenhüpfer tat.

– Ja, ja, dann gehen wir eben hin. Aber was soll ich anziehen? Das alte blaue Kleid müßte am Saum genäht werden. Soso, Agathe Crackle hat einen tragischen Roman geschrieben, der im Mittelalter spielt? Ich glaube, ich muß mit dem guten Mr. Finkle ein Wörtchen reden. Ja, wir gehen hin.

– Laß mich dir ein neues Kleid kaufen, sagte Fritz und machte mit dem Arm eine großartige Geste. Amelia prustete los, er sah zu komisch aus.

– Du sollst deinen Willen bekommen, sagte sie und trank ihren Tee.

Fritz bestand hartnäckig auf seinem Angebot, Amelia ein neues Kleid zu kaufen, und schließlich erklärte sie sich einverstanden, obwohl sie nicht wußte, ob er das Geld dafür hatte und ob sie überhaupt ein solches Geschenk von ihm annehmen sollte. Es waren ja nicht mehr viele Tage bis zum 17. (Amelia sagte, Miss Crackle würde ihre Einladungen immer in letzter Minute schicken, als wolle sie absichtlich verhindern, daß den Damen Zeit für die Anschaffung neuer Kleider bleibe), aber Fritz behauptete, ein Geschäft in der Bond Street zu kennen, das hervorragende Konfektionsware führte. Der ganze Vormittag verfloß mit solch zwanglosen kleinen Palavern und Diskussionen, vermischt mit zahllosen Bemerkungen von Fritz über ›Die Kunst, sich auf Langweiligen Veranstaltungen zu Amüsieren‹.

Als die Uhr am Kirchturm zwölf schlug, hielt Amelia abrupt inne, als sei sie soeben aus einem wohligen Schlaf erwacht. Sie war gerade mit den Astern, die Fritz gepflückt hatte, ins Wohnzimmer unterwegs – sie hatte die häßliche alte Vase mit einer schlanken aus grünem Glas vertauscht – und blieb mit den Blumen in der Hand auf dem stillen Flur stehen, als die Schläge der Uhr über sie hinwegschwebten. Fritz war in der Küche, wo er mit Appetit Amelias Äpfel verschlang. Die Glocken läuteten und läuteten, und Amelia sah die Astern an und fragte sich: Was geht hier eigentlich vor? Was tue ich überhaupt? Eine große Stille breitete sich um sie aus, als das Glockenläuten verstummte, und sie sog sie gierig ein. Dieses ganze Geplapper – auf einmal spürte Amelia, daß es sie völlig erschöpfte. Sie stellte die Blumenvase auf den Tisch im Flur und eilte in ihr Arbeitszimmer.

Die Luft da drinnen stagnierte, unbeweglich und stumm – es war, als käme man in ein Zimmer, das lange unbewohnt geblieben war. Sie ging zum Fenster und zog die roten Vorhänge zur Seite, öffnete auch das Fenster einen Spaltbreit. Trockene, klare Herbstluft strömte ins Zimmer, vermischt mit dem erfrischenden Sonnenschein, der dem September eigen ist. Amelia sah die Staubkörner im Lichtkegel über dem Schreibtisch tanzen und seufzte tief. Sie setzte sich und griff zur Feder, hielt sie in der Hand und strich mit dem Finger über die eingetrocknete Tinte an ihrer Spitze. Das Laubwerk der Kastanie bewegte sich langsam im Wind und streute einen Schwarm von Sonnenflecken auf die blanke braune Oberfläche des Tisches.

Ich muß mich darauf besinnen, wer ich bin, dachte Amelia, und sie hatte ein starkes Gefühl, etwas ungeheuer Wichtiges stehe ihr bevor; etwas, das sich nur erahnen ließ, leicht wie Sonnenschein, in den Atemzügen des stillen Zimmers. Miss Amelia seufzte erneut und holte die Mappe mit dem Roman hervor, öffnete sie aber nicht, sondern ließ sie geschlossen vor sich liegen. Wenn es nun so wäre, daß Fritz ihr tatsächlich etwas zu erzählen hatte, etwas über Eleanor, etwas, das vielleicht den Widerwillen erklären konnte, den sie in letzter Zeit gegenüber dem Roman gehabt hatte? Sie erkannte, daß sie ihn unbedingt dazu bringen mußte, mit seiner Geschichte fortzufahren: dieser Schimmer von Eleanor, den sie gestern im Park wahrgenommen hatte, regte sich noch immer in ihr, er *lebte*, obwohl Amelia ihn überhaupt nicht verstand. Sie wollte mehr wissen – wollte die Romanfigur kennenlernen, von der sie glaubte, sie habe sie selbst geschaffen.

Amelia stützte den Kopf in die Hände und betrachtete durch das Fenster die Wolken, die hoch oben über den Himmel zogen. Leichte, dünne Wolken, wie Rauchschwaden oder Schleier oder verstohlene Gedanken an einem glasklaren Tag. Sie versuchte ihre Gedanken zu sammeln, fühlte sich aber so sonderbar stumm und still; ein Spiegel, dessen Oberfläche die Bewegungen der Wolken abbildete. Doch es war keine ruhige Stille, Unruhe machte sich darin breit, etwas Wattiggraues, Erstickendes schlich sich zur bleiweichen Innenseite des Glases empor und störte den Wolkenflug.

– Was will er von mir! sagte Amelia laut, und es erleichterte sie zu hören, wie ihre eigene Stimme den Raum füllte. Plötzlich begriff sie, wie wichtig es war, daß sie einen kühlen Kopf behielt, ihren klaren Verstand und ihre analytische Fähigkeit einsetzte. Sie durfte sich nicht völlig von diesem Faun verrückt machen lassen. Irgend etwas an der ganzen Sache stimmte nicht, an seinem Auftauchen – aber was, das konnte sie nicht herausfinden. Es tat gut, wieder allein hier im Arbeitszimmer zu sitzen. Es tat gut, an ihn zu denken als »dieser Faun«.

Es war zu einfach, sich in die Atmosphäre von vertraulicher Alltäglichkeit hineinziehen zu lassen, die Fritz um sie her schuf, zu einfach, einen ganzen Vormittag mit ihm zu verplaudern und alles andere zu vergessen. Vor allem die Fragen zu vergessen. Warum war er überhaupt hier? Und warum ausgerechnet ich?

Durch das Fenster hörte sie die schrillen Stimmen der Kinder im Nachbargarten. Das Leben der Stadt ging draußen weiter wie üblich – nur in ihrem Haus war die Ordnung auf den Kopf gestellt. Es beruhigte Amelia, die Kinderschreie zu hören, und sie lächelte in sich hinein, als sie plötzlich laut zu streiten begannen. Sie erhob sich und stand unentschlossen mitten im Zimmer. Ich mag Fritz ja auch, er ist wirklich in vieler Hinsicht charmant, dachte sie. Er ist auch nicht so dumm, wie er sich stellt. Aber da ist diese Leichtigkeit, mit der er alles anpackt. Mir wird schwindlig davon, alles fließt in einem gleichmäßigen Strom vorbei, er scheint nichts ernst zu nehmen. Nein, das stimmt auch nicht – denn seine Geschichte nimmt er schon ernst –, es ist eher so, als würde nichts an ihm haftenbleiben. Genau das ist es.

Sie fuhr mit der Hand an dem abgegriffenen Leder der Buchrücken entlang und sog ihren Duft ein. Es war verlockend, hier im Arbeitszimmer zu verweilen, so zu tun, als gäbe es den Faun nicht, mit dem Roman und dem normalen Leben weiterzumachen. Und dunkel ahnte Amelia auf einmal, irgendwo im tiefsten Inneren, daß der Faun vielleicht wirklich endgültig verschwinden würde, wenn es ihr jetzt gelänge, ihn zu vergessen. Diese Ahnung übte einen verführerischen Sog aus, die ganze Anziehungskraft des Vertrauten und Alltäglichen.

– *Nein*, sagte Amelia laut. Da er nun schon mal hier ist – ein Faun! – und ich etwas von ihm lernen kann, wäre ich ganz schön dumm, es nicht zu tun.

Sie lächelte geheimnisvoll und spürte die warme Schwere ihres Körpers, als die Erinnerung an die Nacht sie durchzog. Wenn ich nur einen kühlen Kopf behalte, dachte Miss Amelia und verließ ihr Arbeitszimmer. Sorgfältig schloß sie die Tür hinter sich.

Als Fritz und Amelia zu ihrer Einkaufsexpedition aufbrechen wollten, fiel Miss Amelia plötzlich ein, daß sie das Haus nicht gemeinsam verlassen konnten! Es war eine Sache, den Nachbarinnen zur Mittagszeit in Begleitung eines fremden Herrn zu begegnen – und eine ganz andere, das Haus am nächsten Vormittag mit demselben Mann zu verlassen. Amelia spähte vorsichtig durch die weiße Musselingardine der Haustür und sah natürlich Mrs. Gossler gegenüber am Zaun lehnen und mit Mrs. White schwatzen. Das Ausmaß der Ereignisse der letzten vierundzwanzig Stunden wurde Miss Amelia auf einmal in aller wünschenswerten Deutlichkeit bewußt.

– Habe ich mir doch gedacht; das wird alles äußerst kompliziert, murmelte sie und ließ die Gardine los.

Fritz stand vor dem Garderobenspiegel und setzte die Melone auf. Er lächelte sich selbst hingerissen zu und drehte den Kopf hin und her.

– Gehen wir? Was ist so kompliziert?

– Die Liebe, sagte Amelia mürrisch. Es geht ja nicht nur um dich und mich – da draußen ist eine ganze Welt, die aus Augen und Ohren besteht. Wir können nicht zusammen weggehen, Fritz.

– Was ist denn nun los? Wo ist deine Dreistigkeit geblieben, meine Schöne? Na ja, ich lege keinen Wert darauf, unnötigen Ärger zu machen.

Fritz hörte auf, sich vor dem Spiegel zu drehen, und wandte sich Amelia zu. In seinen braunen Augen glomm ein schalkhafter grüner Funke auf, und er lächelte sein anzügliches, spitzzähniges Lächeln.

– Erwarte mich in einer Viertelstunde am Piccadilly, sagte er, verbeugte sich förmlich vor Amelia und war verschwunden.

Miss Amelia blinzelte. Die Astern auf dem Tisch bewegten sich fast unmerklich in einem leichten Windzug, der bald erstarb. Durch die plötzliche Stille des Hauses konnte sie Mrs. Gosslers eintönige Stimme von der Straße hereindringen hören. Ich werde mich niemals an diese Faxen gewöhnen, dachte Amelia und öffnete die Tür. Es hat ja zweifellos seine Vorteile, ein Liebesverhältnis mit einem Faun anzufangen, wie der Leser sich sicher vorstellen kann.

Sobald sie die Steintreppe hinunterging, verstummte Mrs. Gossler und drehte sich zu ihr um. Sie starrte sie mit unverhohlener Neugier an, und Mrs. Whites Mund war halb geöffnet, feucht glänzend, als erwarte sie einen handfesten Skandal. Amelia rückte ihren kleinen grünen Hut zurecht und ging auf die Damen zu.

– Guten Morgen, Miss Spencer, sagte Mrs. Gossler atemlos, man hat Besuch aus dem Ausland gehabt, nehme ich an?

Mrs. Gossler machte sich nie die Mühe, ihre Neugier zu verbergen, vielmehr sah sie es offenbar als ihre selbstverständliche Pflicht an, über das Tun und Lassen der Nachbarn unterrichtet zu sein. Amelia konnte nicht einmal jetzt umhin, einen gewissen Respekt vor der Ernsthaftigkeit zu empfinden, mit der diese Frau ihrer Aufgabe nachkam. Sie lächelte Mrs. Gossler freundlich und ein wenig nachsichtig zu. Mrs. White leckte sich die Lippen. (Ja, genau das machte sie tatsächlich.)

– Oh, Sie meinen Mr. Forrester, meinen Cousin, der gestern hier war? Ja, er hat viele Jahre im Ausland verbracht. Tatsache ist (und an dieser Stelle senkte Amelia ihre Stimme und sah sich verschwörerisch um), daß er diplomatische Aufträge hat, die ihn an alle möglichen Orte der Welt führen – Sie *ahnen* nicht, was er schon alles erlebt hat –, aber es handelt sich natürlich um sehr ernste Angelegenheiten. Staatsgeheimnisse. Ich glaube, auf ihren Verrat steht die Todesstrafe. Aber Mr. Forrester ist die Diskretion in Person – es war richtig nett, ihn nach all diesen Jahren wiederzusehen. Aber dieser Bart, den er sich zugelegt hat, tja, man merkt wirklich, daß er lange im Ausland war!

Mrs. Gossler schluckte und lächelte Amelia unsicher zu. Mrs. Whites Kinn zitterte wie ein Plumpudding im Sonnenschein, offenbar hatte sie total vergessen, den Mund zu schließen. Amelia lachte auf.

– Wie interessant, sagte Mrs. Gossler vage. Staatsgeheimnisse, ja, man weiß doch, wie das ist.

– Freilich, lächelte Amelia. Und jetzt entschuldigen Sie mich bitte, ich habe es sehr eilig. Eine wichtige Verabredung.

Und hocherhobenen Hauptes schritt sie die Straße hinunter. Hinter sich hörte sie Satzfetzen aus Mrs. Gosslers wiederaufgenommener Suada: gutaussehender Mann – so viele aufregende Bekannte – ja, Plumtree-on-Stoke – distinguierter Bart – selbständig – haben Sie schon gelesen, was sie …

Amelia lachte. Eine Eigenart von Mrs. Gossler, die sicherlich mit ihrer selbstgewählten Aufsichtspflicht über die Nachbarschaft zusammenhing, war, daß sie sich nie überrascht oder erstaunt zeigen konnte. Das hätte einen schweren Mangel an Vertrauen in ihre Tätigkeit zur Folge gehabt; lieber spann sie weiter an einer Geschichte, die sie gerade erfahren hatte, als ihr Unwissen zuzugeben. Vermutlich würde sie der armen Mrs. White jetzt eine halbe Stunde lang von Miss Spencers eigentümlichen Bekannten und spannendem Leben erzählen. Es würde Amelia nicht wundern, wenn Mrs. Gossler vor Ende dieses Tages zu dem Schluß kommen würde, daß Amelias lieber Vater, der Pfarrer, in Wirklichkeit Spion gewesen sei und Natalie Glimstone eine verkleidete russische Prinzessin.

Mit raschen Schritten eilte Amelia zum Piccadilly, erfüllt von sprudelnder Freude und einer etwas boshaften Ausgelassenheit, die sie seit der Kindheit nicht mehr empfunden hatte.

25. Juli

Ein schläfriger Wind zieht träge durch die Bäume, schüttelt Sonnensprenkel auf dem Rasen aus. Ich sehe von meinem Buch auf, rasch, als sei gerade jemand durch den Garten gegangen. Wie oft überkommt mich dieses Gefühl einer Gegenwart, der Lufthauch von den Kleidern eines Menschen, der gerade das Zimmer durchquert hat. Aber als ich aufblicke, ist alles still, die Blumen halten den Atem an. Manchmal sage ich mir, ich sei nicht schnell genug, würde ich den Kopf um den Bruchteil einer Sekunde früher heben, könnte ich ihn sehen. Wen sehen?

In der Kindheit hatte ich ›Den großen dünnen Mann‹. Wenn ich ein Buch las, konnte ich ihn ganz hinten im Augenwinkel ahnen: groß und schlaksig, in einem braunen Anzug von altmodischem Schnitt, lungerte er oft am Rand des Blickfelds herum. (Wie ein zweitklassiger Detektiv in einem Film der vierziger Jahre.) Wenn ich aufblickte, war er nie da, wie schnell ich auch war. Ich konnte stundenlang dasitzen und ihn sozusagen anschielen, bis ich ganz schwindlig davon wurde. Ich glaube nicht, daß er jemals bedrohlich war oder auch nur verwirrend. Er war einfach da, nachlässig an die äußerste Grenze meines Sehvermögens gelehnt; ich gewöhnte mich an seine Anwesenheit und bekam mit der Zeit ein immer vertrauteres Verhältnis zu seiner Gestalt. Es gibt so vieles, was man nie entdeckt, und außerdem ist nichts genau so, wie es zu sein scheint. Vielleicht war es das, was er mir sagen wollte, der große Dünne. Und: In deinem eigenen Blick ist jemand, der dir fremd ist, jemand, der nicht du ist.

Ein Vormittag in dem kleinen italienischen Badeort. Rakel und ich hatten gerade in dem kalten grünen Meer gebadet, uns den Schmutz einer langen Zugreise abgewaschen. Jetzt saßen wir an einem kleinen Tisch vor großen Fenstern und tranken Kaffee. Wir spürten noch die Frische des Meeres im Blut, während wir schweigend auf den Platz hinausblickten. Ein großer grüner Bus fuhr in einer Staubwolke vor, und eine schwarzgekleidete alte Frau stieg aus. Die niedrigen Häuser rings um den Platz waren in verschiedenen Pastellfarben getüncht, die das harte, immer stärker flimmernde Sonnenlicht ins Weiße aufhellte.

Ich betrachtete Rakel, die halb von mir abgewandt dasaß. Ihre breiten, aber zugleich so dünnen Schultern schienen ausnahmsweise entspannt; sie lehnte sich im Stuhl zurück und hielt die Kaffeetasse mit beiden Händen. Sie wirkte fremd mit ihrer Jungenfrisur, dem etwas ausgefransten Nacken und dem langen, weichen, schräg gescheitelten Pony. Ihr Hals, der noch nicht gebräunt war, leuchtete weiß und schmal: sah irgendwie entblößt, ertappt aus. Ich hatte ihr schon in Perugia die langen Haare geschnitten, vor unserer gemeinsamen Reise, mit einer großen, unhandlichen Küchenschere, die wir von dem hinkenden Argentinier geborgt hatten. Sie war es leid, Lolita mit dem langen, weichen Mädchenhaar zu sein, und wollte ihren Brüdern gleichen (die alle die gleiche, etwas nachlässig geschnittene Frisur hatten). Die kurzen Haare ließen sie schlaksiger wirken, und die grauen Augen waren unfaßbar groß in dem neuen, nackten Gesicht.

Rakel bestellte einen Whisky, ich sah auf die Uhr und schüttelte ironisch den Kopf. Das Licht auf dem Platz war blendend weiß, es vibrierte vor Hitze. Sie wandte sich mir zu, zuckte mit einer verlegenen, entschuldigenden und zugleich spielerischen Geste die Schultern und lächelte direkt in mich hinein. In der ausgedehnten Zeit zwischen uns hörte man den kleinen Knall, mit dem der Kellner das Glas mit dem dunkelgelben Getränk auf den Tisch stellte, sehr abgegrenzt, deutlich.

Ich liebe Rakel auf die gleiche Art, wie ich die Schwester liebe. Das Gefühl des Mangels, der Unzulänglichkeit, und daß sie ständig im Begriff sind, mir entrissen zu werden, vermischt sich mit der reinen Freude an ihrem Dasein, und das entwaffnet mich völlig. Beide haben etwas Ausgeliefertes, eine Art permanenter Einladung an alle Kräfte des Lebens, gerade sie als Spielplatz zu benutzen, und das erschüttert mich in meinem ständigen Betrachten und Reflektieren. Ich liebe ihre Offenheit – kann aber ihren Mangel an Selbsterhaltungstrieb nicht ertragen. Ich fühle mich oft so ratlos in meiner Liebe zu ihnen, weiß nicht, was ich damit oder mit mir darin anfangen soll. Lungere wie der große dünne Mann im Randbezirk des Begreifbaren herum, während sich die Brust langsam mit dem weißen Oberlicht der Liebe füllt, bis sie birst. Und wozu brauchen sie mich?

27. Juli

Erinnere mich an ein Gespräch mit dem Lyrikerfreund von Thomas. Es war ein in Nieselregen gehüllter Tag, ich hatte mich in die Konditorei *Svea* zwischen all die Fotografien gesetzt, um an Rakel zu schreiben. (*Svea* ist einer der vielen Orte in Stockholm, wo Rakel immer anwesend ist, dorthin kann ich gehen, um mit ihr zu reden.) (Wie viele Orte hat sie mir gegeben, mir geöffnet. Und ich habe ihr meine Häuser, meine kleinen Plätze geschenkt. Das gelbe abblätternde Haus in der Kaptensgatan mit Blick auf einen kleinen Zipfel grauen Wassers mit schmutzigen Booten und vielen Möwen; die Sackgasse davor, die einem Platz mit planlos aufgestellten Bänken gleicht; die Fenster des Hauses immer leere Augen, und der schwarze Turm, um den wir unsere Träume webten.)

Der Lyriker kam zur Tür herein, das Halstuch feucht vom Regen, und ich fühlte mich zugleich froh und müde, wie stets, wenn ich ihn sah. Er setzte sich zu mir, fragte nach Rakel. Da ich nicht über sie sprechen wollte, begann ich über sein jüngstes Buch zu reden, das ich gerade gelesen hatte.

– Ich mag es, sagte ich, aber warum mußt du es uns so schwermachen?

Er lächelte und wartete auf die Fortsetzung.

– Muß es so kompliziert, so steif und zurechtgelegt sein – mußt du es deinen Lesern so unendlich mühevoll machen, deinen Gedanken zu begegnen? Ich mag das Einfache, die schöne Einfachheit starker Worte.

Das Lächeln des Lyrikers zerbarst über seinen weißen Zähnen.

– Wenn du meinst, unsere Wirklichkeit ließe sich in einfachen Sätzen beschreiben, bist du ganz schön naiv, sagte er. Ich schildere alles genauso mühevoll und komplex, wie es mir erscheint.

– Aber die Wirklichkeit ist doch in so hohem Grad unsere Vorstellung von ihr, sagte ich, wenn ich sie mir in einfachen Worten vorstelle, kann ich dem Chaotischen des Daseins trotzen.

Mich überwältigte bereits die Müdigkeit, die mich stets überkam, wenn ich mit dem Lyriker sprach. Ich weiß überhaupt nicht mehr, was er darauf antwortete. Wir saßen noch eine ganze Weile und beharrten auf unseren entgegengesetzten Standpunkten, tranken unseren immer laueren Kaffee. Ich verlor den Lyriker immer, wenn ich mit ihm sprach, verlor ihn in großen, müden Wortmassen.

Vielleicht nahm er tatsächlich an jenem Tag meine Müdigkeit wahr und ärgerte sich darüber, denn als er aufbrach, sagte er plötzlich: Es ist dir doch wohl klar, daß Thomas allmählich in seinen privaten Alpträumen untergeht und daß das einzige, was ihn retten könnte, Rakels Heimkehr ist? Sprachlos starrte ich ihn an, sah, wie er unendlich langsam und pedantisch sein feuchtes Halstuch knotete, und erkannte, daß auch er mich verantwortlich machte. Und Rakel? dachte ich, sagte aber nichts, weil ich wußte, es war zwecklos. Er verschwand, und ich schrieb in meinem Brief an Rakel natürlich nichts davon.

Wie sah ich sie eigentlich, Rakel und Thomas? Ich erinnere mich nicht, wann ich sie zum erstenmal zusammen getroffen habe, weiß nur, es muß im Frühjahr nach diesem kalten Winter gewesen sein, als Rakel und ich Skitouren auf Drottningholm machten. Wir staksten mühselig um die verschneiten Gebäude des Schlosses herum, tranken warme Schokolade aus der Thermoskanne und lachten viel über unsere lausigen Skifahrerkünste. Irgendwie verbindet sich das mit dem Bild von ihr und Thomas, obwohl sie sich erst Monate später getroffen haben dürften.

Rakel und Thomas. Wenn ich an sie denke, sehe ich unzählige Szenen vor mir: kurze, oft lautlose Szenen, wie ausgeschnitten aus einem größeren Zusammenhang.

Eine der üblichen:

Ich komme durch den Kungsträdgården gegangen und sehe sie im *Piccolino* am Tresen sitzen. Es ist sehr warm, die Sonne dampft in schweren Laubmassen der Bäume. Sie sitzen beide leicht zurückgelehnt, einen Arm auf den Tresen gestützt. Beide tragen rußschwarze Sonnenbrillen, und sie reden nicht miteinander, sitzen einfach da und richten ihre verborgenen Blicke hinaus auf die Schachspieler und die Eis essenden Leute. Rakels Haare fallen in einem weichen Bogen über die linke Schulter, verdecken ihr Gesicht vor Thomas; das Braun sprüht in der Sonne rot, ockerfarben und golden. Ihre Stille hat etwas Angespanntes, Wachsames, das mich an große Raubkatzen denken läßt. Das Weiche, Glänzende, Geschmeidige ihrer Reglosigkeit.

Aber es gibt auch andere Szenen, lebhaftere:

Ich sehe sie auf einem Fest bei Mona tanzen; sich gegenseitig ins Gesicht lachend, tanzen sie so heftig, daß die anderen die

Tanzfläche verlassen. Rakel trägt einen roten Rock, der Thomas um die Beine schwingt, und Mona lächelt stolz, fast mütterlich.
Sie kommen in Thomas' weißem Cabrio den Strandvägen entlanggefahren; Rakels Haare stehen wie ein Wimpel hinter ihrem Kopf, und sie winkt mir mit großen Gesten zu, während sich ein Lächeln über ihre ganze Gestalt ausbreitet.

Und noch zwei, schwierigere:
Ich treffe sie an einem sehr frühen Morgen auf dem Katarinavägen, als ich mich nach einer Nacht mit F. auslüfte. Sie gehen langsam wie ein altes Paar, Arm in Arm, mit übernächtigten grauen Gesichtern. Rakel sagt zu mir: Im Moment habe ich keine Worte zur Verfügung, die du verstehen könntest. Ich sehe die Zärtlichkeit, mit der Thomas' Arm den ihren umfaßt. Ich sehe auch eine fremde Starre in ihrem Gesicht, die ich nicht verstehe, und wir gehen rasch auseinander.

In einer regnerischen Herbstnacht komme ich an Röda Rummet beim Norra Bantorget vorbei und sehe sie da drinnen in einem kalten gelben Licht; sie beugen sich über dem Tisch zueinander vor und führen ein ernstes Gespräch. Der Regen rinnt über die Scheibe und verzerrt ihre Gesichter: mich überkommt das Gefühl, sie in einem Film zu sehen. Etwas Fieberhaftes in ihren Bewegungen, etwas Ungeordnetes in ihren Zügen erschreckt mich. Ich fühle mich einsam und friere.

Ich weiß nicht, welche Bilder der Lyriker von ihnen hatte oder Mona, Niklas, Eva oder all die andern, aber dies sind meine Szenen. Ich glaube, ich mochte sie zusammen – zumindest am Anfang –, und ich war froh, weil Rakel froh war. Aber diese Szenen sind anders; in ihnen ist es, als sähe ich Rakel und Thomas in Momenten, in denen sie sich unbeobachtet fühlten, als sähe ich etwas, was ich nicht sehen sollte. Ich sah sie, als sie miteinander beschäftigt waren oder mit ihrer gemeinsamen Front gegen die

Welt. Und was diese Erinnerungsbilder durchtränkt, ist Einsamkeit. Damals dachte ich, es sei ihre Einsamkeit, die ich sah, als wohne ihrer Liebe eine unsägliche Verlassenheit inne, die auch ihre Stärke war; aber jetzt, da ich weiß, auf welche Art von Verlassenheit ihre Liebe sich gründete, deute ich die Szenen anders und frage mich, ob ich darin nicht auch meine eigene Einsamkeit ahnte. Wieder und wieder stelle ich mir die gleiche Frage: Wie war es möglich, daß ich nicht verstand, was ich da sah?

Für mich war es eine Zeit intensiven Umgangs mit F. – Rakel und ich sahen uns nicht sehr oft. Aber auch wenn wir uns sahen, war etwas anders, wir waren füreinander undeutlich geworden; es gab so viele verschlossene Türen, und es gelang uns auch nicht, hinter die fertigen Gesichter vorzudringen, die wir einander zeigten. Wir begnügten uns mit dem einfachsten Weg: zu bestätigen, was wir bereits von unserer Freundschaft wußten. Daher die Blindheit, die Einsamkeit und die Schuld.

Am Mittwoch, dem 17. September, stand Miss Amelia vor dem großen Spiegel im Flur und betrachtete nachdenklich ihr Bild. Es war ein feuchter, dunstiger Tag, den ganzen Vormittag über war der Regen die Fensterscheiben herabgeflossen, und die Luft im Haus war naßkalt, obwohl Mary im Kamin und in den Öfen Feuer gemacht hatte. Jetzt hatte der Regen aufgehört, aber er hing noch als Erinnerung in der Luft. Die Bäume auf der Straße leuchteten in klaren, starken Farben durch den Dunst. Amelia fröstelte vor dem Spiegel und fragte sich zum wiederholtenmal, ob das Kleid für einen Nachmittagsempfang nicht reichlich ausgeschnitten sei. Doch die tief ockergelbe Farbe paßte so gut zu ihrem Haar und ihrem Teint, und die weite, schwere Stoffmasse des Rocks gab ihr ein ungewohntes Gefühl von Luxus. Natürlich hatte sie sich von Fritz überreden lassen.

Amelia bewegte sich ein wenig und bemerkte im Spiegelglas eine gewisse Schönheit in den weichen, gelbschimmernden Umrissen ihres Körpers. Ungeduldig horchte sie auf die Droschke, mit der Fritz kommen wollte, doch die Straße lag still und verlassen da. Ein paar Häuser weiter schrie eine einsame Krähe. Sie hatte Fritz die letzten Tage kaum gesehen, zuletzt, als sie nach dem Kleiderkauf zusammen zu Abend gegessen hatten. Er habe Geschäftliches zu erledigen, hatte er behauptet – Geschäftliches? Amelia schnaubte und strich sich übers Haar. Die Frisur war glatt und blank gebürstet, um den Hals trug sie ein Perlenhalsband, das sie von ihrer Mutter geerbt hatte.

– Mir ist schon klar, daß er mich warten lassen wollte, sagte Amelia zu sich selbst und begegnete ihren strengen Augen im

Spiegel. Obwohl sie ihn in diesem Punkt durchschaute, hatte sie genau dies getan, nämlich gewartet. Bevor sie nicht Fritz' Erzählung von Eleanor gehört hatte, konnte sie schließlich den Roman nicht beenden, und sie wollte auch noch nicht über einen neuen nachdenken. (Miss Amelia nahm sich gewöhnlich, wenn sie einen Roman beendet hatte, mindestens einen Monat frei, bevor sie ein neues Buch anfing. Manchmal verreiste sie – einen Spätsommermonat hatte sie in Brighton verbracht und einen April in der Provence –, aber auch wenn sie zu Hause blieb, ließ sie die Sinne von allen Phantasien ausruhen und enthielt sich der Arbeit. Sie hatte die Theorie, dies täte den Romanen gut, sie könne dann mit frischen Kräften schreiben – ob diese Theorie zutraf oder nicht, können schließlich nur ihre Leser beurteilen.)

Die letzten Tage hatte Amelia mit langen Spaziergängen und Lektüre verbracht, außerdem hatte sie zusammen mit Mary einen Großputz begonnen. Doch diese Tage brachten keine Ruhe, es war, als lebe sie in einem anhaltenden Spannungszustand, in dem sie weder arbeiten noch sich ausruhen konnte. Amelia haßte das, sie haßte es, Fritz auf diese Weise ausgeliefert zu sein.

Jetzt ertönten Hufgeklapper und Wagengeratter am Anfang der Straße, Amelia trat an die Tür und spähte durch die Gardine. Nein, es war ein privater Wagen, der mit hoher Geschwindigkeit durch ihre Straße fuhr. Sie öffnete die Tür, um etwas Luft hereinzulassen, und roch den Duft von feuchtem Schotter, den der Wagen aufgewirbelt hatte. Sie holte ihren alten Mantel und knöpfte ihn sorgfältig zu, wieder vor dem Spiegel. Das gelbe Kleid blitzte ein wenig unter dem Mantel hervor, und Amelia fand, das wirke schäbig. Plötzlich fühlte sie sich wie verkleidet und fror trotz des Mantels in dem ausgeschnittenen Kleid.

– Ich will doch gar nicht ausgehen, murmelte sie.

Da war noch etwas anderes, was unsere Amelia belastete, auch wenn sie selbst nicht zugeben wollte, daß dies zu ihrer Verstimmung beitrug. Ihr Körper schien ein eigenes, gelinde gesagt mutwilliges Leben bekommen zu haben, er erwartete Fritz auf eine Art, die Amelia überhaupt nicht gefiel. Die Erinnerung an ihre gemeinsame Nacht hatte sich im Körper versteckt: in der Weichheit der Haut und im Dunkel des Fleisches. Abends, wenn sie im Sessel vor dem Kamin saß, konnte das Buch plötzlich in ihren Schoß sinken, wenn eine stille, vibrierende Wärme sich in ihr ausbreitete und undeutliche, verschwommene Bilder vor ihrem inneren Auge aufstiegen. Die sehnigen Arme von Fritz, die funkelnden Augen von Fritz, die spitzen Zähne von Fritz …

Sie wollte nicht, wollte keinesfalls in dieser Weise auf ihn warten, aber sie konnte nicht anders. Sie versuchte sich gegen diese neue selbstbewußte Körperlichkeit zu wehren, sie mit klaren Gedanken zu bekämpfen, aber immer unterlag sie, und das machte sie hilflos.

Amelia sah sich selbst ernst in die Augen und richtete sich gerade auf, als sie erneut einen Wagen die Straße entlangkommen und vor ihrem Haus halten hörte.

– Du hast dich darauf eingelassen, nun mußt du es auch zu Ende bringen, sagte sie und nickte ihrem Spiegelbild ermunternd und auffordernd zu. Sie hörte Fritz' Schritte auf dem gepflasterten Weg klappern und drückte den Hut auf den Knoten im Nacken. Ich werde nicht aufgeben und nicht vergessen, nicht vergessen, dachte sie und trat auf die Treppe hinaus. Fritz lächelte herzlich, und etwas regte sich in Amelias Bauch, ein rasches Schmetterlingsgeflatter.

– Guten Tag, meine Schöne, sagte Fritz und küßte ihr die Hand. Erlaube mir, dich zu unserer prachtvollen Droschke zu geleiten.

– Oh, Fritz, sagte Amelia rasch, ich weiß nicht, ob ich überhaupt Lust auf die ganze Veranstaltung habe.

Fritz antwortete nicht, er nahm ihren Arm und drückte ihn leicht, während er sie zur Droschke führte. Amelia spürte, wie die Willenskraft langsam versickerte und eine scheue, pulsierende Freude hinterließ. Er sah gut aus in seinem Gehrock, dieser Fritz, und vielleicht würden sie Spaß haben. Sie freute sich, daß er gekommen, daß er wieder bei ihr war.

Als sie losfuhren, sah Amelia Mrs. Whites Gesicht im Fenster gegenüber: wie ein blasser runder Mond leuchtete es ihr in der Dämmerung entgegen, und sie lachte.

Das Haus zeigte sich festlich erleuchtet neben seinen eher bescheiden verdunkelten Nachbarn; es glich einem großen lichterfunkelnden Schiff, das auf der blauen Septemberdämmerung segelt, dachte Amelia. Eine andere Droschke fuhr gerade ab, als sie am Tor vorfuhren: die Eingangstür wurde geöffnet, und ein breiter gelber Lichtstreifen fiel auf die ausladende Steintreppe und auf ein Paar, das eintrat. Amelia erhaschte einen Blick auf ein bleiches Frauenprofil hinter breiten Männerschultern.

– Oh, Miss Pennymongler, entfuhr es ihr. Und ist das nicht Leutnant Fairwill in ihrer Begleitung? Mir scheint, die Dinge sind ins Rollen gekommen.

Fritz sah sie fragend an, als er ihr aus dem Wagen half, aber sie mochte nichts erklären. Einen Augenblick lang hatte sie starke Sehnsucht nach Natalie und konnte sich die freundlich-ironischen Kommentare vorstellen, die sie über das Paar gemacht hätte. Schließlich hatten sie viel *Spaß* zusammen gehabt.

Eine verdrießliche Haushälterin mit zerknittertem Gesicht unter dem gestärkten weißen Häubchen öffnete ihnen die Tür und nahm ihnen die Mäntel ab. Amelia war erleichtert, den häßlichen alten Mantel loszuwerden, und sie strich behutsam mit der Hand über den Samt des Kleides, um festzustellen, ob es richtig saß.

– Du siehst glänzend aus, einfach glänzend! sagte Fritz mit leuchtenden Augen, und sie spürte, daß er es ernst meinte.

– Ihre Namen, wenn ich bitten darf, flüsterte ein steifer grauhaariger Diener taktvoll.

– Miss Spencer und Sir Forrester, sagte Fritz mit einem ganz neuen, näselnden Tonfall, und zugleich nahm er Amelias Arm und führte sie zur Tür des Salons. Sie warf ihm einen raschen Blick zu, und er murmelte ihr leise ins Ohr:

– Ein kleines »Sir« zur rechten Zeit kann Wunder wirken, glaub mir.

Amelia spürte seinen heißen Atem am Ohr und holte tief Luft. Fritz war der Spielleiter, nun mußte er auch dafür sorgen, daß alles gutging.

– Miss Spencer und Sir Forrester, tönte die erzene Stimme des Dieners durch den Salon, und sie betraten den Raum. Kein Wunder, daß er flüstern muß, nachdem er so trompetet hat, dachte Amelia und sah sich um. Typisch Agathe Crackle, ihre Gäste auf diese feierliche Art ankündigen zu lassen!

Noch waren nicht besonders viele Leute versammelt; eine kleine Schar drängte sich hinten an den Gartenfenstern um Mr. Finkle, eine ältere Dame machte vor dem offenen Kamin mit einem pensionierten Oberst Konversation; Miss Pennymongler stand allein da und versuchte so zu tun, als betrachte sie ein düsteres Gemälde (das die Schlacht bei Hastings darstellte), während Miss Crackle den Leutnant total mit Beschlag belegte. Das kleine Wörtchen »Sir« hatte vielleicht eine gewisse Wirkung, zumindest zeigte sich ein rasches, hungriges Aufblitzen in Miss Crackles Augen, als sie sich abrupt von dem Leutnant abwandte und auf Fritz und Amelia zusegelte. Ihr Kleid war aus grauer Seide, mit großen rosa Blüten gemustert, und bei jedem ihrer Schritte umwogte es ihren stattlichen Leib. Die scharfe, leicht gebogene Nase erhob sich stoisch aus einem im übrigen schwabbeligen Gesicht, das ein sorgfältig gebändigtes Gekräusel stahlgrauer Locken krönte. Miss Crackle setzte ihre Ehre darein, sich künstlerisch zu kleiden. Wie ich diese Frau verabscheue, dachte Amelia und freute sich über ihr eigenes ausgeschnittenes Mieder, das die festen Rundungen des Körpers hervorhob.

– Meine liebe Amelia, wie *schön* dich zu sehen, keuchte Miss Crackle, ein wenig außer Atem nach der heftigen körperlichen Bewegung. Und wer ist dieser Gentleman, ich glaube, wir hatten noch nicht das Vergnügen …

Ihre Neugier war fast genauso unverhohlen wie die von Mrs. Gossler, und Amelia fühlte die gleiche Stimmung in sich hochkommen wie beim Gespräch mit den Damen auf der Straße.

– Mein Cousin, Sir Forrester, sagte Amelia und lächelte gnädig, während Fritz Miss Crackles feuchte weiße Hand ergriff und sie küßte.

– Ja, wir sind nicht richtig Cousin und Cousine, fuhr sie fort, sondern eher zweiten oder dritten Grades, aber der Einfachheit halber sagen wir immer Cousin. Sir Forrester ist gerade von einem mehrjährigen Auslandsaufenthalt nach England zurückgekehrt – seine Mutter ist gestorben, sie war Italienerin, eine Contessa, und er mußte sich um die Besitztümer da unten kümmern. Ein sehr romantisches Schloß, ich habe Bilder davon gesehen, unweit vom Meer gelegen und natürlich mit eigenen Weinbergen. Es ist *so* nett, ihn wieder hier zu haben!

Miss Crackles Augen wurden schmal und begannen mit seltsamem Glanz zu leuchten. (Was ziemlich merkwürdig aussah, da sie so tief in schwere Tränensäcke eingebettet waren, daß sie fast verschwanden, wenn sie sich verengten.) Fritz warf Amelia einen raschen, zufriedenen Blick zu.

– Oh, Sir Forrester, das ist wirklich reizend, daß Sie herkommen wollten, nun, es ist ja ein sehr bescheidenes, um nicht zu sagen *unkonventionelles* Fest, und ich hoffe, Sie werden sich nicht allzusehr langweilen. Sie müssen mir mehr von Italien erzählen – ich *liebe* Italien! (Amelia wußte, daß Miss Crackle Englands Grenzen nie überschritten hatte.) Vielleicht haben Sie zufällig meinen Roman *Im Schatten der Zypressen* gelesen (na also, es kann keine einzige Minute vergehen, ohne daß sie eins von ihren idiotischen Büchern erwähnt) – ach nein? Es wird mir ein Vergnügen sein, Ihnen später ein Exemplar zu überreichen, wie gern würde ich erfahren, was Sie als *Experte*, wenn ich so sagen darf, davon halten.

Sie mußte ihren Redestrom unterbrechen, um Atem zu holen, und da tönte der Diener wieder:

– Mrs. Glimstone!

Natalie stand in der Tür, und wie immer, wenn sie sich anschickte, einen Festsaal zu betreten, hielt alles im Raum inne. Amelia wußte nicht, wie das kam, aber Natalie strahlte dann immer in einer Art tiefen inneren Freude; als sei gerade dieses Fest das erste, das sie besuchen durfte, nachdem sie zehn Jahre lang in einer dunklen Klosterzelle eingesperrt gewesen war. (Allerdings wäre es nicht möglich, Natalie Glimstone länger als zehn Sekunden in einer Klosterzelle festzuhalten.) Sie trug ein matt schimmerndes jadegrünes Seidenkleid, das sich lässig um ihren schlanken Körper schmiegte. Das schwarze Haar hatte sie zu einer Hochfrisur aufgesteckt, und in den Ohren glitzerten diskret kleine Diamanten. Sie lächelte ein herzliches Lächeln, das den ganzen Raum mit einbezog, und tat ein paar kleine Schritte vorwärts. Amelia hielt den Atem an – sie war so unglaublich schön, diese Natalie, man vergaß alles andere, um ihre nächste Bewegung genießen zu können. (Dies war die Natalie der Feste – auch wenn sie sich fast täglich gesehen hatten, war Amelia stets dem gleichen Zauber verfallen, wenn sie Natalie einen Raum mit festlich gekleideten Menschen betreten sah.) Amelia spürte einen scharfen Stich in der Brust, und ihr Atem ging kurz und stoßweise. Warum mußten sie Feindinnen sein? Für eine Sekunde war Amelia drauf und dran, ihr mit ausgestreckten Armen entgegenzueilen und Natalie an ihre Brust zu drücken, aber Miss Crackle war natürlich schon da und flötete mit ihrem krächzenden Sopran. Der Bann war gebrochen. Fritz nahm wieder Amelias Arm und zog sie mit sich zu der Gruppe um Mr. Finkle.

– Ich glaube, wir haben noch nicht alle begrüßt, sagte er mit dieser nasalen Stimme, die er sich zugelegt hatte, möchtest du mich nicht deinem Verleger vorstellen?

Sie war wirklich ungerecht, dachte Amelia und umklammerte fest den Arm von Fritz. Ihre Fingerspitzen ruhten auf seinem Handgelenk, und sie fühlte durch ihre Haut das Blut schwer pulsieren. Sie richtete sich kerzengerade auf und lächelte Mr. Finkle zu; sie meinte, Natalies Blicke im Rücken zu spüren, und das Lächeln wurde fast triumphierend. Sie meint natürlich, alles über mich zu wissen – genau wie alle anderen, dachte Amelia.

Lieber Leser, wir müssen leider feststellen, daß Amelia in ihrer Aufregung vergaß, wie sicher sie noch vor einer Woche gewesen war, alles über sich selbst zu wissen. Aber so tiefgreifend war ihre Veränderung, daß sie meinte, diese neue Amelia, die in einem ockergelben Samtkleid am Arm eines italienischen Adligen über Miss Crackles frisch gebohnerten Parkettboden schwebte, habe schon immer in ihr gesteckt – schlummernd zwar, aber trotzdem durchaus wirklich für jeden, der Augen hatte zu sehen. Und ist das nicht oft die Art, wie wir uns zu uns selbst verhalten?

– Miss Spencer, wie nett! Sie sehen reizend aus, sagte Mr. Finkle und schnappte ein wenig mit dem Mund.

Ich habe schon immer gefunden, daß er aussieht wie ein Fisch, dachte Amelia, ein bleicher, glupschäugiger Dorsch. Aber andererseits war er immer freundlich zu mir.

Das Gespräch kam schnell in Gang, Fritz ließ sich über seine italienischen Besitztümer und über englische Literatur aus, und die kleine Gruppe scharte sich immer dichter um ihn. Amelia fühlte sich angenehm distanziert; sie sah alle anderen sehr deutlich, war aber von kühler Gleichgültigkeit erfüllt, die jede Beteiligung an der Konversation überflüssig machte. Fritz kam übrigens hervorragend allein zurecht. Er hielt den Kopf ein wenig zur Seite geneigt und machte weit ausholende Gesten mit der linken Hand. Die Menschen um ihn her blickten konzentriert auf seinen Mund, der Worte formte, und sie schwankten alle leicht im Rhythmus seiner Gesten. Es sah wirklich komisch aus.

Ein schwarzgekleideter Diener kam mit Sherrygläsern auf einem silbernen Tablett vorbei, Amelia nahm sich eins und beobachtete amüsiert Fritz' Verdruß, als der Diener schon verschwunden war, bevor er seine Hand aus den Luftzeichen befreit hatte, um ein Glas ergreifen zu können. Amelia drehte den Kopf langsam nach links, bis sie aus dem Augenwinkel etwas Tiefgrünes wahrnahm: Natalie. Sie hatte sich hingesetzt und sprach mit Mr. Jenkins, Amelia sah nur den grünen Rücken und einen biegsamen Hals, der sich enthusiastisch dem Gesprächspartner entgegenstreckte. Der Diener an der Tür posaunte jetzt laufend neue Namen aus, und die Menschen drängten sich in dem Raum. Es begann eng zu werden; Miss Crackles Salon war mit schweren chintzbezogenen Stühlen und Sesseln möbliert, die um klobige geschnitzte Tische gruppiert waren, und sie lud stets ein wenig zu viele Menschen auf ihre Empfänge ein. Amelia fing den Diener auf dem Rückweg ab und schaffte es, in einem blitzschnellen Manöver ihr leeres Sherryglas gegen ein volles zu vertauschen. Sie war in einer eigentümlichen Stimmung, und das Fest erschien ihr wie ein absurdes Spiel. Fritz starrte sie verdrossen an und leckte sich die trockenen Lippen, aber sie tat so, als sähe sie ihn nicht.

– Nun, Miss Spencer, wie geht es mit dem Roman? Ich hoffe, Sie demnächst mit einem fertigen Manuskript in meinem Büro zu sehen, ließ sich plötzlich Mr. Finkle vernehmen.

Amelia seufzte und leerte das Sherryglas. Eine dieser kleinen Pausen, die stets auch in den angeregtesten Gesprächen entstehen, senkte sich auf die Gruppe herab und ließ ihre Stimme ungestört erklingen, als sie erwiderte:

– Das wird wohl noch eine Weile dauern. Wissen Sie, Mr. Finkle, mir wird allmählich so entsetzlich langweilig bei diesem – selbstverständlich tragischen – Mittelalterroman, jeder Idiot kann doch so etwas zurechtzimmern. Ich glaube, ich werde Sie zur Abwechslung mit etwas ganz Eigenem überraschen. Was würden Sie dazu sagen?

Für einen Augenblick war es so still im Raum, daß Amelia mehrere unterschiedliche Geräusche gleichzeitig wahrnahm: Mr. Finkles nach Luft schnappender Atem, das Klirren eines Glases, das auf einen Tisch gestellt wurde, ein abruptes, perlendes Lachen und ein halbersticktes Gurgeln von Miss Crackle. Dann sprudelte das Gespräch überall mit erneuter Energie los, und es schien Amelia, als würden alle blitzschnell das Thema wechseln.

– Wie interessant, sagte Mr. Finkle matt.

Amelia sah aus dem Augenwinkel, daß Miss Crackle angedampft kam, und Mr. Finkle fuhr fort:

– Aber ich verstehe Sie nicht recht, ich kann Ihnen versichern, daß die tragischen Mittelalterromane zur Zeit äußerst populär sind, ja, wirklich beliebt.

– Nein, also ich kann dich auch wahrhaftig nicht verstehen, klinkte sich Miss Crackle sofort ein. Dieses mittelalterliche Milieu ist doch *faszinierend*, und gerade die tragischen Themen haben immer, meiner Meinung nach, etwas Erhabenes an sich. Stimmen Sie mir nicht zu, Mr. Forrester? (Zu ihrem Verdruß sah Amelia, daß Fritz tiefsinnig nickte.) Ich selbst habe ja in meinem letzten Roman, *Das Tal der Rosen*, versucht, mich dem Ewigen, sublim Tragischen des menschlichen Schicksals gerade anhand eines mittelalterlichen Themas zu nähern. Habt ihr – nein, wie dumm von mir, er ist ja gerade erst erschienen. Aber du kannst gern ein Exemplar von mir bekommen, Amelia, erinnere mich nur daran, bevor du gehst. Ich habe einen ganzen Stapel Bücher im Arbeitszimmer liegen – der Druck ist ein wenig fehlerhaft, ja, nur ein klein wenig, nur auf dem Umschlag, aber man kann sie natürlich nicht verkaufen.

Amelia suchte den Blick von Fritz, der aber sah unentwegt Miss Crackle an, mit einem Anflug von Interesse. Ein gewaltiger Zorn begann in Amelia zu gären, und zugleich war sie das alles so grenzenlos leid. Sie nahm einen Schluck aus ihrem dritten Sherryglas, bevor sie antwortete.

– Meiner Meinung nach, sagte Amelia und richtete sich ausdrücklich an die Gruppe um Mr. Finkle, ohne sich um Fritz oder Miss Crackle zu kümmern, wird auch das *sublimste* Thema bei allzu eifrigem Gebrauch verschlissen. Unser wertes Publikum kann ermüden, verstehen Sie. Warum nicht etwas ganz Neues probieren, etwas, von dem das Publikum noch nicht einmal *weiß*, daß es danach giert? Außerdem kann man schließlich nicht von einer Vorstellung, was die Leute haben wollen, aus schreiben – wie irgendein Krämer! – Nein, man muß ganz einfach seine Geschichte erzählen, und zwar so gut, wie man es vermag. Mein Problem (und hier seufzte Amelia leicht und nippte am Sherry) ist vielleicht gewesen, daß ich allzu ängstliche Freunde und Berater hatte; immer wollen sie, daß man das gleiche machen soll wie alle anderen Durchschnittsautoren – nein, von jetzt an werde ich auf mich selber vertrauen und nach meinem eigenen Kopf schreiben.

Die Gruppe war völlig verstummt. Miss Crackle atmete heftig, während ihr Gesicht sich rötete, und Mr. Finkle kaute auf der Unterlippe herum. Amelia genoß das Erstaunen, das sie hervorgerufen hatte, aber sie wünschte, sie hätte Natalies Gesichtsausdruck sehen können. Diese saß noch immer mit Mr. Jenkins zusammen, aber als Amelia rasch den Kopf dorthin drehte, sah sie, daß die beiden nicht mehr plauderten, sondern der Diskussion dort drüben am Fenster zu lauschen schienen. Natalie hatte den Blick gesenkt, und Amelia wußte überhaupt nicht, was sie dachte. Miss Crackle, jetzt mit hochrotem Gesicht, holte tief Luft, wurde aber von unerwarteter Seite unterbrochen.

– Ich stimme Ihnen völlig zu, Miss Spencer, sagte plötzlich Leutnant Fairwill, der sich zur Gruppe gesellt hatte, auch ich habe diese Mittelalterromane unendlich satt. Alle sehen gleich aus. Aber es verlangt Mut, Mut, seinen eigenen Weg zu gehen. Er blickte bewundernd auf Amelia, und Miss Crackle verschlug es total die Sprache. Der wispernde Diener wurde ihre Rettung, er beugte sich über seine Herrin und flüsterte ihr etwas zu, und gleich darauf tönte Miss Crackles schrille Stimme durch den ganzen Raum:

– Liebe Freunde, das Buffet ist eröffnet!

Fritz bot der Gastgeberin den Arm, und sie schritten ins Eßzimmer. Amelia wandte sich Leutnant Fairwill zu, der sogleich ihren Arm nahm. Mr. Finkle seufzte und bemerkte zu seinen Gesprächspartnern: – Diese neumodischen Einladungen, ich muß gestehen, ich kann mich nicht daran gewöhnen. Sherry und Aufschnitt in allen Ehren, aber nichts geht über den traditionellen Tee im Kreis guter Freunde. Eine ganz andere Gesprächsatmosphäre, wenn ihr versteht, was ich meine.

Miss Crackle setzte, wie schon gesagt, ihre Ehre darein, künstlerisch und unkonventionell zu sein, und dementsprechend gestaltete sie ihre Einladungen. Das Buffet war auf einem großen Tisch an der Längswand aufgedeckt, und im übrigen war der Raum mit einer Reihe von kleineren Tischen möbliert. Das Ganze glich einem Restaurant und machte einen engen, chaotischen Eindruck. Die Mietkellner, die mit ausdruckslosen Gesichtern Weinflaschen entkorkten, rundeten das Bild ab. Das Buffet jedoch war ungewöhnlich reichhaltig für eine Einladung bei Miss Crackle, und für längere Zeit senkte sich Schweigen auf die Gesellschaft herab. Das Klirren von Besteck auf Tellern oder von Flaschenhälsen an Kristallgläsern vermischte sich mit vereinzelten Kommentaren zum erlesenen Schinken oder dem ganz unvergleichlichen Roastbeef. Leutnant Fairwill lotste Amelia zu einem Tisch gleich neben der Tür und ging ihr etwas zu essen holen. Er war so zuvorkommend und aufmerksam, daß Amelia sich nach Miss Pennymongler umsah.

Diese stand in einer Ecke am Buffet und ließ sich ihren Teller von dem alten Oberst füllen, dessen Namen Amelia stets vergaß. Der Oberst war so zittrig, daß er Gurkensaft auf Miss Pennymonglers Kleid schüttete, ohne es auch nur zu merken, und das junge Fräulein sah bleicher aus als je und hielt den kleinen Mund fest zusammengepreßt. Herrschte zwischen dem jungen Paar dicke Luft? Amelia versuchte sich zu erinnern, was Natalie eigentlich über sie erzählt hatte, aber sie konnte sich nur an irgendwelche Komplikationen erinnern, die eine Heirat verhinderten. Vermutlich Geld, dachte sie kraß und nahm Miss Pennymongler unter die Lupe.

Eigentlich sah sie nicht besonders gut aus (was man hingegen durchaus vom Leutnant sagen mußte), sie hatte ein kleines, recht niedliches Gesicht, aber sie war zu dünn, und ihrer Gestalt fehlte es an Lebendigkeit und Farbe. Das hellblaue Kleid mit weißem Spitzenkragen verstärkte den farblosen Eindruck.

– Ich muß sagen, bemerkte der Leutnant dicht neben ihr, Sie sehen heute ganz entzückend aus, Miss Spencer. Wie gut Ihnen dieses Kleid steht! Diese Farbe zu Ihrem Haar und Ihren Augen, ja, es ist bezaubernd.

Er sah ihr tief in die Augen, und Amelia mußte sich anstrengen, um ihre Lachlust zu bändigen. Welch ein Charmeur – er konnte sich fast mit Fritz messen. Wo steckte der überhaupt? Sie sah sich im Raum um, konnte ihn aber nirgends entdecken.

– Suchen Sie Ihre Freundin, fragte der hilfreiche Leutnant. Sie sitzt da drüben im Alkoven, zusammen mit Sir Forrester. Er ist doch Ihr Cousin, nicht wahr? Ein eindrucksvolles Paar, diese beiden.

In Amelia verkrampfte sich etwas, und der Atem stockte ihr im Hals. Dieser Verräter, ausgerechnet mit Natalie *flirten*, nach allem, was er erfahren hatte. Für einen Moment fühlte Amelia sich total verlassen und wollte nur aus dem Raum stürzen und nach Hause gehen. Diese wahnwitzige Maskerade bereitete ihr Übelkeit, und sie sah sich voller Abscheu um. Allein schon diese fette, glühende Miss Crackle, die versucht, mit Mr. Finkle zu plaudern, während sie sich den Mund mit Roastbeef vollstopft; oder die steife und propere Miss Pennymongler, die im Gurkensalat herumstochert und sich bemüht, höflich zu dem senilen Oberst zu sein. Was für eine Gesellschaft. Heftig schob sie den Stuhl vom Tisch weg und ging in den Salon.

– Ist Ihnen nicht gut? Das kommt von der Luft hier drinnen und von der blödsinnigen Art, das Essen zu servieren. Ein bißchen frische Luft würde Ihnen bestimmt guttun.

Das war wieder der Leutnant, natürlich. Besorgt nahm er ihre Hand und wollte sie offenbar mit sich zu den Gartentüren ziehen. Warum nicht, dachte Amelia, warum nicht mit dem Leutnant im Garten spazierengehen und diese Idioten links liegenlassen. Außerdem war ihr tatsächlich schwindlig, und etwas Luft war bestimmt das, was sie jetzt brauchte. Sie lehnte sich dankbar an den Arm des Leutnants, und er erwiderte dies sofort, indem er ihr die Hand drückte und die französischen Türen öffnete.

Die klare Herbstnacht schlug ihnen entgegen, als sie auf die Terrasse traten. Amelia bemerkte, daß es sternklar war, der Regendunst war abgezogen und hatte den Garten duftend nach Erde und nassem Laub hinterlassen. Sie gingen langsam einen gewundenen Gartenpfad entlang, in plötzlichem Schweigen. Aus der Ferne wirkten die erleuchteten Räume festlich, und es war eine Erleichterung, die Menschen dort drinnen sich bewegen zu sehen wie Marionetten in einem Puppenspiel, während man selbst sich außerhalb befand. Amelia atmete tief und hatte den Leutnant fast vergessen, als dieser plötzlich das Wort ergriff.

– Miss Spencer, ich weiß nicht, wie ich es ausdrücken soll, aber als ich Sie vorhin da drinnen reden hörte, so mutig, so strahlend, da überkam mich plötzlich …

Seine Stimme stockte, und wieder drückte er heftig Amelias Hand. Sie sah erstaunt zu ihm auf, doch das Halbdunkel des Gartens ließ sein Gesicht verschwimmen. Als er den Arm um ihre Taille legte, leistete sie keinen Widerstand. Der Zorn auf die beiden Verräter im Alkoven ließ sie seine Aufmerksamkeit als sehr ansprechend empfinden – war er doch obendrein der einzige, der verstanden hatte, was sie zu sagen versuchte! Sein

Arm lag warm und stark um ihre Mitte, und der neue Eigensinn ihres Körpers machte, daß sie sich sanft an ihn lehnte. Der Leutnant blieb abrupt stehen und zog sie an sich. Mit einer Hand hob er behutsam ihr Gesicht, und sein Mund suchte in der Dunkelheit den ihren. Amelia betrachtete eine Traube von Vogelbeeren, die über seinem Kopf hing und wie Korallen im Schein einer benachbarten Straßenlaterne leuchtete, dann schloß sie die Augen. Seine Lippen waren warm, und sie fühlten sich so hart an, als sie sich auf die ihren preßten – welch ein Unterschied zu Fritz' warmen Lippen. Langsam erwiderte Amelia seinen Kuß. Etwas war jedoch eigentümlich: trotz der Wärme, die sich in ihrem Körper ausbreitete, konnte sie es nicht lassen, an ganz andere Dinge zu denken; beispielsweise an die Apfelbäume daheim im Garten, die im Herbst immer so schön waren, oder an die Astern, die Fritz gepflückt hatte, oder an die Art, wie Natalie beim Lachen ihren Kopf zurückwarf. Sie entzog sich dem eifrigen Mund des Leutnants und strich das Kleid glatt.

– Lieber Leutnant Fairwill, ich muß doch bitten, sagte sie, ohne so recht zu wissen, wie sie fortfahren sollte. Wie meisterte man eigentlich eine solche Situation? Wieder ging ihr das Bild von Natalie durch den Kopf, und Amelia beugte den Kopf ein wenig zurück und lachte kokett.

– Sie sind doch in Begleitung von Miss Pennymongler gekommen, ja, Sie müssen entschuldigen, aber ich dachte, Sie …

Der Leutnant unterbrach sie.

– Miss Pennymongler! Gewiß, wir haben vielleicht, aber Sie verstehen nicht – ihre Kälte! Ich bin schließlich ein Mann, Miss Spencer, und Sie, Sie sind so warm, so weich! Verzeihen Sie, ich weiß nicht recht, was ich sage, Sie haben mir den Kopf verdreht.

Wieder verhielt er den Schritt, und auf einmal sah Amelia, daß sie sich direkt unter dem Fenster des Alkovens befanden. Da saßen Fritz und Natalie; sie sahen sich tief in die Augen und schienen in ein lebhaftes Gespräch vertieft. Der Zorn schoß durch Miss Amelias Körper wie ein schwarzer Schauder, vereinte sich mit der pulsierenden Wärme und ließ sie stehenbleiben und ihr Gesicht zum Leutnant emporheben. Dieser zögerte nicht, ihre Geste zu deuten, und überschüttete ihr Gesicht mit Küssen, während seine Hände über ihr Mieder glitten. Heftig umfaßte er ihre Brüste und drückte sie.

– Welch ein Reichtum, murmelte er heiser, und seine Küsse wanderten ihren Hals hinab: nasse, warme Küsse, die immer tiefer in ihren Ausschnitt krochen.

Amelia war sehr verwirrt. Während sie es genoß, seinen Körper an dem ihren zu spüren und auch das, was er mit ihr machte, hatte sie gleichzeitig einen glasklaren Kopf und blickte immerzu auf das Paar drinnen im Alkoven. Sie war über sich selbst erschrocken, mit welcher Berechnung sie zu handeln schien. Oder war es in Wirklichkeit ihr Körper, der wieder ganz selbständig handelte, der machte, was er wollte, ohne daß sie es verhindern konnte? Sie fühlte sich völlig gespalten, und trotzdem konnte sie nichts richtig ernst nehmen, da es schien, als würde sie die gesamte Szene von außen, aus großem Abstand betrachten. Abwesend strich sie über den blonden Kopf des Leutnants und starrte dabei auf Natalie und Fritz. Fairwill fummelte an ihrem Mieder herum, versuchte es über die Schultern herabzuziehen, und Amelia wehrte sich halbherzig dagegen. Sein Mund schnappte nach ihrem Busen, und Amelia spürte eine große Mattigkeit im Körper. Für eine Sekunde schloß sie die Augen und ließ ihn gewähren.

Dann geschah alles auf einmal. Neben ihnen flammte plötzlich eine Laterne auf, und Amelia sah Natalie zusammenzucken und direkt zu ihnen hinausstarren. Sie konnte sehen, daß Fritz lächelte, und dann hörte sie einen leisen Schrei ganz in der Nähe und drehte sich rasch um. Auf der Treppe der Terrasse lag Miss Pennymongler, offenbar ohnmächtig. Der tatterige Oberst versuchte sich mit seinem steifen Rücken über sie zu beugen, und Amelia hörte ihn nach Hilfe rufen. Der Leutnant warf wilde, verwirrte Blicke um sich, dann stürzte er zu Miss Pennymongler. Amelia machte auf dem Absatz kehrt und verschwand im Garten. Als letztes sah sie Natalie mit der Hand vor dem Mund dastehen, totale Bestürzung war ihr ins Gesicht geschrieben. Dieser Ausdruck prägte sich Amelia unauslöschlich ein, und als sie zu einer Bank unter einer großen Linde kam, ließ sie sich darauf fallen und brach in ein lautloses Gelächter aus. Was für ein Spektakel! Aus dem Stimmengewirr drüben beim Haus schloß sie, daß alle nun die Ohnmächtige entdeckt hatten. Sie hörte den Leutnant eine Droschke bestellen und lächelte in sich hinein. Allmählich legte sich die Aufregung, eine Tür wurde geschlossen, und im Garten wurde es wieder still. Amelia steckte sich die Haare hoch, die sich bei den Attacken des Leutnants gelöst hatten, und sagte zu sich selbst:

– Was für ein Glück, daß der Oberst fast blind ist.

Lange saß sie da, genoß die kühle Luft, die ihr kleine Schauer über die Haut jagte, und die Stille. Wenn sie den Kopf zurückbeugte, konnte sie die Sterne durch das Laubwerk der Linde sehen: sie schienen ihr zuzuzwinkern, und sie fühlte sich merkwürdig ausgelassen und vergnügt.

Als sie schließlich zu frösteln begann, erhob sie sich und schlenderte auf das Haus zu. Keiner bemerkte sie, als sie eintrat, die meisten befanden sich in Aufbruchstimmung. Alle sprachen über Miss Pennymonglers Mißgeschick, aber keiner schien sich einen Reim darauf zu machen. Natalie war nicht zu sehen, Amelia erfuhr, daß sie »die arme Miss Pennymongler« nach Hause gebracht habe. Miss Crackle saß eingesunken in einem Sessel und wirkte blaß und erregt, Mr. Finkle fächelte ihr Luft zu und sagte unglücklich, die Aufregung habe ihr sehr zugesetzt.

– Ich bin doch so empfindlich, sagte Miss Crackle matt und entschuldigend. (In Wirklichkeit litt sie an schlechter Verdauung und hatte zuviel Roastbeef gegessen.)

Amelia spürte eine vertraute Hand auf der Schulter und hörte Fritz sagen:

– Der Wagen ist vorgefahren, ich darf dich doch nach Hause begleiten, liebe Cousine?

Sie lächelte ihm herzlich zu und ließ ihn ihren Mantel holen. Sie gingen, ohne sich von der Gastgeberin zu verabschieden; bevor die Tür sich hinter ihnen schloß, sah Amelia das kreidebleiche und verwirrte Gesicht des Leutnants und winkte ihm freundlich zu.

– Du machst großartige Fortschritte, wirklich großartige, sagte Fritz, sobald sie sich in den Wagen gesetzt hatten und davonrollten. Aber ich gratuliere mir selbst dazu, daß ich dein Talent als erster entdeckt habe.

– Sei still, sagte Amelia zufrieden, du redest viel zuviel. Zur Strafe wirst du mir einen Lindenblütentee kochen, wenn wir zu Hause sind.

Sie schloß die Augen und lehnte sich lächelnd an die gepolsterte Rückwand des Wagens. Das Geklapper der Pferdehufe war das einzige Geräusch, was zu hören war; in regelmäßigen Abständen fiel das Licht einer Straßenlaterne in den dunklen Wagen. Die Stadt lag still und zurückgezogen mit ihren lichterfunkelnden Fenstern da, und Fritz hielt tatsächlich den Mund. Obwohl es noch ziemlich früh am Abend war, herrschte wenig Verkehr; hier und da tauchte ein einsamer Fußgänger auf, der durch die Straßen eilte. Ohne die Augen zu öffnen, nahm Amelia die Hand von Fritz und sagte leise, fast wie zu sich selbst:

– Daraus kann vielleicht eine gute Geschichte werden, ich glaube, ich verstehe allmählich, was du meinst.

28. Juli

Das Tagebuch enthält ja jetzt fast ausschließlich Erinnerungen – die letzten Tage sind Seite für Seite gefüllt mit Stockholm, Erinnerungsfragmenten, Reflexionen über das Vergangene. Das irritiert mich irgendwie ein bißchen, als würden mein Leben und meine Tage hier in London nur als Hintergrund für diese Erinnerungen existieren. Zugleich weiß ich ja, so ist es immer auf Reisen – nie sieht man Stockholm so deutlich, wie wenn man woanders ist. Und außer Rakel ist dies wohl auch einer der Anlässe für diese Reise: ich brauchte den Abstand, ich mußte mein Leben aus einem anderen Blickwinkel betrachten. Freilich glaube ich, daß ich hier gut für mein Studium arbeiten kann, aber ich weiß, ich hätte es auch zu Hause geschafft. Es ist etwas anderes, was ich bei meinem einsamen Aufenthalt hier suche. Rakel, die Arbeit und die Erinnerungen – das läßt sich nicht trennen.

»Reise, um wiederzukehren« – das ist ja eins von Rakels und meinen Geboten: diese Nächte, in denen wir auf ihrem Sofa saßen, lernten, Tagebuch schrieben und uns jedesmal in eine nächtliche Euphorie hineinredeten. Das Licht über dem Platz draußen, wenn es nach diesen Winternächten dämmerte – ein weißes, oft dunstiges Licht, das die ernsten Häuser in neuen Farben erscheinen ließ –, ist in meiner Erinnerung bezeichnend für Rakels und meine Freundschaft in dieser Zeit. Nach unseren durchwachten Nächten versuchten wir mit schweren Gliedern vor Schule und Pflichten zwei Stunden Schlaf zu finden, aber unsere Gedanken waren leicht, schwerelos, unaufhaltsam in ihrer Beweglichkeit, und sie erfüllten uns mit der ganzen Magie der Winterdämmerung. Ich glaube, wir haben in jener Zeit kaum geschlafen. Vielleicht brauchten wir das nicht, eifrig, wie wir waren.

Am früheren Abend brachte ihr Bruder uns beiden oft eine Tasse warme Milch mit Kardamom. Das süße, warme Getränk klebte noch lange am Gaumen, nachdem er uns verlassen hatte, es hing mit einem anderen Leben zusammen, dem Leben, in dem Rakels Familie in verschiedenen Teilen der großen Wohnung schlief. Wir machten Licht und redeten; wir liebten unseren Gegenrhythmus und seine Morgendämmerungsgedanken.

Damals waren wir einander nahe bis zur Verschmelzung. Wenn wir heute von dieser Zeit sprechen, wissen wir oft nicht, wer von uns was gemacht, gedacht oder gefühlt hat. »Das war, als wir so in Johan verliebt waren«, sagte Rakel neulich. »Warst du in ihn verliebt, war das nicht meine Geschichte?« sagte ich. Und wir wußten tatsächlich nicht, ob wir beide es gewesen waren oder ob wir nur gegenseitig so stark an unseren Empfindungen teilgenommen hatten, daß sie zu gemeinsamen geworden waren. Natürlich gab es auch damals Unterschiede, vielleicht geschieht diese Vermischung nur in unseren gemeinsamen Erinnerungen. Grenzenlos waren wir nie, aber möglicherweise grenzüberschreitend.

Während ich dies schreibe, kommt mir in den Sinn, daß vermutlich *einer* der Gründe, warum ich immer wieder auf Rakels und meine Freundschaft zurückkomme, dieser ist: sie bedeutet für mich eine Art Hoffnung. Ein Zeichen dafür, daß die grenzüberschreitende Nähe zu anderen Menschen, von der ich träume, nicht nur ein Traum ist. Daß sie existieren kann, ohne auf Lüge und Verdrängung zu beruhen.

Damals waren wir sehr darauf bedacht, uns gegenseitig großzumachen, Rakel und ich, manchmal in einem solchen Maß, daß wir zu Bildern füreinander wurden. Aber wir waren auch auf der Hut, aus purem Glück oder unbewußter Einsicht, und wenn die Bilder sich zu sehr festsetzten, begann sofort eine Gegenbewegung: wir zerpflückten die grandiosen Bilder, musterten sie mit kritischem Blick. So ist es uns gelungen, eine Grenze nach der anderen zu passieren und miteinander zu wachsen. Aber den Schmerz, der stets gegenwärtig ist, wenn man einen Menschen liebt, habe ich nicht sehen wollen. Und weil ich vor ihm die Augen verschloß, gab es immer eine Grenze, die ich nicht zu überschreiten wagte: die Grenze zu Rakels Lebensschmerz; all das geheimnisvoll Zerbrechliche an ihr.

29. Juli

In Eile ein paar Zeilen, bevor ich zu einer Verabredung mit Laura gehe: habe heute den ganzen Tag in der Universitätsbibliothek gearbeitet; nach meinem üblichen Cheesecake im Café an der Ecke bin ich den ganzen Weg nach Hause zu Fuß gelaufen, erfüllt von einer Art Tüchtigkeitsgefühl. Es ist weder euphorisch noch triumphal – eher ein Gefühl der Ruhe und Eingeschlossenheit in mich selber und meine Arbeit. Befriedigung, die schlichte Freude, wieder zu spüren, daß das Denken Wirkung zeigt, in wacher Konzentration. Als ich mich dem Viertel mit Einfamilienhäusern näherte, kam mir plötzlich in den Sinn, daß ich so weitermachen könnte: dies ist ein mögliches Leben. Oh, war das verlockend. Hierbleiben und weiterarbeiten, eine ganz neue Existenz gründen; reisen, *ohne* wiederzukehren. Ich mag das Vielschichtige meines Londoner Lebens, die vielen unterschiedlichen Seiten davon. Ich bewege mich hier zwischen verschiedenen Leben, und es ist sonderbar, wie sehr sie sich unterscheiden. Mein Studienleben ist eine geschlossene Welt, von dort aus bewege ich mich in mein privates Gedanken- und Frageleben hinein, in meine Träume und Tagebuchnotizen. Und gleich werde ich mich in ein weiteres Leben begeben: mein gesellschaftliches Laura-Leben, in dem ich präsent und eigensinnig bin, ohne mich deshalb je zu verlieren. Das

Wissen um die Existenz anderer Welten schenkt Gleichgewicht und das Gefühl, geheimnisvoll zu sein. Aber ist es möglich, daß ich, die immer solchen Wert auf Integration legt, diese Aufteilung schätze? Offenbar.

Trotz allem weiß ich jedoch, daß mein Dasein hier nur deshalb ist, wie es ist, weil es die Station einer Reise darstellt. Das Londoner Leben ist nur ein Ausschnitt, eine Atempause – als solche steht es außerhalb der Zeit und kann mir ein Gefühl der Freiheit schenken. Zurückkehren muß ich ja auf jeden Fall. Zwei Personen tauchen immerzu in den Erinnerungen und Träumen auf: Rakel und die Schwester. Die kann ich nicht ausschließen. Zu ihnen muß ich auf die eine oder andere Weise zurückkehren, wie verlockend es auch sein mag, hierzubleiben.

Jetzt werde ich Laura in dem italienischen Restaurant treffen, in dem Joe Klavier spielt. Wir wollen ihn durch unsere Anwesenheit in seinem Kampf gegen den launischen und diktatorischen Restaurantbesitzer unterstützen. Komme, was da wolle!

30. Juli
Auch heute keine Post. Aber gestern spätnachts ein Anruf von Rakel, sie war etwas betrunken und klang fröhlich; hatte eine Gelegenheitsarbeit in einer Anwaltskanzlei gefunden und blickte hoffnungsvoll in die Zukunft. Wunderbar, sie so zu hören, ich ließ keine Sekunde lang zu, daß die Sorge aus der Tiefe aufstieg (obwohl sie betrunken war), und das werde ich auch jetzt nicht tun.

Der heutige Tag begann freundlich, ich stand mit mir selbst auf gutem Fuß, plapperte und sang meine kleinen Lieder auf dem Weg zum Feinkostladen. Betrachtete die Welt mit verschmitztem Blick und genoß es, ein Fremdling in dieser Stadt zu sein. Kaufte verschwenderisch ein: australische Butter, dänischen Bacon, braune Eier, Milch, frisches Brot, zarte kleine Silberzwiebeln, goldgelbe Pflaumen sowie eine Flasche Gin.

Spazierte heimwärts und nahm mir vor, die *Zauberflöte* zu hören.

Aber auf dem Weg zum Haus kam ich an Mrs. Mosse vorbei, die zwischen den Blumen in den Beeten Unkraut jätete, mit großen weißen Gartenhandschuhen und mit zerrauften Haaren. Sie grüßte auf ihre verwirrt freundliche Art, und ich empfand mich als sehr unnütz, als ich mit meiner Plastiktüte voller Leckereien zur Hintertreppe schlüpfte. Ich arbeite doch auch? Warum dieses wiederkehrende schlechte Gewissen, das mir einen diebischen Gesichtsausdruck verleiht, wenn ich sie grüße? (Bestimmt sah man mir das an.) Arbeite, aber mit so wenig sichtbaren Resultaten. Unverhältnismäßig wenig angesichts der Zeit, die ich dafür aufwende. Und so ziellos. Beim Studium taste ich mich mit einem Gefühl der Unzulänglichkeit voran, versuche der Intuition zu folgen, die beim Lernen meine größte Stärke ist, verliere mich aber oft in Langeweile oder Leichtsinn, bis ich den glasklaren Gedankenzustand erreicht habe, der das Ganze sinnvoll macht. (Die letzten Tage hatte ich *Die Wellen* auch gründlich satt.) Und hier bei mir zu Hause? Ich sage mir ja, auch dies sei eine Art Arbeit, mein Eintauchen in Erinnerungen, Bilder und Worte. Eine Arbeit, die notwendig ist, damit ich nach Stockholm zurückkehren kann. Aber es ist eine Bewegung, deren Richtung ich nicht vorhersehen kann, und das macht mich unsicher.

Lauras und meine Rettungsaktion gestern war ein totales Fiasko. Wir nahmen in dem Restaurant Platz, bestellten jede eine Pizza und warteten auf Joes Erscheinen, um aufs lebhafteste unser Gefallen an seinem Klavierspiel zu bekunden. Als er über eine Stunde ausblieb, fragten wir schließlich die Kellnerin, und sie teilte uns mit, er habe aufgehört: Er sei mit sofortiger Wirkung gefeuert worden, ohne seinen Lohn zu bekommen. Offenbar hatte er einen Abend mit *God Save the Queen* eingeleitet und dazu äußerst sarkastisch gelächelt. O Joe! Und da hatten wir nun die Pizzas unseres Feindes gegessen und uns den heroischen Einsatz für unseren Freund ausgemalt! Wie üblich ist es sehr wenig, was wir wirklich für unsere Freunde tun können, weil ihre Unberechenbarkeit unseren schönen Plänen meist um einen Schritt voraus ist. Laura und ich grämten uns eine Dreiviertelstunde lang, lachten eine halbe Stunde lang hysterisch und gingen dann zu mir, um stundenlang darüber zu reden, was es eigentlich bedeutet, jemandes Freund zu sein.

Auf den Steinplatten vor meinem Zimmer knacken Amseln frische Eicheln auf, tapp, tapp, tapp, und kümmern sich nicht um mich, obwohl ich die Glastür geöffnet habe. Ach was, denken sie, die ist harmlos, die gehört nicht zu denen, die mit Gartenhandschuhen und selbstgebastelten Vogelscheuchen angerannt kommen; sie glotzt nur ein bißchen und schreibt etwas Tiefsinniges in ihr schwarzes Buch. Dann kichern sie und machen weiter: tapp, tapp, tapp.

Ich wünschte, ich wäre eine große, fette Katze, die herausgestürzt kommt und sie in einem Bissen verschlingt und an Mrs. Mosses Rosen herumkratzt!

Am späten Vormittag des nächsten Tages saßen Amelia und Fritz in Amelias kleinem Eßzimmer beim Frühstück. Sie waren erst eingeschlafen, als die Morgendämmerung den Himmel perlgrau färbte, und hatten deshalb lange geschlafen. Miss Amelia war immer noch müde und hatte schwere, dumpfe Kopfschmerzen. Bestimmt hatte sie bei Miss Crackle zuviel Wein getrunken. Fritz raschelte mit einer Zeitung, die er auf seine unsichtbare Weise besorgt hatte. Amelia seufzte. Die Aufgedrehtheit des letzten Abends hatte sie verlassen, und jetzt sehnte sie sich vor allem nach Ruhe und Frieden. Einsamkeit und Arbeit, das war bis vor einer Woche ihr Leben gewesen. Es war gut gewesen, es hatte ihr gefallen. Was hatte sie gestern überhaupt angestellt? Sie, Miss Amelia Spencer, war in nichts Geringeres verstrickt als einen Skandal. Und an allem war Fritz schuld.

– Reichst du mir bitte das Kirschkompott, murmelte Amelia.

Ohne von der Zeitung aufzublicken, schob ihr Fritz das Apfelmus über den Tisch. Der Geruch frischer Druckerschwärze stieg ihr in die Nase und nahm ihr den Appetit. Wütend starrte sie auf das Apfelmus in der Glasschüssel. Genauso hatte sie es sich ja vorgestellt, einen Mann im Haus zu haben: lästig. Was machte es für einen Unterschied, daß dieser Mann ein Faun war? Sie erhob sich halbwegs aus dem Stuhl und streckte sich demonstrativ nach dem Kompott, wobei sie Fritz' Zeitung völlig zerknüllte.

– Was tust du! rief Fritz erstaunt und starrte verwirrt auf das

Kirschkompott. Dann sah er Amelia an, und sofort änderte sich sein Verhalten.

– Bist du böse? Hast du Kopfschmerzen? Möchtest du, daß ich dir ein Pulver zurechtmache?

– Ja bitte, sagte Amelia würdevoll.

Plötzlich war er eitel Fürsorge, ließ die Zeitung zu Boden fallen und stürzte in die Küche. Amelia konnte sich ein Lächeln nicht verkneifen, ärgerte sich aber zugleich darüber, daß er offenbar immer ganz genau wußte, wie er sie wieder versöhnlich stimmen konnte.

– Es war schrecklich gestern, sagte sie trotzig, als Fritz wiederkam.

– Habe ich dich enttäuscht! sagte Fritz mit aufrichtigem Schmerz in der Stimme, mir schien, du genießt unsere Spiele, und sie amüsieren dich, aber wenn es etwas gibt, was ...

– Nicht das, sagte Amelia errötend, ich meine das Fest.

Fritz heiterte sich sogleich auf, als er verstand, worauf sie anspielte.

– Aber Amelia, wir hatten doch *wirklich* Spaß, du warst einmalig!

– Wie konntest du nur mit Natalie *flirten*, fuhr Amelia fort, ohne seinen Versuch, ihr zu schmeicheln, zu beachten.

– Oh, sie ist doch so charmant, deine Freundin – im übrigen fand ich es lustig zu sehen, wie du reagieren würdest.

Das war ja die Höhe der Frechheit. Amelia überlegte, ob sie ihn resolut aus dem Haus werfen sollte, dann aber siegte ihre Lust, die Diskussion fortzusetzen.

– Du wolltest mich also eifersüchtig machen.

– Eifersüchtig – das Wort verstehe ich nicht ganz. Ich habe lediglich gehofft, du würdest dich auf eigene Faust amüsieren, wenn ich mich ein wenig einer anderen Dame widme. Und das hast du ja wahrhaftig getan – du hättest Natalies Bestürzung sehen sollen!

– Ich habe sie gesehen, sagte Amelia mit kaum verhohlenem

Vergnügen. Aber die arme Miss Pennymongler, ihr habe ich ja wirklich nichts antun wollen.

– Ach was, die kommt schon darüber weg. Wenn ich mich nicht täusche, war das genau der kleine Funken, den ihre Affäre brauchte, um zu einer wirklich interessanten Geschichte zu werden.

– Du mit deinen Geschichten – worüber hast du dich eigentlich so intensiv den ganzen Abend mit Natalie unterhalten?

– Geschichten. Ja, das stimmt, die schöne Dame schien ganz und gar meine Ansichten zu teilen und tat ihr Interesse für die Geschichten kund, die die Schicksale ihrer Freunde für sie darstellen. Sie hat eine Menge über die Menschen auf diesem Fest erzählt.

– Ihr habt geklatscht, meinst du, das wundert mich nicht.

Fritz ignorierte den Einwurf, indem er sich darauf konzentrierte, eine Brotscheibe mit Marmelade zu bestreichen, und fuhr dann fort:

– Beispielsweise hat sie erzählt, aus welchem Grund Miss Pennymongler und der junge Fairwill nicht heiraten können – aber das ist dir sicher bekannt.

– Ich habe es vergessen, sagte Amelia und schnappte sich frech das Butterbrot von Fritz.

– Anscheinend verhält es sich so, sagte Fritz (offensichtlich glücklich darüber, das Ganze referieren zu dürfen), daß der Leutnant elternlos ist und keinen Pfennig besitzt. Er hat zwar seine Anstellung, seinen guten Namen und sein Aussehen (das bei den Damen offenbar ankommt), aber er könnte ein kleines Kapital gebrauchen. Als er mit Miss Pennymongler Bekanntschaft schloß, schienen die Aussichten in diesem Punkt vielversprechend. Ihr Vater handelte mit Tee, und die Familie führte ein angenehmes Leben, bei dem es scheinbar nicht an Mitteln fehlte. Aber als die beiden jungen Leute kurz vor einer öffentlichen Verlobung standen, starb der Vater ganz überraschend – wie sich herausstellte, hatte er mit seinen Geschäften bankrott gemacht und sich bis über beide Ohren verschuldet, um seiner Familie weiterhin den Lebensstil zu ermöglichen, den sie gewohnt war. *Große* Tragödie, und zu einer Verlobung kam es nicht. Aber auch zu keinem endgültigen Bruch; die jungen Leute waren sich offenbar zugetan und konnten sich weder für das eine noch für das andere entscheiden. Eine ziemlich gewöhnliche Geschichte, aber nichtsdestoweniger interessant.

– Wie schrecklich, rief Amelia aus, ich meine, wenn sie sich wirklich mögen, könnten sie doch einigermaßen vom Einkommen des Leutnants leben?

– Es heißt, der Leutnant habe Spielschulden, zischelte Fritz, und Miss Pennymongler (obwohl man das nach ihrem Aufzug gestern nicht annehmen sollte) bevorzuge eine kostspielige Garderobe; beide seien nicht geneigt, ihre Lebensweise zu ändern, daher das *Tragische* der Situation.

– Wenn du das sublim Tragische sagst, werfe ich dir das Kirschkompott ins Gesicht, sagte Amelia drohend.

– Nun gut, fuhr Fritz fort, deine Freundin hat sich in den Kopf gesetzt, zwischen dem jungen Paar zu vermitteln; sie ist seit Wochen als ihre Beschützerin aufgetreten, hat kleine Treffen bei sich zu Hause arrangiert, sie ins Theater mitgenommen, erbauliche Gespräche mit ihnen geführt et cetera. Gestern hat sie mir anvertraut, sie erwarte eine baldige Wendung zum Besten, was nach ihrer Ansicht einen Heiratsantrag des Leutnants bedeuten würde.

– Um Himmels willen, sagte Amelia matt. Sie lehnte sich im Stuhl zurück, die Hände hingen schlaff über die Armlehnen. Was hatte sie angerichtet?

Natalie würde ihr nie verzeihen. Es pochte in ihrem Kopf. Eine von Natalie Glimstones Lieblingsbeschäftigungen war es nämlich, Ehen zwischen jungen Paaren zu stiften, und sie konnte sich eines gewissen Erfolgs in diesen Geschäften rühmen. Die Art, wie Amelia ihre Pläne durchkreuzt hatte, würde eine Versöhnung zwischen den Freundinnen nicht besonders wahrscheinlich machen. Und als sie dies dachte, erkannte Amelia, daß sie sich eine solche Versöhnung tatsächlich gewünscht hatte, trotz allem, was Natalie über ihre Romane gesagt hatte. Aber jetzt war es zu spät. Amelia seufzte tief und starrte leer vor sich hin. Sie hörte kaum zu, als Fritz weiterplapperte:

– Außerdem hat deine Freundin einige weniger nette Dinge über dich gesagt, meine Liebe, denen ich nur deshalb nicht widersprochen habe, weil ich ihre unverblümte Meinung hören wollte. Ich dachte, das interessiert dich vielleicht.

– Was sagst du da, sagte Amelia und setzte sich mit einem Ruck auf.

– Sie meinte, deine Unerfahrenheit und dein Mangel an Phantasie in menschlichen Angelegenheiten seien *erheblich*, und diese Tatsache mache nicht nur deine Romane langweilig, sondern bewirkten bei dir auch eine Voreingenommenheit gegenüber anderen Menschen, die geradezu beschränkt und gefühllos sei.

– Das ist nicht wahr, sagte Amelia empört, hat Natalie das wirklich gesagt, zu *dir*? Das ist nicht möglich, so gemein kann sie nicht sein.

– Und warum sollte es so gemein sein, gerade mir etwas zu sagen, wenn ich fragen darf, sagte Fritz pikiert. Ich versichere dir, genau das hat sie gesagt, und ich finde es auch nicht so abwegig wie du offenbar, daß sie Vertrauen zu mir gefaßt hat. Es ist nicht *so* ungewöhnlich, mußt du wissen, daß Menschen das tun. Die meisten finden mich sogar ziemlich sympathisch, auch wenn dir diese Ansicht heute unbegreiflich erscheinen mag.

– Ach Fritz, stell dich nicht so an! sagte Amelia ungeduldig. Ich meine doch nur, sie kennt dich kaum, und trotzdem sagt sie solche *widerlichen* Dinge über mich – also sagt sie das bestimmt zu jedem, der zuhören will. Für wen hält sie sich überhaupt? Wie sie sich aufspielt mit ihren Ehestiftungen; als wäre sie eine Göttin, die das Leben der Menschen lenken kann. Sie glaubt wohl, mit ihrer bedeutenden *Erfahrung* könne sie von allen alles wissen und beurteilen. Aber diesmal wurden ihre feinen Pläne durchkreuzt, und zwar von einer so unbedeutenden und unerfahrenen Person wie mir. Ha! Das geschieht ihr nur recht, dieser Mrs. Immer-alles-besser-wissen-Glimstone.

Amelia atmete heftig, und ihre Augen blitzten. Eine Versöhnung mit Natalie kam ja überhaupt nicht in Frage. Es gab ihr einen Stich ins Herz, wenn sie daran dachte, wie wenig ihre Freundschaft Natalie bedeutet haben mußte, aber das beste Heilmittel war eiskalte Gleichgültigkeit. Sie stand auf und begann erregt den Tisch abzuräumen. Fritz, der das Thema offenbar als abgeschlossen betrachtete, bückte sich und hob die Zeitung vom Boden auf. Ein schmales kleines Lächeln umspielte seine Mundwinkel, aber Amelia war viel zu aufgewühlt, um es zu bemerken, bevor sie in der Küche verschwand.

– Das läßt sich doch gut an, wie mir scheint, sagte sich Fritz, während er die zerknüllte Zeitung glattstrich.

Und bald war er so vertieft in die Börsenkurse, als wäre er tatsächlich ein englisch-italienischer Gentleman, der gerade ein angenehmes Frühstück hinter sich hat.

Draußen in der Küche tauchte Amelia die Hände in das warme, schäumende Spülwasser. Die Wut kochte in ihr, aber sie versuchte sie zu dämpfen, indem sie die Hände ihren Alltagsbeschäftigungen nachgehen ließ, während die Gedanken frei herumwirbelten. Es war immer beruhigend, Geschirr zu spülen, obwohl Amelia es selten tat. Es gefiel ihr zu sehen, wie sauber und blank das Geschirr wurde; sie mochte das Gefühl, wenn die Hände im heißen Wasser ein wenig anschwollen. Wenn Mary sie am Spülbecken fand, gab es stets eine kleine Meinungsverschiedenheit zwischen ihnen, da Mary fand, es gebe Grenzen dafür, wie exzentrisch ihre Herrin sich aufführen dürfe, und es außerdem als Kritik an ihrem eigenen Geschirrspülen auffaßte. Frenetisch bearbeitete Amelia die Kuchenteller, während Fritz' Worte in ihrem Kopf herumsummten. Je länger sie über den gestrigen Tag und ihr Verhältnis zu Natalie nachdachte, um so mehr freute sie sich über ihre Handlungsweise. Und was hatte sie überhaupt getan? Die Dinge hatten sich nur in die sonderbarsten Richtungen entwickelt.

– Ich bin gegenüber Natalie stets eine brave Jasagerin gewesen, habe sie immer schalten und walten lassen, murmelte Amelia und hielt ein Glas gegen das Fenster, um zu sehen, ob es sauber war. Die Sonne brach sich im Schliff des Glases und schüttete eine glitzernde Lichtpfütze auf die Marmorplatte. Sie war beinahe stolz auf sich selbst. Als sie die Wanne ins Spülbekken leerte, betrat Fritz die Küche. Er öffnete die Tür zum Garten, und ein frischer Wind zog durch den Raum. Es duftete säuerlich und kalt; das starke Licht ließ den Ziegelboden in klarem Rot leuchten.

– Laß uns einen Spaziergang machen, sagte Fritz und strich sich den Bart. Wir haben ja eine Art Aufgabe, du und ich, außer der, uns zu amüsieren. Ich möchte die Erzählung von Eleanor fortsetzen, und heute scheint ein überaus günstiger Tag dafür zu sein.

– Gern, sagte Amelia und wischte sich die Hände am Küchenhandtuch ab. Sie freute sich über seinen Vorschlag, ärgerte sich aber ein wenig darüber, daß Fritz ihr wie üblich zuvorgekommen war. Plötzlich kam ihr der Gedanke, Fritz führe sich bereits so auf, als sei er Herr in ihrem Haus. Es ist doch *mein* Haus, dachte sie verworren, aber zugleich erkannte sie, daß es kindisch war. Schließlich wollte sie unbedingt seine Geschichte hören, sie hatte sich schon danach gesehnt. Was für eine Rolle spielte es da, wer den Vorschlag machte?

Auf dem Weg zum Park versuchte Amelia, Fritz auszuhorchen, es gab so vieles, was sie nicht verstand. Konnte er sich ungehindert durch die Geschichte bewegen? Wie lange hatte er überhaupt schon gelebt? Wie kam es, daß er ganz genau wußte, was sie in ihrem Roman geschrieben hatte? Aber Fritz wich ihren Fragen aus und versuchte immerzu, das Thema zu wechseln. Als sie ihn über seine mysteriöse Art der Fortbewegung befragte, begann er von der Ernte dieses Jahres zu sprechen, und als sie fragte, woher er sein Geld nahm, rief er aus:

– Ist das nicht Mrs. Gossler, die da drüben geht?

Amelia stöhnte leise und gab ihre Versuche auf. Es war offensichtlich, daß er ihr nichts verraten wollte.

Der Wind frischte auf; als sie den Park erreichten, raschelte er heftig in den schweren Baumkronen und verstreute bunte Blätter, Papierfetzen und aufstiebenden Kies in der Luft. Die Sonne schien, aber sie verbreitete keine richtige Wärme, sondern wirkte eher spielerisch wie der Wind: zog glitzernde Bahnen über den See und tanzte durchs wogende Laubwerk. Die Luft war rein und klar; Amelia fand den Tag blank und duftend wie eine rotgelbe Apfelschale. Es war ein sehr schöner Septembertag, aber der Wind hatte eine Schärfe, die sie den Mantel enger um sich ziehen ließ.

– Es ist bestimmt zu kalt, um draußen zu sitzen, Fritz, sagte sie vorsichtig.

– Überhaupt nicht! erwiderte Fritz beleidigt. Diese Geschichte *muß* im Freien genossen werden, das entspricht meinem künstlerischen Geschmack. Übrigens habe ich sowohl eine Decke wie einen Schal für dich mitgebracht.

Amelia sah, daß er tatsächlich ein Bündel unter dem Arm trug – wann hatte er das besorgt? Sie versuchten die Stühle in den Windschatten unter die Ahornbäume zu stellen. Amelia hüllte sich in das weiche grünkarierte Plaid, das Fritz ihr reichte (sie hatte es noch nie gesehen), und band den Wollschal um den Hut und um die Ohren. Er war so lang, daß er zweimal um den Hals reichte, und sie genoß die Wärme, die sie jetzt umschloß. Sie saß wie in einem kleinen Nest, und der Wind an den Wangen war angenehm erfrischend; Amelia erinnerte sich plötzlich an die Ausflüge der Kindheit und freute sich auf die Geschichte, die sie zu hören bekommen würde. Ein Gedanke schoß ihr durch den Kopf.

– Fritz! Unter diesem dicken Schal werde ich kein Wort verstehen!

– Du begreifst aber auch gar nichts, sagte Fritz sanft, ich dachte, ich hätte dir klargemacht, daß dies keine gewöhnliche, simple Geschichte ist. Erinnerst du dich nicht? Du wirst dort sein, du wirst die Geschichte von innen erleben. Aber tu jetzt, was ich dir letztes Mal gezeigt habe, mach die Augen zu und schau in die Sonne.

Amelia ließ sich in die wohlige Wärme sinken und schloß die Augen. Die Sonne zeichnete fleischfarbene Muster auf ihre Lider. Eine intensive Spannung ergriff sie und ließ sie am ganzen Körper zittern. Jetzt begannen grüne Flecken vor den Augen zu flimmern, sie erfüllten das ganze Blickfeld. Fritz schien auf einmal weit entfernt, und alle Geräusche des Parks verebbten um sie her.

Jetzt: *der dritte Mond vibriert über dem östlichen Turm. In der Stille bewege ich mich über den Burghof, meine Füße sind in Silberlicht getaucht und schweben über dem Kopfsteinpflaster. Das Grüne zieht mich an einer unsichtbaren Linie entlang zu dem Platz, den du mir gesagt hast. Die Stille des Schlosses ist schwarz wie die kompakten Umrisse der hohen Mauern im Mondlicht. Jetzt, meine Dame, komme ich zu dir.*

Das Zimmer war dumpf von Schlaf und tiefen Atemzügen, vom Geraschel der anderen Hofdamen. Miranda bewegte sich unruhig, als ich hinausschlich, ich sah das Blut in ihrer Halsader pulsieren. Träumt sie von dir? Ist auch sie unterwegs zu dir? Ich kenne deine Regungen nicht, weiß nicht, welche du gewählt hast. Weiß nur eins: mich hast du gewählt, in mich hast du den Gesang einfließen lassen, in mich das Rote und das Grüne. Die Freude pocht hell und leicht in meinen Bewegungen in der Nacht – mit jedem Schritt, den ich über den Hof tue, wächst meine Kraft, und die Angst, die klebrige Angst, lasse ich hinter mir. Du brauchst mich, ich wachse dir entgegen.

»Erwarte mich an der großen Eiche östlich der Wiese, wenn der dritte Mond voll an unserm Himmel steht!« So lauteten die Worte, dies hast du mir in jener Nacht vor Ewigkeiten zugeflüstert, als ich dir plötzlich nach dem Tanz zum Frühlingsanfang auf dem Gang vor meinem Schlafsaal begegnete. Woher kamst du? Ich hatte dich ja im Saal unten gesehen, hatte dich sprühen sehen in deinem weißen Kleid wie von eisig glühendem Sternenlicht. Da hattest du mir längst die Träume geschickt; schon bevor du mir in dem dunklen Gang entgegenkamst, hatte ich begriffen,

daß du die Dame des Einhorns warst. Mich hast du gewählt. Mein soll die neue Freude sein.

Jetzt: *bewege mich über die Wiese, mein schwerer, dunkler Mantel streicht über die harten Grashalme. Der Mond läßt alles vibrieren, und der Gesang wandert mit mir. Der Wind erwacht und lenkt meine Schritte; ich spüre den frischen, zarten Saft der Kräuter, die meine nackten Beine streifen. Im Wald flattern grüne Schatten durch das Silber; die Nacht ist erfüllt von Atemzügen und Sehnsucht. Die ganze Kraft des Frühlings ergießt sich in meinen Körper, und alle Bewegungen sind heute nacht auf dich gerichtet, meine Dame.*

Die Eiche steht als schwarzer Umriß in all dem Schimmernden, und da sehe ich dich nun: aufrecht und ernst empfängst du mich. Deine Hände, die zuerst meine Stirn, dann meine zitternden Schultern berühren, schicken brennende Signale durch mein Blut. Alles ist so, wie du es mir schon in den Träumen gezeigt hast: die anderen Frauen erwarten mich mit dem weißen Gewand, im Schatten rings um sie her ahne ich die Faune und das Waldvolk. Als ich den Mantel fallen lasse, um mich in das zeremonielle Gewand zu kleiden, streift ein kühler Windhauch meinen nackten Körper, und plötzlich ist die Angst wieder da. Aber dies ist nicht die Angst der alten Eleanor, dies ist ein schwarzer Strom von strudelndem Wasser, der mich durchschießt, meinen Kopf kalt macht und meinen Körper lähmt. Der steife weiße Stoff raschelt über dem Kopf, als ihr, meine Schwestern, mich zurechtmacht. Eleanor ruht im Schloß, ich bin jetzt nur ein Teil deines Gesangs; mein Wille ist der deine, und was geschehen soll, muß geschehen.

Der Gesang um mich her schwillt an, ich höre, wie sich die Trommeln des Waldvolks in die klaren Flötentöne der Faune mischen, während wir uns auf den Kreis des Einhorns zubewegen. Irgendwo das Geräusch fließenden Wassers. Du führst die Prozession an, und ich gehe dicht hinter dir, starr von dieser neuen Angst, auf den Kreis aus grauen Steinblöcken zu. Der Gesang wird lauter, stärker, steigert sich, er geht mir ins Blut. Ich lagere im Gras; die Gewänder meiner Schwestern bilden eine Wand um mich her, die sich langsam, rhythmisch im Einklang mit dem Gesang bewegt. Du erhebst das weiße Zepter des Einhorns, und der Ring öffnet sich einer dunklen Gestalt. Die Augen des Fauns glitzern kalt, als er sich auf mich herabsenkt: der Gesang erfüllt den ganzen Wald. Das Einhorn befreien, sich vom Einhorn befreien lassen.

Jetzt: *senkst du das Zepter, und ich rieche den herben Dunst seines Körpers. Der Faun bemächtigt sich meiner im Namen des Einhorns. Der plötzliche Schmerz reißt meinen Körper in Stücke aus Licht, und Dunkelheit erfüllt mich. Das Rote flutet vor meinen Augen, und die Schreie, die aus meiner Kehle aufsteigen, sind nicht die meinen: sind die des Waldes und der Nacht, des Blutes und des Grüns – sind die deinen, meine Dame. Ich werde aufgespießt, aufgebrochen, zersplittert und sehe in die sich verengenden Augen des Fauns. Der Rhythmus der Trommeln steigert sich mit dem pochenden, pulsierenden Schmerz in der Tiefe meines Körpers. Jetzt bin ich nicht mehr ich, nicht mehr Eleanor; jetzt ist mein Wille der deine und mein Ich ein Teil des Liedes, das wir alle singen. Das Blut auf meinem weißen Gewand ist das deine, ist das des Einhorns. Ich sehe den Faun lächeln, sehe die Blätter der Bäume sich im Silberwind regen, bevor die große Dunkelheit mich mit ihrer Flutwelle fortreißt: jetzt, jetzt, jetzt.*

Schau mal, Mama, die Tante schläft!

Amelia schlug die Augen auf und sah ein kleines Mädchen mit langen Zöpfen, das mit seiner Mutter spazierenging; die Mutter wollte es zum Schweigen bringen und zerrte es weiter, daß die Zöpfe nur so flogen, aber das Kind sah sich um und mochte den Blick nicht von Amelia wenden. Amelia streckte die Zunge heraus, und das Mädchen geriet ins Stolpern.

Sie war wohl eingeschlummert, eine schläfrige Wärme dampfte aus der Decke, und der Park war voll von flanierenden Menschen. Sie saß still und kehrte langsam in die Gegenwart zurück. Hatte sie geträumt? Eleanor wanderte durch den Wald, Eleanor hatte eine seltsame und erschreckende Begegnung mit der Dame und dem Faun. Fritz' Geschichte, jetzt war Amelia hellwach, und sie sah sich rasch um. Der Platz neben ihr war leer, da stand nicht einmal ein verlassener Klappstuhl. Eine alte, dick eingemummelte Frau saß etwa zehn Meter weit entfernt und verfütterte altes Brot an die Tauben. Eilends schälte sich Amelia aus den Wollsachen und errötete, als sie daran dachte, wie sie wohl ausgesehen hatte, als sie da eingehüllt saß – wie eine alte Frau. Aber wohin war Fritz verschwunden? Sie erhob sich, faltete die Decke zusammen und machte sich langsam auf den Heimweg. Der Wind hatte sich gelegt, und die Sonne war hinter dunstigen, rauchigen Schleiern verborgen; auf dem Gehweg blinkten die kleinen rotbraunen Früchte zahlloser Kastanien. Amelia hob eine davon auf und behielt sie in der Hand, sie war weich wie eine Haut und hatte oben eine kleine Vertiefung, in die ihr Daumen paßte.

Soso, Fritz war wieder verschwunden. Amelia war froh, daß sie sich Eleanors Geschichte in aller Ruhe wieder und wieder vergegenwärtigen konnte. Sie verstand sie überhaupt nicht, dazu war sie noch zu dunkel und zu mystisch, aber sie bewegte Amelia zutiefst. Diese Geschichte hatte etwas zugleich Anziehendes und sehr Beunruhigendes, was Amelias Phantasie anstachelte, ihre Farben, Düfte und Geräusche wirkten in ihr nach, wie gewisse intensive Träume in einem nachwirken und die Stimmung beeinflussen.

Als sie zum Ausgang am Marble Arch kam, blieb Amelia stehen, um den Schnürsenkel an ihrem Stiefel zu knoten, und als sie sich aufrichtete, sah sie Natalie Glimstone Arm in Arm mit Miss Crackle vorbeigehen. Die Damen waren bereits an ihr vorüber, und keine von ihnen hatte gegrüßt. Miss Crackle war offenbar in eine längere Ausführung vertieft (Amelia schnappte einige Satzfetzen auf. Mein nächster Roman – etwas ganz Neues – Komödie), und Natalie nickte stumm zu ihrer Suada. An Natalies steifem Rücken und der stolzen Kopfhaltung konnte Amelia ablesen, daß sie sie gesehen und ignoriert hatte. Na schön – dann wußten sie, wie sie zueinander standen. Miss Amelia lächelte grimmig und beschleunigte die Schritte. Sie sehnte sich nach Hause, mit einer Intensität, die sie überraschte. Sie sah ihr schönes, gepflegtes Arbeitszimmer vor sich und hatte ein Verlangen, dort einzutreten wie in ihr eigenes Inneres. Alle diese Intrigen und Eskapaden erfüllten sie mit Überdruß, und nach dem Schlaf und der Geschichte, die sie darin erlebt hatte, war sie von einer Art klingender Klarheit beherrscht, die ihr die Einsamkeit als selbstverständlich erscheinen ließ und ihre Gedanken deutlich und abgegrenzt machte. Eleanor – wer war diese junge Frau überhaupt, und in was war sie verstrickt? Amelia empfand eine starke Sympathie für sie, und obwohl sie nicht verstand, was die Geschichte sagte, meinte sie doch Eleanors Erlebnisse und Träume mit der plötzlichen Gewißheit des Wiedererkennens zu begreifen. Es war ihre Eleanor, und dies war die Geschichte, die im stillen unter der Oberfläche ihres eigenen Romans gesungen hatte.

Zu Hause angekommen, ließ Amelia das Plaid auf die Bank im Flur fallen und eilte ins Arbeitszimmer, ohne den Mantel abzulegen. Mit einem kleinen Schauer der Besorgnis öffnete sie die Tür – wenn nun Fritz wieder da drinnen wartete? Doch das Zimmer lag still in einer Sonnenflut, die Farben des Orientteppichs glühten, und die Palme in ihrem Topf ließ die Blätter hängen. Amelia zog den Mantel aus und legte ihn auf die Chaiselongue, sie setzte sich auf den Schreibtischstuhl und zog die Hutnadeln heraus. Dann seufzte sie tief, legte den Hut auf den Papierstapel und streckte sich nach der Mappe mit den vollgeschriebenen Seiten. Eine kleine Staubwolke wirbelte aus dem Regal auf und kitzelte ihre Nase, ungeduldig wedelte sie sie weg und schlug den Roman auf. Innerhalb weniger Sekunden war unsere Heldin völlig in die Lektüre versunken. Es kümmerte sie nicht, daß die Luft im Zimmer dumpf und stickig war und daß sie die warmen Stiefel vom Spaziergang anbehalten hatte; sie hörte weder den Schlag der Kirchturmuhr noch den Lärm der Kinder in den Gärten; sie merkte nicht, daß ihr der Bauch vor Hunger knurrte, und Fritz hatte sie völlig vergessen. Miss Amelia las und las; jedesmal, wenn sie eine Seite umblätterte, tanzten neue glitzernde Staubkörner in der Luft. Sie las, als sei ihr der Roman gänzlich unbekannt, oft seufzte sie tief und kratzte sich unter der Nase. Als sie schließlich die Mappe zuklappte, hörte sie in der Ferne ein hartnäckiges Klopfen, und sie begriff, daß es jemand sein mußte, der an ihre Küchentür hämmerte. Sie hatte keine Lust aufzumachen. Miss Amelia erhob sich und öffnete das Fenster weit, dann legte sie sich auf die Chaiselongue und starrte an die Decke. Ihre Augen fühlten sich so trocken an, daß sie in den Höhlen schmerzten; sie folgte den verschlungenen Stuckverzierungen entlang den Rändern der Decke und sagte leise zu sich selbst:

– Das ist ja ein erbärmlicher Roman, den ich geschrieben habe, er ist tot, vollständig leblos. Sie hatten alle recht. Aber das schlimmste ist, ich habe Eleanor verraten.

Lähmende Müdigkeit überfiel unsere Amelia, und ihr Kopf lag schwer auf dem grünen Samtkissen. Mit dem Blick suchte sie die vertrauten Dinge im Zimmer, als könne sie durch gründliche Betrachtung eine Erklärung für das finden, was sie gerade entdeckt hatte. Die Messingbeschläge am Schreibtisch funkelten prachtvoll in der schrägen Nachmittagssonne, die müden Blätter der Palme raschelten im Luftzug, und das Bild vom Pfarrhof am Fenster sah sonderbar bleich und fern aus. Amelia fühlte sich fremd in ihrem Zimmer, und sie fühlte sich fremd in sich selbst.

Als das Klopfen an der Küchentür aufhörte, verbreitete sich Stille im Haus: in großen Wellen quoll sie herein und nahm jeden Winkel in Besitz, dämpfte die Geräusche von draußen, legte sich wie eine Schicht auf die Dinge und machte sie stumm. Amelia gefiel das. Sie fühlte sich innerlich vollständig leer und gleichsam durchgespült, und die Stille verstärkte dieses Gefühl. Sie ließ den Blick an den Buchrücken entlanggleiten, mit ihrem Farbenspiel gesättigter Herbstschattierungen: dunkelgrün, braun, mattrot und golden. Es war, als habe sie überraschend eine Atempause bekommen in all den komplizierten Gefühlen und Überlegungen, die sie in letzter Zeit beschäftigt hatten; in ihrer Seele öffnete sich eine weitläufige Landschaft, in der sich nichts bewegte und alles stumm war. Das gab ihr eine seltsame Kraft, und sie erinnerte sich plötzlich an jenen Winter, als sie zehn Jahre alt war und die ganze heimatliche Gegend sich mit Schnee bedeckte, einer bläulich weißen, schimmernden Decke, die alle Unebenheiten in der Landschaft ausglich und den Himmel groß und kalt machte.

– Ich muß ganz von vorn anfangen, sagte Amelia gelassen.

Sie blieb auf der Chaiselongue liegen und entdeckte einen kleinen Riß, der sich über dem Bücherregal durch den Verputz der Decke schlängelte. Eleanor regte sich noch immer in ihr, und Amelia erkannte, daß ihr etwas Entscheidendes bevorstand.

Schließlich erhob sie sich, ging zum Bücherregal und begann es systematisch durchzugehen. Mit einem Armvoll Bücher ging sie dann ins Wohnzimmer, legte den Stapel auf den Tisch und machte Feuer im Kamin. Sie schnürte die Stiefel auf, setzte sich in den Sessel, streckte die Beine aus und zog ein Buch aus dem Stapel. Sie hatte alles herausgesucht, was Mythologie, Religion, Sitten und Rituale fremder Völker, Sagen und Legenden behandelte. Mit einem zufriedenen Seufzer vertiefte Amelia sich in das Buch.

Das Feuer war fast heruntergebrannt, und die Dämmerung schlich sich sanft ins Zimmer, als Amelia klappernde Schritte auf dem Ziegelboden der Küche vernahm, gefolgt vom Quietschen der Küchentür und einem erstaunten Ausruf sowie einem Rascheln, das sie nicht identifizieren konnte. Fritz' Stimme hallte durchs Haus.

– Amelia! Wo steckst du denn, *Amelia*! Komm her, das mußt du sehen – eine Überraschung!

Er klang wie ein Kind am Weihnachtsabend, und Amelia fragte sich, was ihn so überrascht hatte. Sie legte das Buch weg, stand auf, streckte sich gähnend und ging hinaus in den Flur. Fritz rief ungeduldig nach ihr, und das Rascheln in der Küche war immer noch zu hören.

– Was machst du denn, was ist geschehen? fragte Amelia und stieg die eine Stufe zur Küche hinab. Erstaunt blieb sie stehen und starrte Fritz an. Er hielt einen riesigen, in Seidenpapier eingeschlagenen Blumenstrauß im Arm und konnte sich offenbar nicht entscheiden, was er damit anfangen sollte. Ungeschickt versuchte er ihn auszupacken, ohne ihn aus der Hand zu legen. Er hüpfte in einem sonderbaren Tanz herum, und sein schmales Gesicht barst in einem breiten Lächeln.

– Fritz, sagte Amelia müde, was treibst du da? Wo kommen die Blumen her?

– Ich habe sie vor der Tür gefunden, sagte Fritz glücklich, ich bin so gespannt, was das für Blumen sind, aber ich bekomme das Papier nicht auf. Sie duften wunderbar würzig – vielleicht sind es Orchideen?

– Du hast sie vor der Tür gefunden?

– Ja, hier vor dem Kücheneingang. Sie lehnten an der Tür – hier ist übrigens eine Karte, die dabeilag, an dich adressiert. Und ich habe sie *nicht* aufgemacht, du kannst dir also deine langweiligen Ermahnungen sparen.

Amelia nahm den Umschlag und machte ihn auf. Während sie las, breitete sich eine helle Röte über Wangen und Hals aus, und sie strich sich mit der Hand über die Stirn. Fritz hörte mit seinem Herumhüpfen auf und starrte sie neugierig an. Ohne ein Wort ging sie zum Küchentisch und setzte sich, stützte das Kinn in die Hände und sah vor sich hin.

– Von wem ist es? rief Fritz ungeduldig.

Amelia reichte ihm die Karte, noch immer schweigend. Er sollte sie ruhig lesen, war er doch ohnehin völlig in diese Sache verstrickt – oder besser gesagt, er hatte ihr die Suppe eingebrockt! Amelia lächelte über die Vorstellung von Fritz, der mit vorgebundener Schürze eifrig in einem großen Suppenkessel rührt. Fritz las die Karte, und für den Fall, daß der Leser genauso neugierig ist wie er, kann ich berichten, daß darin folgendes stand:

Miss Spencer!
Mein Gewissen quält mich so, daß ich vergangene Nacht kein Auge zugetan habe – ich habe mich Ihnen gegenüber wie ein Flegel benommen! Werden Sie mir je vergeben können? Wenn ich an Ihre veilchenblauen Augen und Ihre glühenden Wangen denke, ist es, als müsse mir das Herz brechen, und ich kann mir meine Handlungsweise nicht verzeihen. Ich weiß, ich bin un-

würdig, Sie auch nur darum zu bitten – aber könnten Sie mir vergeben? Meine einzige Entschuldigung sind Ihre Schönheit, Ihr Mut ... Bis Sie mir Ihre Antwort geschickt haben, werde ich weder essen noch schlafen können. Sie halten mein Schicksal in Ihren entzückenden Händen.

Ihr ergebener Diener
Leutnant S. G. Fairwill

– O weh, o weh, du hast dem armen Leutnant anscheinend *gründlich* den Kopf verdreht.

Er schmatzte ein wenig mit den Lippen und setzte sich Amelia gegenüber an den Küchentisch. Sie blickte ihn ruhig an. Seine lockigen Haare standen ihm nach dem kleinen Tanz vom Kopf ab, und er legte den Strauß auf den Tisch.

– Tja, ich habe keine Ahnung, was ich tun soll, sagte Amelia leise und warf Fritz einen raschen, prüfenden Blick zu.

– Zum Beispiel das Papier abnehmen, sagte Fritz spielerisch, runzelte dabei aber die Brauen.

Amelia faltete das blanke Seidenpapier auseinander und fand, wie Fritz geahnt hatte, sieben bildschöne Orchideen. Sie hatten eine dunkelhoniggelbe Farbe, und die Blüten waren weich und fest, mit kleinen orangefarbenen Sprenkeln.

– Wie schön sie sind, sagte Amelia, immer noch mit dieser leisen, abwesenden Stimme.

Fritz sah sie fast wütend an. Aus irgendeinem Grund beunruhigte es ihn, daß Amelia so kühl distanziert war und sich anscheinend nicht darum kümmerte, was um sie her geschah. Er sagte mit rauher Stimme:

– Was du tun sollst? Das liegt doch auf der Hand, meine Liebe. Du mußt dem Leutnant sofort eine Antwort schreiben. Für die Blumen danken und ihm vergeben. Du willst doch den armen Kerl nicht darben lassen und ihm den Schlaf rauben?

– Ich sollte ihm vielleicht schreiben, ja ...

– Vielleicht? Nimm dich zusammen, Amelia, sitz nicht hier

wie in einem Traum. Mir gefällt deine Gemütsverfassung nicht. Du solltest vielleicht sogar eine Verabredung mit ihm treffen? Diese Geschichte kann ja besser werden, als ich je vorhergesehen habe.

– Eine Verabredung? *Lieber* Fritz, du weißt nicht, was du sagst. Wir wollen es doch nicht übertreiben. Aber ich werde ihm schreiben. Trotz allem mag ich sein Charmeurgehabe. Wo bist du übrigens abgeblieben, im Park? Ich möchte die Fortsetzung der Geschichte möglichst bald hören, es ist mir sehr wichtig.

Fritz seufzte. Er glättete mit der Hand seine Haare und sog die Backen ein, so daß sein Gesicht noch spitzer wirkte. Sie war heute in einer merkwürdigen Verfassung, diese Amelia.

– Bald wirst du mehr erfahren, vielleicht schon heute abend, wenn die Stimmung günstig ist. Wie du vielleicht erkannt hast, ist es auch mir wichtig, dir diese Geschichte zu vermitteln. Aber ich finde, du solltest die Möglichkeiten mit Fairwill nutzen …

– Genug von dieser Angelegenheit, sagte Amelia und erhob sich. Sie holte eine hohe Vase aus dem Buffet und füllte sie mit kaltem Wasser. Die kleinen Gesichter der Blumen sahen exotisch und ein wenig hinterhältig aus, fand sie, aber die Farbe war bezaubernd. Die dunkelroten Zungen reckten sich in einem graziösen Bogen aus dem Kelch. Sollte sie sie ins Wohnzimmer oder ins Eßzimmer stellen? Mit Rücksicht auf ihren starken Duft wäre das Wohnzimmer vielleicht besser, entschied sie. Plötzlich merkte sie, daß sie entsetzlich hungrig war.

– Ich muß nur diesen Brief schreiben, danach können wir essen, sagte sie freundlich zu Fritz und ging aus der Küche.

Das Feuer brannte trocken und hoch in dem offenen Kamin, kräuselte die Rinde der Birkenscheite und warf einen flackernden roten Schein in das sonst unbeleuchtete Zimmer. Draußen hatte der Wind sich gelegt, aber eine knisternde Kälte schlich ums Haus, preßte sich gegen die Scheiben, so daß sich diese stellenweise beschlugen, und versuchte in jeden Spalt und Winkel zu kriechen.

Amelia, wie sie da mit Fritz auf dem abgeschabten alten Fell vor dem Kamin saß, rückte von einem unsichtbaren Luftzug am Boden weg. Sie streckte sich nach dem Feuerhaken und schob die Holzscheite zurecht. Für einen Augenblick änderte das Feuer seinen Rhythmus, flammte heftig und ruckartig, als habe man es in seinem ruhigen Tun gestört. Amelia sah, daß Fritz' Gesicht von innen wie von außen zu glühen schien; seine Augen glichen zwei mattschwarzen Kohlestücken im Wechsel zwischen Feuerschein und Schatten, die über seine Züge huschten. Sie saßen schweigend beieinander, in dieser Vertrautheit, die sich allmählich zwischen ihnen entwickelt hatte. Nicht die Vertrautheit, die aus langen, tiefschürfenden Gesprächen oder einer Übereinstimmung in Gedanken und Ansichten entsteht, sondern eher die Vertrautheit, die in der Stille zwischen zwei Menschen aufkeimt, die sich zusammen im Alltag bewegen und deren Körper sich langsam aneinander gewöhnen. Fritz saß in Hemdsärmeln da, die Beine zum Feuer ausgestreckt. Er strich Amelia abwesend über den Rücken, und sie genoß die Wärme seiner Hand als Gegengewicht zu der Hitze, die das Feuer über die Vorderseite ihres Körpers goß. Sie dachte an viele Dinge zugleich, ohne sich eigentlich an einem davon festzuhaken: an den Brief, den sie an Leutnant Fairwill geschrieben hatte, an die Kälte, die im Zimmer hinter ihr zu spüren war, an das schöne Profil von Fritz, an das kleine Mädchen im Park, an die Orchideen, die sich auf dem Tisch zu bewegen schienen und die Luft mit ihren obszönen kleinen Zungen leckten, an Eleanors Welt.

– Erzähl mir doch bitte weiter von Eleanor, sagte sie sanft, mit einer Stimme, die fremd klang, weil das Schweigen so lange gewährt hatte. Fritz antwortete nicht, zog sie aber herab, so daß ihr Kopf in seinem Schoß lag. Behutsam zupfte er die Haarnadeln aus ihrem Knoten und fuhr mit seinen warmen Fingern durch ihr offenes Haar. Amelia schloß die Augen und genoß die Ruhe, die sich in ihrem ganzen Wesen ausbreitete. So könnte tatsächlich die Liebe aussehen, dachte sie und staunte über sich selbst.

– Heute habe ich so viel über Eleanor nachgedacht, fuhr sie fort, jetzt etwas hartnäckiger.

– Ja, ja, erwiderte Fritz, du wirst sie wiedersehen. Ich freue mich, daß die Geschichte dir zusagt, und hoffe, du lernst viel daraus. (Über diese Sache mit dem Dolch bin ich noch nicht ganz weg, weißt du.) Wenn du nun die Augen zumachst und das Feuer statt der Sonne die Muster bilden läßt – das Feuer paßt jetzt gut. Siehst du?

– Ja, ich sehe. Jetzt sehe ich sie, murmelte Amelia. Fritz ließ seine Hand weiter langsam und einschläfernd durch ihr Haar gleiten, aber das spürte sie nicht mehr.

Mit den Kräutern des Einhorns fahren wir über dunkle Gewässer. Dies ist meine erste Reise, und staunend betrachte ich die schwarzschattierte, wogende Fläche, über die wir uns bewegen. Am Horizont türmt sich ein hohes Gebirgsmassiv auf: scharf umrissen, jung, rötlich. Wir nähern uns immer schneller. Ich und zwei meiner Schwestern reisen zusammen.

Am Fuß des Gebirges ragt ein Kranz gezackter Klippen auf, sie sind hungrig und fressen die Wellen. Wir werden nicht zerschmettert, sondern gehen barfuß in der fremden Welt an Land. Mühselig klettern wir bergauf, ich falle einmal, aber die Hände der Schwestern fangen mich auf. Als wir den Gipfel erreichen, sind meine Füße wund und bluten, aber die Kraft wächst, und ich höre den Gesang in meinem innersten Wesen erklingen.

Auf der Hochebene, die wir betreten haben, kauert ein kleines Dorf; die Häuser grau und schief, dicht gedrängt, wie zum Schutz gegen den starken Wind, der hier oben herrscht. Wir nähern uns, auf einmal ratlos. Keine Stimme durchbricht die Stille, kein Vogel schwingt sich in die klare, herbe Luft. Eine alte Frau tritt aus einem der Häuser und kommt uns entgegen. Sie trägt einen Korb mit Heilkräutern am Arm und beginnt wortlos, unsere wunden Füße zu versorgen. Dann führt sie uns zu einem Haus, und dort verläßt sie uns. Wir legen uns auf den kalten Lehmboden und schlafen sofort ein.

Erwache in der Dämmerung. Über die graue, matt schimmernde Wand unseres Zimmers flackert ein Feuerschein. Ein Rest der alten Angst ist noch in mir, aber ich habe jetzt genug gelernt, um mich von der Angst nicht schrecken zu lassen. Sie ist notwendig, sie ist dein, wie alles, was sich in mir regt. Wir treten auf die Straße hinaus, die durch das Dorf führt, viele Menschen sind jetzt unterwegs, und wir folgen ihnen auf die Ebene hinaus. Ihre Füße klappern auf dem festgetrampelten, rissigen Boden; erst als wir uns dem Feuer nähern, erkenne ich, daß sie alle Bocksfüße haben.

Rings um das Feuer sitzend, essen wir das salzige Brot und lauschen dem Wind, der durch das trockene gelbe Gras streicht. Weit entfernt das Dröhnen der Brandung, tief da unten am Fuß des Berges. Jede von uns bekommt einen kleinen Becher mit einem duftenden, grün schimmernden Getränk, das wie Wasser schmeckt, aber ein schärferes, klareres Wasser ist, als ich es je da unten im Wald getrunken habe. Bald schlafen wir wieder ein und hören durch die leichten Träume das Klappern langsam tanzender Füße.

Erwache im Morgengrauen. Die Kälte um uns her ist wie eine Wand, ein rosa Schimmer klettert vom Wasser hinauf zur Hochebene. Meine Füße schmerzen, es ist, als würden die Knochen darin brechen. Der Schmerz macht mich wach und klar, und ich sehe meinen Schwestern an, daß sie ihn teilen. Wir weinen, denn wir wissen nicht mehr, wie lange wir schon hier sind; wir haben die Reise im Schlaf vergessen und frieren im verlassenen Raum des Windes. Die alte Frau kommt uns holen, führt uns wieder zu unserem Haus und versorgt unsere Füße. Sie sagt uns, daß wir schlafen werden, bis der Schmerz uns verlassen hat. Wieder gibt sie uns das starke Wasser zu trinken.

Viel später erwache ich von der Stille, die im Körper entsteht, wenn ein bohrender Schmerz plötzlich aufhört. Als ich freudig meine Füße betrachte, sehe ich, daß sie umgeformt sind, sie sind zu kleinen Hufen geworden. Ich bin glücklich, die Hufe sind so hübsch: klein, anmutig, dunkelbraun glänzend. Ich wecke die Schwestern, und wir freuen uns zusammen. Jetzt sind wir bereit, unsere Reise fortzusetzen, wir verlassen das Haus und laufen auf unseren neuen Füßen in die Ebene hinaus. Noch nie sind wir so schnell gelaufen; die Freude ist stark und trägt uns klappernd zum Rand der Hochebene. Wir stehen am Abgrund, heftig atmend, spüren den Wind durch unsere Körper strömen und sehen, wie die roten Klippen tief da unten Strudel ins Wasser zeichnen. Wir singen das Lied des Einhorns und strecken unsere Hände empor. Dann sehen wir einander an, gelassen, und stürzen uns über den Rand hinab.

Wir fallen so langsam: ich sehe unsere weißen Körper durch die glasklare Luft schweben, und die Freude, die mich erfüllt, ist so stark, daß sie die Kehle verschließt. Schwerelos, befreit, bewegen wir uns fallend auf das Dröhnen der Wellen zu. Die Geschwindigkeit stürzt durch mich hindurch, und ich spüre, wie mir das salzige Wasser ins Gesicht spritzt. Doch wir werden nicht zerschmettert: als der Fall aufhört, befinden wir uns wieder am Rand des Abgrunds. Jetzt überkommt uns das große Gelächter; wir tun einen Schritt vorwärts und sind wieder im Fall, im Rausch, in der Leichtigkeit und Geschwindigkeit. Wir berühren einander sanft in der Luft, und der Genuß, der uns erfüllt, ist größer, als wir es uns je vorgestellt hätten. Das verschwenderische Lachen des Einhorns umschließt uns und gibt uns den Mut. Wieder und wieder reisen wir so im rasenden Sturz, jenseits der Gesetze.

Doch nun hat es uns entdeckt, das Volk der Hochebene, sie treten aus ihren Häusern und nähern sich. Voran geht der König, sein Umhang ist blau und fällt in schweren Falten an ihm herab. Er trägt einen großen schwarzen Bart, und sein Blick ist scharf. Das gesamte Bocksfußvolk schließt hinter ihm auf, doch die alte Frau sehen wir nirgends. Wir rühren uns nicht, denn wir wissen, jetzt kommt das Urteil, unser Verbrechen ist ungeheuer. Sie kleiden uns in steife goldene Kutten, die an unseren weichen Schultern scheuern. Sie schneiden unsere langen Haare ab, die im Fallen so schön flatterten. Sie bringen uns dazu, vor dem König niederzuknien, und zwingen den Trotz aus unseren Herzen. Er berührt jede von uns der Reihe nach mit dem schweren Eisenstab und weiht uns so dem Tod.

Wieder stehen wir am Abgrund: ihre Hände helfen uns, nochmals den Schritt über den Rand zu tun, und wir fallen. Schwer von dem Gold, fallen wir den hungrigen Klippen entgegen, und schon haben wir den metallischen Geschmack des Blutes im Mund. Der Schmerz löscht unsere Augen aus, und wir sterben wieder in die Ordnung hinein.

1. August

Mitten im Schlaf das Klingeln des Telefons.

Ich war auf dem Sofa eingeschlafen und wurde von Laura geweckt, die mich zu einem Essen mit den Feministinnen einladen wollte. Wie so oft war ich in tiefen Schlaf gefallen und erwachte mit einem Schrecken, als das Klingeln mich wieder an die Oberfläche holte. Aber ich war in London, in einem Zimmer, in dem die Sonne über die Teppiche flutete, und es war Lauras warme Stimme, die mir am Telefon entgegenklang.

Diese Nächte damals in dem Winter, bevor Rakel abreiste. Zeitweilig weckte das durchdringende Klingeln mich jede Nacht, und immer war sie am anderen Ende der Leitung; irgendwo in der Stadt, in einem der äußeren oder inneren Räume. Sie rief fast immer zwischen drei und fünf an. Schließlich gewöhnte ich mich daran und schlief ungeheuer leicht, in einer Art angespannter Erwartung. In Nächten, in denen sie nicht anrief, erwachte ich meistens davon, daß die Zeitung in den Briefkasten plumpste: lag lange wach und ließ mich von wachsender Erleichterung erfüllen, vermischt mit schlechtem Gewissen über dieses Gefühl.

Alle ihre Stimmen: manchmal war sie manisch redselig, wollte mir bis in die kleinsten Einzelheiten berichten, was sie tagsüber und in der Nacht getan hatte. Bei diesen Gelegenheiten war sie fast munter; ausgelassen und erfüllt von einer Freude am Beschreiben. Ich glaube, sie hat nie begriffen, wie sehr selbst ihre Munterkeit mich schmerzte (da sie doch stets so einsam, so verzweifelt war). Es gab andere Nächte, in denen sie kaum ein

Wort sprach; ich lag dösend im Bett, den Hörer neben mir auf dem Kissen, und hörte sie in mein Ohr atmen.

Ihre übliche Stimme war jedoch die glasklare: kühl, analysierend, energisch und rationell, mit Formulierungen, die deutlich wie Steinblöcke nebeneinanderstanden. In solchen Nächten sprachen wir viel, und ihr Scharfsinn, ihre fast schmerzlich genau artikulierte Intelligenz begeisterten mich immer wieder aufs neue. Wir sprachen über Ideen, über den Mensch in der Welt, über Gott, über unsere Familien und unsere Träume.

Im nachhinein erkenne ich, daß diese Gespräche auch mir sehr viel bedeutet haben, ihr Zustand forderte mich heraus und zwang mich zur Konzentration. Und diese ganze sonderbare Situation: aus den schwebenden Rhythmen und Farben der Träume emporzuklimmen, in dieses ständig geführte Gespräch hinein, mit einer einzigen raschen Bewegung von den Bildern zu den Worten gehen. Ich glaube, dies waren die Nächte, in denen ich gelernt habe, mit einem Ruck aufzuwachen und mein Bewußtsein blitzschnell in Besitz zu nehmen. Aber in jenem Winter *wollte* ich mir nicht eingestehen, daß auch ich unsere nächtlichen Gespräche liebte, wollte nicht sehen, daß etwas Gutes aus dem entstand, was ich als Rakels Niedergang erlebte. Mein Leben hatte endlich begonnen, festere Formen anzunehmen, und ich brauchte die Ordnung, die Rituale, als eine Art Schutz. Rakels Gemütsverfassung – ihre Depressionen und das chaotische, hektische Leben, das sie mit Thomas führte – beunruhigte mich und brach in meine Welt ein.

Was nicht aufhört, mich zu wundern und zu quälen, ist, daß ich trotz allem überhaupt nicht begriff, welcher Art dieser Zustand war. Wie konnte ich mich selbst so blind machen. Hatte ich Angst, Angst davor, mich in die Strudel hinabziehen zu lassen, in denen sie offenbar lebte? Schließlich wußte ich nichts anderes, als daß sie das Jurastudium abgebrochen hatte und ihre ganze Zeit mit Thomas verbrachte. Ich wußte, daß sie viel trank, wußte, daß sie oft angstvoll war und darum kämpfte (wie ich glaubte), ihn und ihre Beziehung zu retten. Ich sah ja, daß sie unter verschiedenen Dingen litt, aber selbst als ich erfuhr, worum es sich eigentlich bei Thomas' Sucht handelte, ahnte ich nicht, womit sie selbst kämpfte. Und hätte dieses Wissen die Situation verändert – hätte ich anders gehandelt, wenn ich es gewußt hätte? Darauf gibt es natürlich keine Antwort, aber ich kann nicht aufhören, mir diese Frage zu stellen; weil ich sehe, daß meine Blindheit und meine unbewußte Angst sie ins Schweigen, in Lügen und Ausflüchte trieben. Sie zwangen, einsam zu werden.

Eines Nachts, als das Telefon erst gegen halb sechs klingelte, nahm ich nur den Hörer ab, ohne etwas zu sagen; fast gereizt wartete ich auf ihre Stimme, von der ich schon gedacht hatte, sie würde in dieser Nacht ausbleiben. Aber es war Thomas, der zu mir sprach. Er klang aufgeregt, aber nüchtern, und er fragte, ob Rakel bei mir sei. Er habe früher in der Nacht mit ihr gestritten, und jetzt könne er sie an keinem ihrer gemeinsamen Treffpunkte finden. Ich weiß nicht recht, warum ich reagierte, wie ich es tat, aber ich erwiderte sofort, sie sei bei mir. Er wollte mit ihr sprechen, aber ich sagte, sie schlafe und ich wolle sie nicht wecken. Ich erinnere mich, daß wir ziemlich lange sprachen, er war erregt und versuchte mich zu überreden, sie zu wecken, aber ich weigerte mich.

Nachdem wir schließlich aufgelegt hatten, stand ich auf und setzte mich an den Küchentisch. Draußen war es dunkel, und ich ahnte die Kälte, die über den Dächern vibrierte. Ich schauderte und wünschte mir, Rakel würde anrufen, aber sie rief nicht an. In meinen Pelzmantel gehüllt, trat ich auf den Balkon und rauchte eine Zigarette. Es war sehr kalt.

Ich schämte mich, daß ich Thomas angelogen hatte, aber damals, in jener Zeit, kam es nur äußerst selten vor, daß wir beide uns in einer Situation begegneten, in der ich die Macht hatte. Vielleicht geschah es an jenem Wintermorgen, dort in der Stille auf dem Balkon im sechsten Stock über der Stadt, daß mein

Verhalten eine neue Wendung nahm. Vielleicht war es eine Mischung aus meiner diffusen Sorge um Rakel und dem Gefühl des Triumphs über Thomas, die mich in wachsendem Maß von ihrer Beziehung Abstand nehmen ließ. Ich erinnere mich nicht genau, aber ich glaube, nicht lange nach jener Nacht begann ich meine ganze Kraft darauf zu richten, sie zu trennen und Rakel in ihrem Reisewunsch zu bestärken. Aber daß sie allein reisen und ihr schweres Geheimnis mitnehmen mußte, das läßt mir keine Ruhe.

2. August

Ein schöner Morgen mit fröhlichem Sonnenschein und kichernden Spatzen. Das Essen gestern war lustig, alle Frauen waren im Haus, und wir saßen in ihrer großen, chaotischen Küche. Laura schaffte es natürlich, den Braten anbrennen zu lassen, den sie so ehrgeizig zubereitet hatte, und war den ganzen Abend untröstlich. Wir aßen *baked beans on toast* und tranken Rotwein – eine unvergeßliche Kombination! Ich mag Laura im Kreis der Feministinnen; sie ist leidenschaftlich engagiert, zugleich aber eine der eitelsten Frauen, die ich kenne, eitel in bezug auf ihre Weiblichkeit. Wie beispielsweise in ihrer Rolle als Gastgeberin, sie hat sich den angebrannten Braten wirklich sehr zu Herzen genommen. Die anderen sind härter, etwa die militante Kate, aber sie alle lieben Laura, und in ihrem Haus gibt es echte Wärme.

Wir hatten ein langes Gespräch über Sex; Laura empörte sich über irgend etwas, was Mark gesagt hatte, und die anderen unterstützten sie darin. Das Gespräch mündete in eine heftige Diskussion darüber, was Doris Lessing eigentlich in *Das goldene Notizbuch* gemeint habe, wenn sie den Beischlaf ohne Penetration abwertet. Ich geriet bei der Diskussion immer mehr ins Abseits, da ich das Buch nicht gelesen habe.

Statt dessen saß ich da und betrachtete sie: Laura mit ihren weichen, langen braunen Haaren, braun wie die Augen, und den großen Händen, mit denen sie lebhafte Zeichen in die Luft malt. Kate mit ihren Stoppelhaaren und der Stupsnase; ihrer Sache immer sehr sicher und flink mit ihren Argumenten zur Hand. Deborah, eine kühle Schönheit mit ihrem langen blonden Pferdeschwanz und ihrem schlanken Körper – eine Traumfrau, die Männer verabscheut. Und Sue, zu der ich mich sehr hingezogen fühle. Sue mit dem glasklaren Teint und den großen blauen Augen, die nicht von dieser Welt zu sein scheint. Ihre Zerbrechlichkeit wird durch die neuerworbene Punkfrisur eher betont; sie ist stets wortkarg und wirft assoziative, losgelöste Sätze in die Diskussion, die deren Rhythmus und Richtung völlig verändern.

Insgesamt ein guter Abend. Und auch ein guter Morgen, denn er brachte einen Brief von der Schwester. Sie schreibt von unserer Kindheit, wir haben jetzt in den Briefen angefangen, unsere Erinnerungen zu vergleichen, und ich merke, daß sie sich immer an viel mehr erinnert als ich. Sie versucht die Angst zu beschreiben, mit der sie ihr ganzes Leben verbracht hat: Angst vor der Dunkelheit, Phobien, Krankheiten. Sie schreibt:

> Wir sind doch so nahe beieinander aufgewachsen – wie ist es möglich, daß Du immer so sicher auf dem Boden der Welt standst, während ich, solange ich denken kann, diese Angst als Grundstimmung in mir gehabt habe?

Ja, das ist sonderbar. Ich erinnere mich, wie ich ihr jeden Abend Märchen erzählte, um die Gespenster der Dunkelheit fernzuhalten, wie ich auf dem ganzen Weg zur Schule ihre Hand halten mußte (und sie doch immer losließ, wenn wir beim Hügel ankamen, weil ich mich vor meinen Mitschülern schämte). Wenn ich an die Schwester denke, frage ich mich, ob die moderne Psychologie nicht doch irgendwie unzulänglich ist. Ihre tiefe Angst stammt nicht nur aus traumatischen Kindheitserlebnissen, sie reicht tiefer. Ihre Angst ist irgendwie eine existentielle, geistige Angst; als hätte ihre Sensibilität sie dazu gezwungen, so vieles in sich aufzunehmen, wogegen die meisten von uns sich abschirmen können.

Ganz deutlich erinnere ich mich daran, wie ich sie das erste Mal gesehen habe. Es ist bestimmt die einzige klare, lebendige Erinnerung, die ich an mein Leben im Alter von noch nicht vier Jahren habe. Ich war bei Großmutter und Großvater gewesen, Mama öffnete die Tür mit einem stolzen und geheimnisvollen Lächeln. Sie trug ein dunkelblaues Kleid, an das ich mich bei keiner anderen Gelegenheit erinnere, und ihre Haare wirkten rabenschwarz zu dem Blau. Papa stand im Zimmer, auch er mit diesem geheimnisvollen Lächeln. Sie führten mich zu einem Babykorb mit hellblauen Tüllgardinen. Ich weiß noch, daß ich mich auf die Zehenspitzen stellen mußte, um in den Korb zu spähen, und da lag sie nun, meine Schwester. Sie hatte zerzaustes schwarzes Haar und rosige Wangen; mich überkam ein Glücksgefühl, das in der Erinnerung das meiste, was ich später empfunden habe, in den Schatten stellt. Ich hatte nur einen Gedanken: Sie gehört mir. Dieses Gefühl von Zugehörigkeit ist mir seitdem geblieben, aber die Sicherheit, die ich damals besaß, in der Gewißheit, meine Schwester vor allem Bösen dieser Welt schützen zu können, die habe ich nicht mehr.

4. August

Die Sonne ist heute stechend; ich habe mir in einer Friseurschule in der Tottenham Court Road die Haare schneiden lassen. Das junge blonde Mädchen, das sich mit energischer Entschlossenheit um meine wilde Mähne bemühte, hielt mich für eine Engländerin und war sehr erstaunt, als ich ihr nach einstündigem Gespräch erzählte, daß ich aus Schweden komme. Das freute mich – und ich glaube, das hat nicht nur mit der Sprache zu tun. Ich wachse allmählich in das Leben hinein, das ich hier führe. Und ich erkenne, daß es durchaus möglich wäre, von vorn anzufangen, eine neue Identität anzunehmen. Allein das Wissen um diese Möglichkeit beruhigt mich.

Diese Träume der letzten Zeit! Heute nacht habe ich von Thomas geträumt: wir durchwanderten zusammen eine merkwürdige Landschaft aus Gängen, ich glaube, wir waren im Souterrain eines Krankenhauses. Das Licht war grell, die Wände schmutzigweiß; die Gänge schlängelten sich in einem unübersichtlichen labyrinthischen System dahin. Thomas ging am Stock, und sein Gesicht war alt und müde, voller Falten. Er lächelte mir die ganze Zeit zu, fast untertänig, und wollte meine Hand nehmen. Ich war von kaltem Zorn erfüllt und versuchte mich von ihm zu entfernen, aber er blieb an meiner Seite. Plötzlich warf ich ihn um, er fiel mit seinem gebrechlichen, mageren Körper auf den Betonboden. Ich trat nach ihm, trampelte auf ihm herum, aber er lächelte mir die ganze Zeit mit diesen sonderbaren Greisenaugen zu.

Was trägt man eigentlich in sich herum? Ich fühlte mich sehr unwohl, als ich aufwachte. Haßte ich Thomas? Oder – will man den Traum psychoanalytisch betrachten – haßte ich Thomas in mir selbst? Er hatte etwas Ausweichendes, etwas Unbestimmtes, was mich abstieß. Er war sehr selbstbezogen, in der Weise, wie Süchtige es in der Regel sind, und dachte wohl, er hätte alles, was geschah, vollständig unter Kontrolle. Dabei glaube ich, er hat nie begriffen, welche Rolle ich in dem Spiel hatte, das wir spielten. Daß ich Rakel mehr oder weniger zu der Reise überredet habe, hat er nie erfahren; er hat einfach akzeptiert, daß sie nicht mehr da war, genauso wie er sich darein fügte, keinen Kontakt zu ihr zu bekommen. Er hat mich nie um ihre Adresse gebeten – allerdings hat er ja versucht, wie bei diesem Fest, mich dazu zu bringen, daß ich Rakel zur Rückkehr bewege. Ich glaube, er hielt sich selbst für ziemlich schlau, vielleicht glaubte er auch an das angeblich Uneigennützige seines Wunsches, Rakel möge zurückkehren. Er hatte so lange in seinem komplizierten System von Lügen und Halbwahrheiten gelebt, daß er vermutlich da nicht mehr herausfand. Erst als ich diese seine grundsätzliche Schwäche erkannte, habe ich dann auch in unserer Beziehung die Macht ergriffen.

Doch die, welche wir beide liebten und um die wir kämpfen wollten (um die wir glaubten, kämpfen zu können), sie ging ihre eigenen Wege; sich selber ausgeliefert, mußte sie den wahren Kampf allein ausfechten, während wir daheim in Stockholm auf diese sinnlose Art unsere Pirouetten umeinander drehten. Und was ist aus Thomas geworden? Er hat sich in seinen Vorstellungen verirrt und ist immer tiefer in seiner Sucht versunken. Vielleicht war das der Preis, den er bezahlen mußte, damit Rakel sich befreien konnte. Sie muß es schon gewußt haben, als sie abreiste: man kann niemals einen Menschen retten, der nicht gerettet werden will. Aber die Trauer, die diese Erkenntnis mit sich bringt, wird sie, denke ich, nie ganz verlassen.

Miss Amelia saß an ihrem Schreibtisch und zupfte gereizt an einer Locke, die sich aus dem Knoten gelöst hatte und ihre Wange kitzelte. Es war ein trüber Tag mit gleichmäßig grauem Himmel, und das Arbeitszimmer sah in dem matten Licht ein wenig erstaunt und verschlafen aus. Die pedantische Ordnung, die sonst hier drinnen herrschte, war wie weggeblasen: der Schreibtisch war mit aufgeschlagenen Büchern und halbbeschriebenen Seiten übersät, und weitere, zusammengeknüllte Blätter lagen auf dem Boden; die Palme ließ traurig die Blätter hängen, und Wollmäuse schlichen die Wände entlang. Unsere Heldin selbst schrieb emsig; ihre Finger waren blauschwarz, und ein großer Tintenklecks war auf ihrer Nase gelandet, aber sie schien es nicht zu bemerken. Sie murmelte ärgerlich vor sich hin und warf eilig große Schriftzüge aufs Papier. Als die Kirchturmuhr elf schlug, blickte sie einen Augenblick auf, starrte mit gläsernem Blick vor sich hin und kehrte dann zu ihrem Manuskript zurück. In rasender Eile schrieb sie einige Sätze, seufzte und warf die Feder so nachdrücklich von sich, daß eine dunkelblaue Tintenkaskade auf die Tapete spritzte. Miss Amelia streckte sich, die Hände über dem Kopf erhoben, und las dann durch, was sie geschrieben hatte.

– Hmm, vielleicht, murmelte sie und las den Text wieder und wieder durch. Das könnte ein Anfang sein. Sie griff nach einem der Bücher vor sich und lehnte sich lesend im Stuhl zurück.

Sie hatte Fritz schon früh am Vormittag weggeschickt, unter dem Vorwand, Mary würde *spätestens* um zwölf Uhr kommen, aber der eigentliche Grund war gewesen, daß sie voller Arbeitslust aufgewacht war, in der Magengrube das vertraute bohrende Gefühl, verschlafen zu haben. Fritz hatte sich widerstrebend getrollt, aber darauf bestanden, später am Abend zurückzukehren.

Jetzt wäre vielleicht ein kleiner Exkurs angebracht, da ich die dringende Vermutung habe, daß der verehrte Leser sich fragt, welche Gefühle Miss Amelia eigentlich für den Faun Fritz hat, nachdem sie nun ein Liebesverhältnis eingegangen sind und er sich mehr oder weniger in ihrem Haus einquartiert hat? Nun, Tatsache ist, ich selbst habe darüber nachgedacht und bin zu folgendem Ergebnis gekommen: Miss Amelia hat keine Gefühle für Fritz. Wie? Was soll das heißen? mag der aufmerksame Leser ausrufen, hier auf dieser Seite steht doch … daß sie sich so und so *fühlt*! Laßt mich erklären. Natürlich hegt Miss Amelia gewisse Gefühle für Fritz; Gefühle der Lust, Gereiztheit, Zärtlichkeit, Belustigung und Sympathie, die sie in kleinen Schauern durchziehen, ähnlich wie leichte Sommerwinde eine blanke Wasserfläche kräuseln. Aber keins von diesen Gefühlen dominiert über die anderen, und keins davon erreicht wirklich ihr Bewußtsein. Die grundsätzliche Konstitution unserer Heldin ist nämlich folgendermaßen (geschaffen aus der engen Verbindung zwischen Temperament und Erziehung): Miss Amelia Spencer betrachtet das Dasein vernünftig. Sie kann sich eines klaren Intellekts rühmen und ist ständig bestrebt, die Gefühle, die sie empfindet, und die Situationen, die sie erlebt, mit Hilfe dieses Intellekts zu verstehen. Ein Bestreben, das keineswegs zu verachten ist, da wird mir der geneigte Leser sicherlich beipflichten.

Schön und gut. Als Miss Amelia nun einem leibhaftigen Faun begegnet, und zwar in ihrem eigenen Arbeitszimmer, im Jahr 1888 im Zentrum von London, einem Faun, der behauptet, ihr böse zu sein, ihr dann eine Geschichte erzählt, die sie dazu zwingt, den Roman zu verwerfen, an dem sie schreibt, und sie obendrein verführt – wie könnte sie da reagieren? Als sie erkennt, daß sie diese Ereignisse mit ihrem Verstand tatsächlich nicht in den Griff bekommen kann, macht Amelia eine Kehrtwendung und beschließt, die unsinnige Situation ganz einfach zu akzeptieren, *als wäre sie wirklich.* Ihr Verstand legt einem solchen Manöver kein Hindernis in den Weg, weigert sich aber andererseits, sich überhaupt mit dieser Angelegenheit zu befassen. Ein trügerisches Gefühl von unwirklicher Wirklichkeit beschleicht Amelia und bringt sie dazu, sich mit der gleichen absurden Selbstverständlichkeit im Alltag zu bewegen, mit der man sich im Reich der Träume bewegt; auf sozusagen unreflektierte Art läßt sie sich von einer Menge verschwommener Gefühle durchströmen. Aber da sie tatsächlich nicht *verstehen* kann, was geschieht, ist es für eine solche Person wie unsere Heldin ganz so, als würde es gar nicht geschehen.

Ergo: auch wenn Miss Amelia in gewisser Weise verschiedene Gefühle für Fritz hegt, hat sie zugleich, auf andere Weise, überhaupt keine Gefühle für ihn. (Weil sie aufgehört hat, sich darum zu kümmern, was sie für eben diesen Faun empfindet.) Alles hängt also davon ab, welchen Blickwinkel man wählt, um das Problem zu betrachten; wenn wir den von Miss Amelia wählen, lautet die Antwort: Sie empfindet nichts für Fritz. So. Nun hoffe ich, daß alles vollständig klar und deutlich ist und daß wir einander verstehen, lieber Leser. Und da Miss Amelia jetzt das Buch zur Seite legt und sich erhebt, fahren wir am besten mit unserer Geschichte fort.

Marys Klopfen an der Küchentür ließ Miss Amelia ihre Arbeit unterbrechen, um sie einzulassen. Ein leichter Duft von Kälte stieg aus Marys Kleidern auf, als sie eintrat, und Amelia merkte, daß sie nicht einmal darauf geachtet hatte, wie das Wetter war. Hinter Mary sah sie ein Stück grauvioletten Himmel, bevor die Küchentür sich wieder schloß.

– Sieht nach Regen aus, sagte Amelia und rieb die tintenfleckigen Hände aneinander.

– Ja, Miss Spencer, es ist ganz schön kalt und feucht, keuchte Mary und stellte einen vollgepackten Korb auf die Anrichte.

– Laß sehen, was du heute eingekauft hast, sagte Amelia neugierig und fing an, den Korb auszupacken. Eier, Butter, Tee (wie gut, der ist heute morgen ausgegangen), einen Kohlkopf, Silberzwiebeln – und was ist das? Amelia schnupperte an einem in fettiges Papier eingeschlagenen Päckchen und faltete es an einer Ecke ein wenig auseinander. Oh, eine Lammkeule! Und Pflaumenmus hast du auch aufgetrieben.

– Ich dachte, ich mache Ihnen mal Lamm in Kohl, sagte Mary lächelnd, während sie ihren Mantel an den Kleiderhaken neben der Küchentür hängte. Sie glättete ihre Haare, nahm die Schürze vom Haken und band sie um. Miss Spencer war manchmal zu komisch – und wie sie sich heute verunstaltet hatte, sie war ja ganz bekleckert! Als hätte sie Marys Gedanken gehört, rieb sich Amelia ihre Nasenspitze, was lediglich zur Folge hatte, daß der Fleck noch größer wurde. Abwesend betrachtete sie ihre blauschwarzen Finger.

– Ich mach uns eine Tasse Tee, Mary, das wird dir guttun nach dem Gang durch dieses Wetter.

– Wunderbar, sagte Mary und fing an, die Lebensmittel wegzuräumen.

Mary war jetzt seit drei Jahren bei Miss Amelia, und die Arbeit gefiel ihr gut. Sie war Witwe und hatte zwei kleine Kinder zu versorgen, und so half sie außer Miss Amelia noch einer anderen alleinstehenden Dame im Haushalt. Sie war etwa in Amelias Alter, hatte ein längliches Gesicht, das manchmal ein wenig melancholisch aussah, meistens aber lächelte, einen mageren, sehnigen Körper und dichtes rotblondes Haar.

Amelia holte Tassen heraus und goß Tee auf. Aus der Blechdose im Regal nahm sie ein paar Stück süßen Zwieback und stellte das neue Pflaumenmus auf den Tisch. Die beiden Frauen setzten sich, und Amelia schenkte Tee ein. Ein schweres, prasselndes Geräusch aus dem Garten verkündete, daß die ersten

Regentropfen fielen. Amelia dachte an Eleanor und wärmte die Hände an der heißen Teetasse.

– Sag mal, Mary, sagte sie unvermittelt, hast du je einen Roman von mir gelesen?

Mary sah auf und runzelte kurz die Stirn. Dies war eine Abweichung von den üblichen Gesprächsthemen, und sie fragte sich, was Miss Spencer im Schild führte.

– Leider nicht, Miss, ich habe so wenig Zeit zum Lesen, mit den Kindern und allem anderen, was zu tun ist. Aber Miss Ruddle liest sie, das weiß ich. Ich habe die Romane in ihrem Bücherschrank gesehen.

Amelia hätte gern gewußt, wie Miss Ruddle sie fände, enthielt sich aber der Frage. Es hätte aufdringlich gewirkt, und außerdem wußte sie, daß Mary mit keiner ihrer Arbeitgeberinnen über die andere reden wollte. (Was in Amelias Augen eine vorzügliche Eigenschaft war, da sie sich darauf verlassen konnte, daß Miss Ruddle Mary nicht über sie selbst ausfragen konnte.)

– Du weißt also nicht einmal, wovon sie handeln? fragte sie statt dessen.

– Doch, es sind wohl welche von diesen Liebesromanen, sagte Mary und streckte sich nach einem Zwieback. Einmal hat mir übrigens Mrs. Cooper ein Stück daraus vorgelesen, nachdem die Kinder eingeschlafen waren. Sie ist sehr lieb zu den Kindern, Mrs. Cooper, fügte Mary überstürzt hinzu. Sie wurde ein wenig rot bei der Erinnerung an diese Lesung, da Mrs. Cooper sich über eine Liebesszene in Amelias Roman aus dem 18. Jahrhundert lustig gemacht hatte. Mrs. Cooper war wirklich lieb zu den Kindern, aber sie war auch eine scharfzüngige Frau, die eine Menge Romane las und über jeden davon ihre Ansichten hatte.

Amelia bemerkte jedoch nichts von Marys Verlegenheit. Sie strich eine dicke Schicht Pflaumenmus auf einen Zwieback und verschlang ihn mit einem Bissen. Dann setzte sie ihren Gedankengang fort.

– Nun, und wie hat es dir gefallen? fragte sie die arme Mary. Diese schwieg und fegte ein paar unsichtbare Krümel vom Küchentisch.

– Du kannst ganz ehrlich sein, versicherte Amelia ungeduldig, Künstler müssen Kritik vertragen können.

Mary seufzte.

– Es war diese Liebesszene, Sie wissen schon, Miss, wo Esmeralda, oder wie sie hieß, erkannte, daß sie Prinz Archibald liebte.

Hiermit verstummte Mary wieder, weil sie fand, sie habe schon genug gesagt. Amelia blickte sie erstaunt an. Wand sich diese Person nicht auf ihrem Stuhl? Auf einmal wurde Amelia klar, daß es Mary nicht gefallen hatte, was sie da zu hören bekam. Waren denn ihre Romane wirklich so schlecht, wie Natalie behauptet hatte? Amelia spürte einen kleinen Stich in der Brust, und in dem Wunsch, sich noch ein wenig mehr zu quälen, trieb sie das Gespräch weiter voran.

– Nun, Mary, und wie hat dir die Liebesszene gefallen, fragte sie beharrlich weiter.

Die jahrelange Tätigkeit im Haushalt fremder Frauen hatte Mary jedoch eine Diplomatie gelehrt, die einem Staatsoberhaupt wohl anstünde, und geschickt schlängelte sie sich um den springenden Punkt der Frage herum.

– Eigentlich hatte ich nie eine Vorliebe für Liebesromane, und wie ich schon sagte, habe ich ja jetzt kaum mehr Zeit zum Lesen. Aber als ich klein war, hat mir mein Vater, der Steuermann war, oft Reisebeschreibungen vorgelesen, wenn er zu Hause war. Ich liebte es, von all diesen fremden Orten zu hören und von den sonderbaren Gebräuchen verschiedener Völker. Mama sah es nicht gern, daß Papa mir diese Bücher vorlas, sie meinte, das würde mir »Flausen in den Kopf setzen«. Eine Weile habe ich tatsächlich davon geträumt, Missionarin zu werden, um nach Afrika zu kommen – aber das war, bevor ich Henry kennenlernte.

Sie verstummte genauso abrupt, wie sie angefangen hatte, und trank von ihrem Tee. Der Regen strömte jetzt an den Scheiben herab, und von der Tür her kam ein kalter Zug. Verwundert sah Amelia Mary an. Missionarin – Donnerwetter! Es war ungewöhnlich, daß Mary etwas von sich erzählte, und Amelia betrachtete sie jetzt mit neuem Interesse. Sie wäre bestimmt eine gute Missionarin geworden und hätte die spannendsten Dinge erlebt.

– Aber dann hast du geheiratet, sagte Amelia und ließ diesen Satz sowohl endgültig wie schicksalhaft klingen.

– Henry war gut zu mir, sagte Mary ein wenig abwesend.

Amelia musterte ihr längliches, verschlossenes Gesicht, und ihr kam eine Idee. Sie wollte Mary etwas viel Wichtigeres, als wie sie ihre Romane fände, fragen. Der Regen draußen trug dazu bei, die beiden Frauen in einer Welt des Lichts und der Wärme abzuschirmen; fast war es so, als sei die Zeit stehengeblieben. (Dieses Gefühl, das einen an sehr regnerischen Tagen überkommen kann, wenn man sitzen bleibt und einfach nur aus dem Fenster blickt und die eigene Welt auf einmal so deutlich begrenzt ist.) Sie hatten Tee, süßen Zwieback und eine Petroleumlampe, und sie konnten ruhig und vernünftig, vertrauensvoll miteinander reden.

–Was hältst du eigentlich von der Liebe, Mary, sagte Amelia.

Mary zuckte zusammen und stellte die Teetasse mit einem kleinen Knall ab. Sie hatte das Gespräch als beendet betrachtet und gratulierte sich selbst dazu, mit welcher Raffinesse sie der tückischen Falle entronnen war. Und da kam Miss Spencer mit dieser Frage, die ja in gewisser Weise schlimmer war als die andere. Was war heute los mit ihr? Sie wird in letzter Zeit wirklich etwas wunderlich, dachte Mary und erinnerte sich an unzählige kleine Zeichen, die auf eine Veränderung der Schriftstellerin hinwiesen. Dieses männlich gemusterte Halstuch, das jüngst im Flur hing und von dem Miss Spencer behauptet hatte, es gehöre ihrem Cousin, konnte das damit zu tun haben? Jedenfalls mußte sie ja irgendwas antworten. Forschend betrachtete sie Miss Spencer, die sie offensichtlich erwartungsvoll anlächelte, die Wange in die Hand gestützt. Sie will es wirklich wissen, dachte Mary erstaunt.

– Tja, ich weiß nicht recht, begann sie zögernd, schien sich dann aber aufzuraffen und fuhr rasch fort: Ich denke jetzt nicht mehr viel an die Liebe, seit Henrys Tod. Es ist zu traurig, darüber nachzudenken, und ich habe genug mit meiner Arbeit und den Kindern.

– Das verstehe ich, nickte Amelia.

Mary spürte plötzlich, wie eine warme, ruhige Sympathie in der kleinen erleuchteten Küche zwischen ihnen hin und her zu strömen begann. Draußen peitschte der Regen die Bäume, und es war angenehm, im Haus zu sein. Als sie jetzt Amelia neugierig betrachtete, ging Mary auf, daß sie gleichaltrig sein müßten; sie hatte sich daran gewöhnt, an Amelia nur als an die Schriftstellerin Miss Spencer, eine ihrer Arbeitgeberinnen, zu denken, und sah sie eigentlich nicht so recht als lebendigen Menschen voll widersprüchlicher Ideen, Gefühle und Wünsche. Der Tee war stark, und Mary genoß es allmählich, hier zu sitzen und auf diese Weise zu reden.

– Ich habe ja die Liebe zu meinen Kindern, fuhr Mary ruhig fort, das ist wohl die stärkste Liebe, die ich erlebt habe, auch wenn es vielleicht nicht ganz das ist, was Sie mit Liebe meinen. Es ist sehr schwer zu beschreiben, aber mir ist, als würde ich sie immerzu vor mir sehen – nicht nur mit den Augen, sondern mit dem ganzen Körper. Sie sind gleichsam die ganze Zeit in mir. Nicht daß ich mir Sorgen um sie mache, ich weiß, sie haben es tagsüber gut bei Mrs. Cooper, aber ich *sehe* sie, als wären sie in mir, und manchmal tut es mir innerlich richtig weh, wenn ich daran denke, wie klein und weich sie sind und wie leicht ihnen etwas passieren könnte, es gibt mir richtig einen *Stoß* ins Herz, wenn ich daran denke, auch wenn ich weiß, daß ich tue, was ich kann, um sie zu schützen. Können

Sie das verstehen, Miss Spencer, ich drücke mich so ungeschickt aus, schloß Mary.

– Ich glaube, ich kann ungefähr verstehen, was du meinst, sagte Miss Spencer ernst.

Sie sah Fritz' lachendes Gesicht vor sich und fragte sich plötzlich, ob er verstehen würde, wovon Mary sprach. Aber warum fragte sie sich das? Er war ein Faun, er war ganz anders.

– Die übliche Liebe, die zwischen Mann und Frau, meine ich, fuhr Mary fort, ist vielleicht etwas anderes. Ich habe nicht viel darüber nachgedacht, als Henry noch lebte, wir verstanden uns gut, und meine Eltern hatten ihn sehr gern. Aber wir hatten natürlich nicht viele Jahre zusammen, und gewiß fehlt er mir immer noch. Aber diese Liebe zu meinen Kindern, von der ich spreche, die ist so viel schmerzhafter als die Liebe, von der man in Büchern liest. Wirklich jemanden zu lieben, sage ich mir manchmal, das ist schlimmer als das schlimmste Zahnweh. Ja, ich scherze ein wenig, aber es ist etwas Wahres daran, finden Sie nicht? Ich meine nicht, daß es so weh tut wie in den Romanen, wo die Liebenden *leiden*, wenn sie einander nicht bekommen, und glücklich sind, wenn sie nur zusammensein dürfen; es ist einfach so, daß es *weh tut*, wenn man jemanden richtig gern hat. Es tut weh, und *gleichzeitig* ist man glücklich. Manchmal denke ich, meine Liebe zu meinen Kindern wächst so sehr, daß sie keinen Platz mehr in mir findet, es ist, als würde ich bersten. Aber was halten Sie denn von der Liebe, Miss Spencer?

Amelia errötete und starrte auf das Fenster. Die Dunkelheit draußen machte aus dem Fensterglas einen Spiegel, und sie sah, daß sie einen großen Tintenklecks auf der Nase hatte, und begann ihn verwirrt mit der Serviette zu bearbeiten.

– Ich weiß wirklich nicht so recht, hörte sie sich selbst sagen, mit einer Stimme, die ganz anders klang als gewöhnlich. Es mag merkwürdig klingen, aber ich habe vor allem über die Liebe geschrieben und mir nicht viel Mühe gemacht, darüber nachzudenken. Ich glaube allmählich, daß ich gar nicht weiß, was Liebe ist …

Amelia unterbrach sich und lachte verlegen; jetzt war es an Mary, verständnisvoll zu nicken.

– Es ist nicht leicht zu verstehen, wirklich nicht, sagte sie nachdenklich, und die beiden Frauen blickten einander über den Küchentisch hinweg an.

Amelia streckte sich nach der Teekanne und unterbrach sich mitten in der Bewegung, als ein lautes Klingeln durchs Haus schrillte.

– Die Haustür, sagte sie einfältig.

Sie sahen einander aufgeschreckt an, ein wenig verärgert darüber, daß ihr Gespräch unterbrochen wurde. Mary erhob sich, um nachzusehen, und kehrte bald zurück.

– Es ist ein Droschkenkutscher, der sagt, er habe eine wichtige Nachricht für Sie, sagte sie und begann die Teetassen abzuräumen.

Ihr privater Zauberkreis war durchbrochen, und sie versuchten sich zu sammeln, um ihren üblichen Gesprächston wiederzufinden. Amelia ging verwundert hinaus in den Flur und sah tatsächlich einen Mann in der offenen Tür stehen. Regenwasser tropfte von seiner Mütze, und als er Amelia sah, legte er grüßend zwei Finger an den Schirm.

– Worum geht es? fragte Amelia.

– Nu ja, Miss, es ist so, ein Herr hat mich in der Oxford Street angehalten und mir den Auftrag gegeben, zu Ihnen zu fahren. Miss Amelia Spencer, das ist doch Ihr Name? Er hat gesagt, es ist sehr wichtig, daß Sie mit dem Wagen zu der Adresse mitfahren, die er mir genannt hat, sofort, wenn möglich, und er hat gesagt, ich soll von Mister Forrester grüßen. Hat das wohl seine Richtigkeit?

Der Mann verstummte und sah Amelia fragend an, die lachend die Arme ausbreitete. Dieser Fritz, was hatte er sich jetzt wieder ausgedacht? Das sah ihm ähnlich, so geheimnisvoll und mysteriös zu tun. Es war ein unfreundlicher Tag für eine Droschkenfahrt, aber ein bißchen spannend war das Ganze auch. Amelia fühlte sich sowohl angeregt als auch neugierig.

– Treten Sie doch ein und warten Sie einen Moment, ich komme gleich, sagte sie, ließ den durchnäßten Kutscher ein und ging, um sich zurechtzumachen. Sie säuberte sich, so gut es ging, kämmte die Haare, zog ihren Mantel an und ging hinunter in die Küche.

– Ich muß fort, Mary, und ich weiß nicht genau, wann ich wiederkomme.

– Nun, ich stelle das Essen in den Ofen, dann können Sie es jederzeit aufwärmen, antwortete Mary ruhig.

Sie lächelten einander ein wenig schüchtern zu; Amelia hatte das Gefühl, noch etwas sagen zu wollen, konnte aber keine Worte finden. Sie verließ die Küche, vom Kohlgeruch verfolgt, den Mary in der Pfanne anbriet.

Es war ein merkwürdiges Wetter; trotz des Regens lag ein noch größeres Unwetter in der Luft. Der Himmel war ganz lila, und am Piccadilly stieg das künstliche Licht auf und beleuchtete die Wolken von unten. Die Stadt war so still, als säßen all ihre Einwohner zu Hause beim Lampenschein in der Wärme.

– Ja, da war noch etwas, sagte der Droschkenkutscher zögernd, während er Amelia die Tür aufhielt, aber es kommt mir ziemlich sonderbar vor.

Amelia sah ihn fragend an, und er kratzte sich unter dem Rand der Mütze am Kopf.

– Da war noch etwas, was ich Ihnen von dem Herrn ausrichten sollte. Er sagte, wenn Sie im Wagen die Augen zumachen und gleichsam ins Laternenlicht blinzeln, würde er ihnen eine Geschichte zur Unterhaltung mit auf die Fahrt geben. Ich verstehe kein Wort davon, aber das hat er jedenfalls gesagt.

– Es ist gut, vielen Dank, sagte Amelia und lächelte dem Mann zu.

Als der Wagen sich in Bewegung setzte, lehnte sie sich zurück und schloß die Augen. Aha, Fritz konnte also seine Geschichte erzählen, ohne persönlich anwesend zu sein. Es würde mich nicht wundern, wenn er den Mond vom Himmel holt, dachte Amelia, oder zumindest glaubt, es zu können. Sie lächelte über Fritz, fühlte aber zugleich, wie die Erwartung in ihr wuchs. Sie würde Eleanor wiedersehen. Hinter den Augenlidern merkte sie, wie der Laternenschein in rhythmischer Folge in den Wagen fiel, eine Art Lichtgeflacker auf ihrem Gesicht.

Blanke, blanke Augen hat er, der neue Höfling. Ich habe sie heute beim Abendessen gesehen und war erstaunt. Sonst sehe ich jetzt so wenig vom Hof, da der Gesang ständig einen Klangteppich um mich webt. Blank: blaublank, kühlblank, meerblank. Sie haben eine Linie hinter meinem Blick eingezeichnet. Jetzt im Sommer bin ich fast jeden Abend bei meiner Dame, fast jeden Abend spiele ich das uralte Spiel mit den Faunen und tanze den wunderbaren Tanz mit den Schwestern. Das Grün des Waldes beginnt schwer zu werden, dunkler; wenn ein Wind durchs Laub fährt, bewegen die Bäume sich träge und erinnern uns daran, daß der Herbst kommt. Meine Dame ist mir nah, sie schenkt mir neue Geheimnisse. Vielleicht, o Schauder in meinem Blut, werde ich dem Einhorn begegnen.

Doch in den Nächten herrscht kalte Dunkelheit im Schlafsaal des Schlosses, wenn ich vor dem Morgengrauen zurückkehre. Ich gehöre nicht mehr hierher, eine Mauer des Schweigens ist zwischen mir und den Hofdamen. Ich habe meine Schwestern im Wald, aber in gewissen schwachen Momenten vergesse ich in der Morgendämmerung für einen Augenblick den Gesang und bemerke die Mißgunst, die mir die anderen Hofdamen entgegenbringen. Sie schlafen abgewandt von mir, und keine teilt mehr mein Bett zum Schutz gegen die nächtliche Kälte. Warum muß ich hierbleiben, obwohl ich nicht mehr hierhergehöre? Frag nicht, Eleanor, sing das Lied des Einhorns und laß es in seinem Klang ertrinken. Meine Dame will mich hier haben, das ist genug. Ihre Wege sind unerforschlich, sie sind Das Einhorn. Sie hat mich erwählt.

Schlaf in deinem kalten Bett, Eleanor, und träum das Rote in dein Blut hinein. Die starren Blicke der Hofdamen siehst du nicht, die triefende Finsternis der Steinwände siehst du nicht, das verstohlene Geflüster im Gang hörst du nicht. Die Geheimnisse des Waldes wohnen in dir; der blaublanke Blick ist nicht für dich bestimmt.

6. August

Sprühregen hat meinen Garten überzogen, so schnell, daß er nur für wenige Sekunden die stickige, vibrierende Hitze zu lindern vermochte. Hier sagt man, dies sei der heißeste Sommer seit 300 Jahren – vielleicht stimmt das wirklich, aber mein Kopf hallt wider von ähnlichen Behauptungen: der kälteste Winter, das heftigste Gewitter, der mildeste Herbst und so weiter bis in alle Ewigkeit. Das wirkt alles ein bißchen rührend, auf unbestimmte Art.

Wie anders war es mit der kleinen Dame, die in der Jungfrugatan zwei Stockwerke unter mir wohnte. Wir fuhren oft zusammen im Aufzug und sprachen dabei natürlich über das Wetter. Es zeigte sich, daß sie auf diesem Gebiet verblüffend sachkundig war. Mindestens dreißig Jahre lang hatte sie täglich über das Wetter genau Buch geführt, und offenbar zog sie ihre Notizen oft zu Rate, denn ihre Prognosen und Vergleiche mit dem Wetter anderer Jahre waren stets von großer Exaktheit und Detailliertheit geprägt. Hier ging es nicht um irgendwelche vagen Hunderte von Jahren, vielmehr spickte sie ihre Betrachtungen gern mit genau datierten Angaben. Diese Gespräche faszinierten mich: sie betrieb eine liebevolle, gründliche Erforschung des Alltagslebens, deren Empirie mich immer wieder aufs neue erfreute und überraschte. Sie wußte ganz einfach, wovon sie redete, diese rotwangige Östermalmdame (die ich auch oft die Papierkörbe auf dem Friedhof der Hedwig-Eleonora-Kirche nach leeren Flaschen durchsuchen sah). Ich mochte sie sehr.

Im übrigen bin ich heute von einer sonderbaren Unruhe befallen. (Von der ich mich durch diese Bemerkungen abzulenken versuche.) Habe eine Karte von F. bekommen, auf der nur stand, er würde bald eine Reise machen und vielleicht in London vorbeikommen. Es ist ein Jahr her, seit wir uns zuletzt gesehen haben. Aber ich bin selber schuld; vor ein paar Wochen habe ich ihm einen Brief geschrieben, in einem dieser plötzlich auftretenden Anfälle von Sehnsucht nach ihm. Ich vergesse ihn, das tue ich wirklich, über lange Zeiten hinweg – aber dann, an einem sonst ganz undramatischen Tag, kann es geschehen, daß ich plötzlich innehalte und einfach denke: F.! Dann bin ich jedesmal wieder genauso fieberhaft glücklich, nur weil ich mich erinnere, daß es ihn gibt. Erinnerungen an unsere Begegnungen blitzen in mir auf, so deutlich, als hätten sie sich gestern ereignet, und dann schreibe ich eine Karte oder rufe an, und unsere gegenseitigen Umkreisungen können wieder ihren Anfang nehmen. Manchmal muß ich Detektiv spielen – er hat oft seinen Wohnort gewechselt, unvorhersehbar wie eh und je.

Aber was ich immer vergesse, ist diese Unruhe. Eine Art Rastlosigkeit beginnt in mir zu glimmen; als wäre sie das wirklich Gemeinsame zwischen uns. Im Augenblick ärgert mich das ein wenig, weil ich eigentlich überhaupt nicht weiß, ob ich will, daß er hier in meinem abgeschiedenen Londoner Dasein auftaucht. Als ich diesen Brief schrieb, tat ich es in der vagen Vorstellung, er würde antworten und wir könnten uns in den Briefen begegnen. (Vermutlich habe ich mir dabei überhaupt nichts gedacht.) Mein Gott, ich weiß doch, daß F. keine Briefe schreibt. F. schickt Ansichtskarten von den unglaublichsten Orten, F. taucht auf und F. verschwindet – aber einen ruhigen und ergiebigen Briefwechsel mit ihm führen! Wo doch die einzige Sprache, in der wir uns wirklich verständigen konnten, die der Körper war. Begreife nicht, was in mich gefahren ist. Aber ich vermute, er wird gar nicht herkommen, wahrscheinlich fährt er statt dessen nach Timbuktu. (Komisch, ich habe mir

Timbuktu immer als einen mit F. verbundenen Ort vorgestellt – aber tatsächlich weiß ich nicht einmal, ob dieser Ort existiert oder auf welchem Punkt der Landkarte er sich befindet.)

Noch immer kein Brief von Rakel, nur diese Karte heute in der Post. Warum schreibt sie nicht?

7. August

Die Schwester, sie ist F. nur einmal begegnet, und zwar auf einem Fest von Rakel, als sie noch bei der Familie in der Wohnung lebte. Es waren (wie stets auf diesen Festen) eine Menge Leute da, es gab Wein und irgendeine rasch zusammengebraute Suppe. F. kam nicht mit mir, sondern mit jemand anders – er kannte Rakel nicht, aber zwei ihrer Brüder. Ich und die Schwester, wir waren zusammen hingegangen, was damals ziemlich ungewöhnlich war.

– Na ja, ich weiß nicht recht, sagte die Schwester. Er hat so sonderbare Augen.

Ich lachte und tätschelte ihren Arm. Sie war doch nicht fähig, F. zu verstehen. Aber ihre Worte blieben in mir hängen; ich kapselte sie in Dunkelheit ein, wie die Muschel die Perle im Schlamm versteckt, und viel, viel später – an einem Sommertag, als wir im Smedsuddbad lagen – fragte ich sie plötzlich, was sie mit diesen Worten gemeint habe. Sie erinnerte sich sehr genau an diesen Augenblick, auch wenn es ihr im nachhinein schwerfiel, sich zu besinnen, was sie empfunden und gemeint hatte.

– F. hat doch sehr schöne Augen, sagte ich.

– Ja, sagte die Schwester, sie sind sowohl schön als auch ausdrucksvoll, aber ich glaube, ich habe gedacht, man findet sozusagen keinen *Halt* darin. Er hat einen angesehen, als sei man wirklich ein einzigartiger Mensch – und zugleich hatte ich das Gefühl, er sieht einen überhaupt nicht. Am deutlichsten erinnere ich mich bei dieser Bemerkung daran, wie traurig ich darüber war, daß du mir nicht zuhören wolltest, daß mein Eindruck dir nichts bedeutet hat. Du warst *nachsichtig*; fast nichts habe ich so sehr gehaßt wie deine kühle Nachsicht.

– Es hat mir angst gemacht, das mußt du doch verstehen, sagte ich und grub mit den Fingern im heißen Sand, um tiefer unten etwas Kühle zu finden. Die Schwester drehte ihren schweißblanken, braungebrannten Körper um und starrte in den Himmel. Ihr Gesicht war sehr ernst.

– Manche Augenblicke oder Äußerungen versteht man eigentlich erst viel später, sagte sie nachdenklich. Es kann viele Jahre brauchen, bis man die Zusammenhänge so klar sieht, daß man überhaupt den *Versuch* machen kann, sie zu verstehen.

– Mmm, murmelte ich, schläfrig von der Sonne, aber wir tragen sie in uns, und vielleicht bedeuten sie etwas für uns, obwohl wir sie nicht verstehen?

– Ich glaube, wir sprechen immer gleichzeitig auf vielen verschiedenen Zeitebenen miteinander, sagte die Schwester und setzte sich auf. Wollen wir schwimmen gehen?

– Du bist meine Hausphilosophin, sagte ich.

Wir lächelten einander zu (voll Zärtlichkeit und Ironie) und gingen hinunter zum Wasser.

10. August

Heute habe ich die Hülle gesprengt; heute habe ich das Tor wiedergefunden. Ich durchstreifte den Hydepark, nachdem ich wieder in der National Gallery vorbeigeschaut und meinen Faun angestarrt hatte. Irgend etwas an diesem Bild hört nicht auf, mich zu faszinieren. Jedesmal, wenn ich da bin, sieht es anders aus: heute kam es mir so vor, als umspiele ein kleines, fast bösartiges Lächeln den vollen Mund des Fauns, und das machte mich zornig. Heute dachte ich, er müsse die Frau getötet haben, vielleicht durch einen zu festen Biß seiner scharfen Zähne in ihr weißes, zartes Fleisch. Zugleich sah er so unbeteiligt aus, so ganz von seiner eigenen Bedeutung erfüllt. Mein Zorn trug mich hinaus in die heißen Straßen, hin zum Park.

Unter einem großen Ahorn fand ich einen verlassenen Klappstuhl und setzte mich. Da entdeckte ich, daß das *Sehen* zu mir zurückgekehrt war, und der Zorn verwandelte sich in diese tiefe, reine Freude, die ich in solchen Augenblicken stets empfinde. Die Sonne war drückend und das Gras im Park staubig, aber alles hatte scharfe Konturen und ruhte in sich selbst: die Boote auf dem kleinen See, die Hunde, die Ahornblätter, die vorüberschlendernden Menschen. Diese Augenblicke, in denen alles eine Bedeutung hat. Diese intensiven Momente des In-der-Welt-Seins. Es ist mir nie gelungen, sie hinterher zu beschreiben, aber meine Sehnsucht nach dieser Art des Sehens ist stärker als meine Sehnsucht nach Worten.

Als ich da saß, kam mir plötzlich mein Erlebnis beim Einschlafen stark ins Bewußtsein. Ich habe einmal versucht, Rakel davon zu erzählen, und ich glaube, sie hat es verstanden. Manchmal, wenn ich kurz vorm Einschlafen bin, habe ich die intensive Empfindung einer riesigen Hand, die etwas ungeheuer Kleines zu umfassen versucht. Die Hand ist so groß und ungelenk im Verhältnis zu dem, wonach sie greifen will, daß sie es kaum zu halten vermag; eine enorme Anstrengung ist in der Bewegung. Und das Sonderbare ist, daß ich sowohl die Hand bin als auch das, was sie umfassen will. Dieses Erlebnis ist immer sehr lustvoll; wenn es stark ist, kann ich zwischen dem Gefühl des Großen, Ungelenken und dem des Kleinen, Umfaßten unaufhörlich hin und her gleiten, bis ich *beide* Gefühle gleich stark in ein und demselben Augenblick empfinden kann.

Heute im Park habe ich darüber nachgedacht, und mir fiel ein, was Rakel gesagt hat, als ich ihr davon erzählte. »Da hast du ja dein Paradox.« Ja, vielleicht ist es so. Dieses Erlebnis ist mir schon von Kindheit an in Erinnerung, und vielleicht hängt es mit dem zusammen, was ich mein Paradox nenne: meine Sehnsucht, einen Zustand simultan von zwei unvereinbaren, entgegengesetzten Standpunkten aus zu erleben. Nicht Synthese, sondern *Gleichzeitigkeit.*

An solchen Tagen möchte ich London nicht verlassen. Diese Tage machen mich ruhig und lassen mich ahnen, welchen Sinn mein Aufenthalt hier hat. Und da ich nun wieder am Schreibtisch sitze, frage ich mich: Warum erzähle ich mir dies alles von Rakel und Thomas immer wieder aufs neue? Warum tanze ich immer wieder in den Kreisen herum, die meine Erinnerungen erzeugen, wo ich doch weiß, daß das Erzählen nur neue Kreise erzeugt? Ich glaube, durch die Wiedererzählung, die Durchleuchtung der Erinnerungen, werde ich Rakel näherkommen, aber vielleicht ist in Wirklichkeit das Gegenteil der Fall? Wenn ich nun aber *diese* Situation nehme und sie von beiden Seiten zugleich zu erleben versuche – dann kann ich vielleicht durch das Erzählen auch mit dem Erzählen aufhören. Im gleichen Augenblick.

Oft kehre ich zu den letzten Sätzen des *Tractatus* zurück, die ich in mein Tagebuch geschrieben habe. Ich liebe sie, und sie wirken in mir, aber vielleicht führen sie auch dazu, daß ich mich selbst betrüge und blind mache?

6.54 Meine Sätze erläutern dadurch, daß der, welcher mich versteht, sie am Ende als unsinnig erkennt, wenn er durch sie – auf ihnen – über sie hinausgestiegen ist. (Er muß sozusagen die Leiter wegwerfen, nachdem er auf ihr hinaufgestiegen ist.)

Er muß diese Sätze überwinden, dann sieht er die Welt richtig.

7 Wovon man nicht sprechen kann, darüber muß man schweigen.

Der Regen hörte auf, als die Droschke in eine schmale, kleine Straße einbog und anhielt. Amelia spähte hinaus, um zu sehen, wo sie waren, aber sie kannte sich nicht so recht aus. Vermutlich befanden sie sich in einer der Straßen, die von The Embankment heraufführten. Als der Kutscher ihr den Schlag aufhielt, stieg sie aus. Die Luft war dicht vor Feuchtigkeit, und Amelia ahnte die Nähe des Flusses: das heisere Tuten mehrerer Lastkähne verband sich mit einem faden Geruch nach Süßwasser, was ihr Gefühl verstärkte, ein Abenteuer in einer fremden Gegend zu erleben.

– Hier muß es sein, Miss, sagte der Droschkenkutscher und zeigte auf ein schönes, aber heruntergekommenes Haus aus dem 18. Jahrhundert. Im Dachgeschoß, es soll da nur eine Tür geben, hat der Herr gesagt, der mich geschickt hat. Möchten Sie, daß ich auf Sie warte? Er schien ein wenig besorgt und sah Amelia beschützend an. Sie lächelte freundlich und schüttelte den Kopf.

– Das ist nicht nötig, ich bin sicher, es ist alles in Ordnung. Als sie die schwere Haustür öffnete, hörte sie die Droschke in Richtung Fluß davonrollen.

Sie blieb in der Eingangshalle stehen und versuchte die Augen an das Zwielicht zu gewöhnen. Eine steile Treppe führte zu den oberen Stockwerken hinauf, und es gab keine Beleuchtung. Die hohen, schmalen Fenster waren an einem solchen Tag von keinem großen Nutzen, da es kaum Licht hereinzulassen gab. Zögernd begann Amelia den Aufstieg. Warum hatte Fritz sie hierhergelockt? Wohnte er hier? Amelia kam es plötzlich in den Sinn, daß sie nicht wußte, wo Fritz sich aufhielt, wenn er nicht bei ihr war.

Im Dachgeschoß gab es keine Fenster, und die Dunkelheit war hier fast undurchdringlich. Mit Mühe fand Amelia den Klingelzug an der einzigen Tür und zog daran. Ein zartes Klingeln ertönte hinter der Tür, dann näherten sich Schritte. Die Tür öffnete sich, und in dem warmen Licht, das ins Treppenhaus fiel, erkannte Amelia blinzelnd die Person, die da stand, in einer gemusterten Hausjacke mit einer Pfeife in der Hand.

– Miss Spencer! Welche Überraschung – Sie tun mir eine große Ehre an, sagte Leutnant Fairwill und streckte ihr die Hand hin.

Amelia schluckte unsicher und gab ihm die Hand. War Fritz bei Fairwill? Oder – dachte Amelia, mit einem immer stärkeren Verdacht – hatte er sie lediglich hierhergelockt? Sie erinnerte sich, mit welchem Eifer er ihr ein Treffen mit dem Leutnant nahegelegt hatte und wie gekränkt er gewesen war, als sie sich geweigert hatte. Jetzt hatte er die Sache offenbar selbst in die Hand genommen, auf diese schändliche Art. Was sollte sie tun? Schließlich konnte sie dem Leutnant doch nicht sagen, das Ganze sei ein Mißverständnis, man habe sie getäuscht.

– Aber bitte treten Sie doch ein, sagte Fairwill und hielt ihr die Tür auf. Ich sage meiner Vermieterin gleich Bescheid, daß sie uns Tee macht. Ach, Sie sind ja ganz durchnäßt, Sie frieren vielleicht? Es ist ein abscheuliches Wetter, setzen Sie sich doch zum Aufwärmen erst mal ans Kaminfeuer.

Er nahm Amelia den Mantel ab und lotste sie zu einem großen Sessel. Amelia war so verwirrt, daß sie keine Worte fand. Der Leutnant war die Fürsorge in Person, er rückte ihr einen kleinen Fußschemel zurecht, räumte einige Bücher vom Tisch und betrachtete sie dabei unentwegt mit leuchtendem Blick.

– Sie müssen meine schlichten Räumlichkeiten entschuldigen, Miss Spencer, sagte er mit einer ausholenden Armbewegung, ich fürchte, sie machen nicht viel her. Aber es ist eine gute Lage, und meine Vermieterin ist eine vortreffliche Person. Ach ja, der Tee, wenn Sie mich einen Augenblick entschuldigen, ich kümmere mich darum. Ich bin gleich zurück.

Und dann verschwand er. Amelia holte tief Luft. Es gab offenbar kein Zurück. Sie streckte die Hände zum Feuer aus und sah sich im Zimmer um. Es war nicht groß, enthielt nur zwei Stühle, den Sessel, den Tisch, ein Bücherregal und einen kleinen Schreibtisch. Aber es war auf eine ansprechende, etwas schlampige Art warm und gemütlich. Eine tiefe Fensternische ging offenbar zur Straße; Amelia stand auf, trat ans Fenster, öffnete es und spähte über die Dächer hinweg. Leutnant Fairwills Zimmer war wirklich sehr hoch gelegen: sie sah die Straße tief unten glänzen, leer und vom Regen reingewaschen. Als sie den Blick hob, sah sie die Dächer in unregelmäßigen Wellen bis hin zu den massiven Umrissen von The Tower; auf dem feuchten Blechdach gegenüber trippelten einige Tauben herum und stießen kurze gurrende Laute aus. Es war so still, daß Amelia meinte, das Geräusch ihrer Krallen auf dem Blech zu hören. Die Luft war kühl, und die Gewitterstimmung dräute noch über der Stadt; sie drehte sich um und schloß das Fenster. Neugierig musterte sie das Bücherregal des Leutnants. Neben Reisebeschreibungen, Geschichtsbüchern, Memoiren und einigen militärischen Werken fand sie mehrere Lyrikbände, und zu ihrer Verwunderung auch ihre eigenen gesammelten Romane. (Auch ein Band von Miss Crackle stand da, ganz unten, und Amelia schürzte die Lippen, als sie das sah.) Sie hörte die Schritte des Leutnants auf der Treppe und beeilte sich, zum Sessel zurückzukehren.

Fairwill blieb an der Tür stehen und sah sie lange an; sein Gesicht strahlte, und er schien ihren Anblick zu genießen. Amelia fühlte eine aufsteigende Nervosität und blickte ins Feuer, unruhig strich sie sich über den Knoten.

– Wie reizend von Ihnen, mich zu besuchen, begann der Leutnant, unterbrach sich aber ebenso rasch. Er knetete seine

Hände und wirkte ebenfalls sehr nervös. Dann nahm er einen neuen Anlauf:

– Ich habe mich so über Ihren Brief gefreut, ich hatte nicht zu hoffen gewagt … Sie sehen glänzend aus, Miss Spencer, ich hoffe, Sie haben sich keine Erkältung geholt bei diesem Wetter. Wieder verstummte er und blickte verlegen auf seine Füße in schwarzen Lederpantoffeln.

– Ich hoffe, ich komme nicht ungelegen, sagte Amelia.

– Überhaupt nicht! versicherte Fairwill, ich habe hier in meiner Einsamkeit gelesen, und gerade dachte ich, es wäre Zeit für etwas Tee. Und in Ihrer Gesellschaft wird der Tee zu einem Festmahl!

Er stand immer noch an der Tür, bemerkte Amelia, und aus irgendeinem Grund machte seine Verlegenheit sie ruhig.

– Aber wollen Sie sich nicht setzen, sagte sie und lächelte ihn an, erzählen Sie doch, was Sie gelesen haben, als ich Sie unterbrach?

– Oh, es war Shakespeare, auf ihn komme ich immer wieder zurück, und am liebsten an regnerischen Tagen. Wenn einen die Sorgen drücken, geht nichts über Shakespeares Sonette.

Während des Gesprächs bewegte sich der Leutnant langsam ins Zimmer hinein, aber er schien ins Treppenhaus zu horchen und umklammerte krampfhaft die erloschene Pfeife. Amelia beobachtete ihn mit Interesse.

– Ich selbst lese am liebsten die Dramen, sagte sie nachdenklich, die Sonette kenne ich nicht besonders gut. Aber was haben Sie denn für Sorgen, Leutnant Fairwill?

Der Leutnant zuckte zusammen und sah sie mit einem sonderbaren Ausdruck an. Er schluckte und zögerte, doch die Antwort blieb ihm erspart, als feste Schritte auf der Treppe erklangen, begleitet vom Klappern des Geschirrs. Rasch öffnete er die Tür und ließ die Vermieterin ein. Sie wechselten einige Worte, und die Frau stellte das Tablett auf den Tisch, wobei sie Amelia einen kurzen, neugierigen Blick zuwarf. Amelia ignorierte das, aber ihr wurde peinlich bewußt, was die Vermieterin von diesem Besuch halten mußte. Es war eine Erleichterung, als sie wieder allein waren. Der Leutnant schien sich auch zu entspannen und servierte den Tee mit frisch gebackenen Scones. Dann setzte er sich Amelia gegenüber auf den Stuhl und lächelte herzlich.

– Ich muß noch einmal meine Freude über diesen Besuch zum Ausdruck bringen, Miss Spencer – oder darf ich Sie Amelia nennen? Ich finde, wir sind schon so gute Freunde, ich wünschte, Sie würden mich George nennen.

Er blickte sie beharrlich mit seinen schönen Augen an. Wie blau sie sind, wie ein Septemberhimmel, dachte Amelia.

– Das will ich gern tun, und natürlich darfst du mich Amelia nennen, sagte sie und nahm einen Schluck von dem Tee. Er hob seine Tasse, wie um ihr zuzuprosten, und lächelte breit. Nach diesem Ausbruch von Vertraulichkeit saßen sie beide schweigend da, tranken ihren Tee und blickten ins Feuer. Fairwills Gesicht veränderte ständig seinen Ausdruck, als zögen leichte Wolken darüber hin, und es schimmerte golden im Feuerschein. Mit einem neuen, selbstsicheren Klang in der Stimme ergriff er wieder das Wort:

– Dürfte ich dir vielleicht ein Sonett vorlesen, Amelia, sagte er eifrig. Ich dachte an dich, als ich es las, und es überraschte mich, daß du plötzlich da standst, vor meiner Tür, wie einem Traum entstiegen. Ja, es ist wirklich sonderbar, ich habe so oft an …

Seine Stimme wurde leiser und verstummte, aber er erhob sich und holte das Buch, das er auf den Schreibtisch gelegt hatte. Als er sich vorbeugte und im Licht des Feuers nach der richtigen Seite blätterte, fiel ihm das blonde Haar in die Stirn, und er sah auf einmal ganz jungenhaft aus. Amelia lehnte sich im Sessel zurück und sah ihn zärtlich an. Er räusperte sich, las schweigend in dem Buch und blickte dann mit großem Ernst in den Augen zu ihr auf. Dann begann er zu lesen:

Shall I compare thee to a summer's day?
Thou art more lovely an more temperate.
Rough winds do shake the darling buds of May,
And summer's lease hath all too short a date.
Sometime too hot the eye of heaven shines,
And often is his gold complexion dimm'd;
And every fair from fair sometime declines,
By chance, or nature's changing course, untrimm'd;
But thy eternal summer shall not fade,
Nor lose possession of the fair thou ow'st,
Nor shall Death brag thou wander'st in his shade,
When in eternal lines to time thou grow'st.
So long as man can breathe or eyes can see,
So long lives this, and this gives life to thee.

Als die letzten Worte in dem kleinen Zimmer verklungen waren, blickte Amelia auf ihre Hände herab, die gefaltet in ihrem Schoß lagen. Sie fühlte die Röte auf den Wangen brennen und wollte seinem Blick nicht begegnen. Was für ein bezaubernd schönes Gedicht – aber war es nicht nahezu eine Liebeserklärung? Das Bild von Miss Pennymongler auf der Terrasse kam ihr in den Sinn: das kleine Gesicht verzerrt vor Schreck und – Schmerz. Miss Pennymongler liebte doch den Leutnant. Ein dumpfes Schamgefühl beschlich Amelia, und sie sehnte sich auf einmal weg aus diesem Zimmer, hinaus in die Straßen, hinaus in die frische Luft. Aber offenbar mißverstand der Leutnant ihr Schweigen, denn plötzlich fiel er vor ihrem Sessel auf die Knie, beugte den Kopf über ihren Schoß und küßte die eine weiße Hand, die dort lag. Dann hob er das Gesicht und suchte ihren Blick.

– O Amelia, ich habe solche Sehnsucht gehabt, sagte er mit erstickter Stimme und zog ihr Gesicht zu sich herab.

Miss Amelia schloß die Augen. Seine Lippen fühlten sich schon vertraut an, genau wie die deutliche, aufdringliche, pulsierende Wärme, die in heftigen Schauern ihren Körper durchfuhr. Er küßte sie so gewaltsam und leidenschaftlich, daß sie das Gleichgewicht verlor und auf ihn fiel. Eifrig drückte er seinen Körper an ihren und begann nach den Haken und Ösen ihres Kleides zu tasten. Amelia tat einen tiefen Atemzug und rief stumm ihre hinfällige Vernunft zu Hilfe. Es war, als würde sie unter Aufbietung ihrer letzten Kräfte sich selber aus dem warmen, dunklen Wasser ziehen, das sie in seinen Strudeln fortreißen wollte. Besinne dich darauf, wer du bist, erklang eine kalte Stimme in ihrem Inneren, und verwirrt erinnerte sie sich an den Moment im Arbeitszimmer, als diese Worte ihr so wichtig erschienen waren. Sie erhob sich rasch und starrte mit wildem Blick auf den Leutnant, der sich langsam aufsetzte und mit den Fingern die Haare zurückstrich.

– Sie lieben mich doch nicht, sagte Amelia ruhig.

Fairwill schien sie nicht zu hören, sondern streckte flehend die Arme nach ihr aus, aber als er ihren Gesichtsausdruck sah, kam er rasch auf die Füße. So standen sie einander gegenüber, ohne ein Wort zu sagen; beide atmeten heftig und sahen einander in die Augen. Schließlich seufzte Fairwill tief.

– Hör zu, George, sagte Amelia sanft, ich will gern deine Freundin sein. Aber ich bin nicht die, welche du liebst, und ich, ich bin nicht … ich liebe dich auch nicht. Was zwischen uns geschieht, *mit* uns geschieht, das ist, ich weiß nicht, aber es ist nicht … Sie verstummte und runzelte die Stirn. Was wollte sie eigentlich sagen?

– Es gibt eine, die dich liebt, sagte sie, und diese Worte hatten etwas Endgültiges.

Sie hörten es beide. Fairwill ging ihren Mantel holen und half ihr hinein. Sie waren beide auf einmal völlig ruhig; als wäre etwas in ihnen explodiert und hätte einen großen Frieden hinterlassen. Der Leutnant strich ihr behutsam übers Haar.

– Ich bin froh, daß du hergekommen bist, sagte er schlicht.

Amelia nickte ernst. Als sie die Tür geöffnet hatte, drehte sie sich ein letztes Mal um und sah ihn zusammengesunken im Lehnstuhl sitzen, den Kopf in den Händen. Rasch lief sie die Treppen hinunter.

Vor der Haustür blieb Amelia ratlos stehen. Die kleine Straße lag verlassen da, kein Mensch war zu sehen. Die Dunkelheit begann sich über der Stadt auszubreiten, und der Himmel hatte eine unheilvolle dunkelviolette Farbe. Wenn ich zum Fluß hinuntergehe, finde ich vielleicht eine Droschke, dachte Amelia, während sie ihren Mantel zuknöpfte. Ihr Haarknoten war halb heruntergerutscht, aber das kümmerte sie nicht. Als sie zum Fluß hinunterging, bog eine korpulente Gestalt von der anderen Seite her in die Straße ein und schloß hinter ihr auf. Amelia hörte die Schritte, drehte sich aber nicht um, sondern beschleunigte vielmehr das Tempo. Die Frau, die in die Straße eingebogen war, blieb jedoch stehen und starrte auf Amelias Rücken, die halbgelösten Haare und den eiligen Gang. Miss Crackle (denn, lieber Leser, eben diese Dame ist es, die zufällig am Haus des Leutnants vorbeikam, auf dem Weg zu ihrer Freundin Miss Rumplefish, die ein paar Häuser weiter unten wohnte) schnappte nach Luft und sagte zu sich selbst:

– Was soll das heißen? Miss Spencer – in diesem aufgelösten Zustand – kommt aus Leutnant Fairwills Tür? Wahrlich, hier ist etwas Infames im Gange.

Und Miss Crackle gluckste vor sich hin und schüttelte ihren hutgeschmückten Kopf, daß die purpurrote Feder heftig wogte. Na warte, wenn Miss Rumplefish das erst zu hören bekam!

Ohne zu merken, daß sie beobachtet wurde, ging Amelia weiter auf The Embankment zu. Ihr Inneres befand sich (wie man zu sagen pflegt) in Aufruhr. Ein reißender Strom von leuchtenden, grellen Bildern zog an ihrem inneren Auge vorbei, Fragmente und Szenen von den Ereignissen der jüngsten Tage. Sie sah das von Leidenschaft verzerrte Gesicht des Leutnants im Garten von Miss Crackle; sah Eleanor im dunklen Schloß einen blauen Blick auffangen; sah Marys eckiges Gesicht von innen her leuchten, als sie von ihren Kindern sprach; sah Fritz' glitzernde Augen und seine warmen Hände, die suchend über ihren eigenen weißen Körper fuhren, sah Natalies bestürzten Gesichtsausdruck im Alkoven; sah Miss Pennymongler auf der Steintreppe in Ohnmacht fallen. Dieses letzte Bild kehrte stets aufs neue wieder: Miss Pennymongler fiel und fiel, und Amelia sah ihr von Schmerz und Schrecken erfülltes Gesicht.

– Liebe, Liebe, sagte Amelia und strich sich über die Augen.

Sie war jetzt unten auf The Embankment angekommen und ging mit zögernden Schritten auf die Steinbalustrade zu. Der Fluß hatte im Schein der Straßenlaternen, die jetzt angezündet wurden, eine seltsame graugelbe Färbung, und das Wasser bewegte sich unruhig in dem auffrischenden Wind. Amelia sog den Geruch von Fisch und Seegras ein; mitten auf dem Fluß sah sie ein kleines Boot mit roten Laternen dahintreiben. Auf einmal zuckte ein grellweißer Blitz über den Himmel, gefolgt von einem gewaltigen Donner. Das Gewitter brach über Amelia herein. Auf den Donner folgten neue Blitze; sie schossen kreuz und quer über den Fluß, und besorgt blickte Amelia auf das kleine Boot da draußen. Dann begann der Regen wieder zu fallen, eine Sturzflut von eiskaltem, strömendem Wasser. Die Oberfläche des Flusses schäumte unter den peitschenden Regentropfen, und der Donner hallte zwischen den Hauswänden wider. Amelia eilte zur Waterloo Bridge, bereits völlig durchnäßt. Einen Regenschirm hatte sie nicht dabei.

Das Unwetter hatte jedoch etwas, was Amelia gefiel; seine Kraft und Aufgeregtheit entsprach so genau ihrem Gemütszustand, daß sie das Gewitter fast genoß. Es weckte eine gewisse Erregung in ihr, sie folgte jedem Blitz mit den Augen und jubelte innerlich über jeden Donnerknall. Kein Mensch war unterwegs, und einen Wagen sah sie auch nicht.

– Eines verstehe ich nicht, sagte Amelia laut und starrte auf den Fluß. Es gibt so viele verschiedene Arten von Liebe.

Sie runzelte die Stirn und schlug mit der Hand in die Luft, als könne sie auf diese Weise die aufdringlichen Fragen verscheuchen.

– Irgendwas stimmt da nicht, fuhr sie fort, Fritz hat etwas Bestimmtes im Sinn. Und ich frage mich allmählich, ob es überhaupt mit *mir*, Amelia, zu tun hat?

Sie verstummte und beschleunigte die Schritte noch mehr. Was sie am meisten beunruhigte, waren doch wohl die unbekannten Seiten ihrer selbst, die sie in diesen Tagen entdeckt hatte. Diese wilde, eigensinnige Körperlichkeit und all die Situationen, in die diese sie bringen konnte. Sie fühlte sich hilflos und verwirrt, aber als sie da im strömenden Regen die Themse entlangging, begann ein Zorn in ihr zu wachsen. Er begann unmerklich als kleines Glimmen, aber bald flammte die Wut in ihr hoch, mit der gleichen Kraft, mit der das Gewitter über London hinzog, und sie war gezwungen, stoßweise zu atmen, um Luft zu bekommen. Im Widerschein eines Blitzes sah sie einen streunenden Hund, der sich zitternd vor Schreck unter einer Bank verkrochen hatte.

– Es ist doch *mein* Leben, rief Amelia und breitete die Arme aus.

Auf einmal begann sie zu lachen und mußte stehenbleiben und sich an die Balustrade lehnen. Das Lachen durchfuhr sie in Wellen und ließ ihren Körper zittern und zucken. Es war ein Lachen, das dem Zorn verwandt war, und es tat ihr gut. Als sie sich schließlich beruhigte, fühlte sie sich vom Lachen durchgespült, wie der Regen ihren Körper überspülte. Plötzlich merkte sie, daß sie bis auf die Haut durchnäßt war und fror. Jetzt sah sie die Lichter der Waterloo Bridge direkt vor sich, und kurz vor der Brücke kam eine freie Droschke durch die Dunkelheit gekrochen. Amelia hielt sie an und stieg ein, lehnte sich im Sitz zurück und fühlte, wie das Fieber in ihrem Körper zu glühen begann. Unsere Heldin schlief in der Droschke ein, ein kleines, seltsames Lächeln auf den Lippen.

13. August

F. kippelt mit dem Küchenstuhl und wirft eine Zitrone in die Luft. Er lacht und sieht mich an; sein ganzer Körper in einer stuhlkippelnden, zitronenwerfenden Bewegung, und die Augen glitzern. Ich stehe am Herd? an der Anrichte? bereite Essen vor oder hole Gläser heraus oder hänge einfach herum, an etwas Stabiles gelehnt. Das kleine grellgelbe Projektil schießt empor oder fällt in die Hand hinein; es zieht immerzu meine Augen an, und das macht mich ärgerlich, ich kann seinen Blick nicht fangen. Ich will, daß alles still, wach, präsent wird.

Zugleich fürchte ich, er könnte plötzlich aufstehen und gehen: die Zitrone auf den Tisch legen, die Schuhbändel schnüren, mich auf den Nacken küssen und aus meiner Küche davonschlendern. F. glitzert und bewegt sich, ich will ihn da haben, will aber nicht, daß jede seiner Bewegungen in mir ein Echo hervorruft; wie zitternde, gekräuselte Ringe auf einer Wasserfläche.

Dieses Bild ist das deutlichste, das ich von F. habe, und es macht mich immer noch schwindeln. Er nannte es Freiheit. Ich konnte nie die Tür vor ihm verschließen. Konnte nicht verstehen, warum ich überhaupt diesen Wunsch haben sollte. Heute, am 13. August, in London, nachdem ich ihn ein Jahr lang nicht gesehen habe, denke ich: Aber ihm hat die Freundschaft zwischen Rakel und mir nie gefallen.

Und die Zitrone fällt aus ihrem Luftbogen herab, und alles wird still.

Habe mich heute geärgert. Bekam einen Anruf von F. aus Paris. Er will, daß wir uns sehen, er kommt in zwei Wochen nach London. Wir haben beschlossen, uns am 27. am Trafalgar Square zu treffen, an der Statue. Der Treffpunkt war sein Vorschlag – zwischen all den Tauben! aber ich habe ja gesagt. Ja, ja, habe ich gesagt, ich bin um zwei Uhr da. Er sagte: Bis bald, und ich hörte das Lachen in seiner Stimme (immer dieses dunkle, vibrierende Lachen) und legte auf. Warum habe ich mich über das Gespräch geärgert? Ich will ihn doch treffen? Ich habe ihn doch immer treffen wollen – woher jetzt dieser Ärger? Denke darüber nach, du dummes, stummes Tagebuch. Ich gehe solange in die Universitätsbibliothek.

16. August
Der Morgen war heute ein wenig verhangen, aber hinter dem grauen Dunst lauerte die Hitze. Ein Herbstgefühl in der Luft, es ist wie eine Erleichterung nach den letzten Wochen, in denen der Asphalt auf den Straßen weich wurde. Aber es ist noch früh, und ich spüre, wie die Wärme sich zu einem weiteren hitzeflimmernden Hochsommertag sammelt. Ich bin heute langsam, zwiespältig. Weiß nicht, ob ich zur Bibliothek fahren oder hierbleiben und lesen soll.

Gestern war ich mit Laura aus, wir waren im örtlichen Pub von Camden. Traf einen Mann, der mich ein wenig interessierte. Er hatte scharfgeschnittene Züge und eine Art ausgelassenen Ernst in den Worten; wir haben eine ganze Menge geredet, aber ich merkte, daß Laura ihn langweilig fand, und der Funken, der mich dazu hätte bringen können, mich etwas mehr anzustrengen, fehlte. Laura ist vor den Männern auf der Hut, sie weiß, daß sie sie leicht in die Weiblichkeit einbinden wollen, aus der sie ausbrechen will (wie aus einem allzu engen Zimmer). Außerdem hatte er Schwierigkeiten, auf uns beide einzugehen, er stellte sich auf mich ein und zwang mich dadurch indirekt, zwischen ihm und Laura zu wählen. Das war keine schwere Wahl.

Männer sucht man besser allein oder in größerer Gesellschaft – wenn die Anziehungskraft des Augenblicks auf diese Weise mit der Freundschaft konkurriert, verliert sie oft ihren Reiz. Rakel und ich sind eigentlich nie ausgegangen, um gemeinsam Männer zu treffen; vielleicht in der Gewißheit, daß unsere Freundschaft einen abgegrenzten Raum gebildet hat, zu dem Außenstehende schwer Zugang finden, und daß die Männer fast immer darauf reagiert haben, indem sie uns trennen wollten. In den letzten Jahren hatte ich ja auch F. (den ich nie »hatte«), und Rakel hatte ihr Verhältnis mit Thomas. Wir haben uns selten mit unseren jeweiligen Männern getroffen.

Ich erinnere mich an einen Frühlingsabend vor etwa zwei Jahren, wir saßen im *Prinsen*, und gegen Mitternacht tauchte Thomas auf. Er war wortkarg, aber exaltiert, ließ sein Weinglas rotieren und betrachtete Rakel unentwegt mit glänzenden Augen. Ich war erstaunt darüber, wie unbeteiligt sie wirkte; gelassen setzte sie das Gespräch fort, in das wir vertieft waren, und wendete sich kein einziges Mal an Thomas. Aber als er gelegentlich seine Hand auf dem Tisch in die ihre legte, drückte sie sie fest. Ich fühlte mich zwiespältig: einerseits wollte ich das Gespräch mit Rakel fortsetzen und war der Meinung, nach einem ungeschriebenen Gesetz müsse sie bestimmen, wie wir uns zu Thomas verhalten sollten (zu dieser Zeit kannte ich ihn überhaupt nicht, sie waren erst seit ein paar Monaten zusammen); andererseits fiel es dem wohlerzogenen Teil von mir schwer, ihn zu ignorieren, und ich machte ein paar halbherzige Versuche, ihn ins Gespräch zu ziehen. Ein bißchen neugierig war ich sicher auch, da ich wußte, daß Rakel sehr verliebt in ihn war. Er lächelte mir freundlich zu, wenn ich etwas zu ihm sagte, antwortete aber einsilbig und fuhr fort, sein unangerührtes Weinglas rotieren zu lassen und Rakels Hand zu umfassen.

Nach etwa einer halben Stunde stand er plötzlich auf, küßte

Rakel auf die Stirn und verließ das Lokal. Rakel setzte ihre Ausführungen fort, als sei nichts geschehen, und ich spürte auf einmal, daß ich sie überhaupt nicht verstand. Statt dies zu sagen, sagte ich: – Ich werde aus Thomas nicht schlau, es ist so schwierig, mit ihm in Kontakt zu kommen. Rakel sah auf den Tisch hinunter und antwortete nicht.

– Er scheint so uninteressiert an seiner Umgebung, fuhr ich fort, mit dem unangenehmen Bewußtsein, wie unbeholfen die Worte in meinem Mund klangen. Rakels Haare hingen wie ein blanker Vorhang herab und verbargen ihr Gesicht, als sie sagte: – Und hast du möglicherweise darüber nachgedacht, warum? Ich verstummte, weil ich den kühlen, starren Zorn in ihren Gesten erkannte, aber ich verstand nicht, wohinein wir geraten waren. Ich trank meinen Wein aus, und Rakel seufzte.

– Es ist doch nicht deine Schuld oder die von irgend jemand, sagte sie leise, aber manchmal ist selbst das freundliche Interesse ein so deutlicher Ausdruck für die Unterschiede, die zwischen uns herrschen. Ich frage mich – sie schien zu zögern und nahm einen Schluck von dem Wein –, ich frage mich, ob du überhaupt aus Thomas schlau werden wolltest, wie du sagst. Er ist sehr hellhörig, und er spielt die Rolle, die man von ihm erwartet.

– Ich erwarte nichts von ihm, protestierte ich, ich kenne ihn doch überhaupt nicht!

– Nein, aber da ist so vieles, was du nicht weißt, rief Rakel aus, Dinge, die … Sie verstummte und biß sich auf die Lippen, und zu meinem Erstaunen sah ich, daß sie Tränen in den Augen hatte.

– Es gibt viele Arten, wie man *sehen* kann, sagte sie leise, als würde sie mit sich selber reden, und ich schwieg, weil ich nicht mehr wußte, wovon sie sprach. Wir verließen bald darauf das Lokal und spazierten schweigend hinauf nach Östermalm. Vor meinem Haus blieben wir stehen; ich hörte eine Amsel auf dem Friedhof der Hedwig-Eleonora-Kirche flöten und wollte etwas sagen, um die Verstimmung zwischen uns aufzulösen, fand aber keine Worte, sondern umarmte Rakel nur unbeholfen und trat in die Haustür. Als ich das Licht im Treppenhaus anmachte, sah ich sie langsam davongehen: ihr Rücken sah so schmal und einsam aus, daß es mir für einen Augenblick einen Stich gab.

Warum habe ich nicht auf die Alarmglocke gehört, die damals in mir läutete! Was wäre geschehen, wenn ich an jenem Abend nicht verstummt wäre, wenn ich sie statt dessen dazu gebracht hätte weiterzusprechen! Heute weiß ich ja, daß sie gerade in dieser Zeit auf dem Weg in die Welt war, in die ich ihr nicht folgen konnte, und hinterher ist es leicht zu erkennen, daß dieser Abend eine Art Wendepunkt war, ein Scheideweg, eine Kluft, die sich auftat und sich dann nur immer mehr erweiterte.

Wir haben diese Episode nie mehr erwähnt, hingegen haben wir später oft über das gesprochen, was wir den *sehenden Blick* nannten. (Wir haben uns dem schmerzhaft konkret Persönlichen verschlossen, waren daher auf Begriffe angewiesen.) Der wirklich sehende Blick sieht und erfaßt das, was ist, aber auch das, was noch nicht in einem Menschen ist. Der sehende Blick ist persönlich und zugleich unpersönlich; zärtlich und zugleich kühl. Wir einigten uns darauf, daß vieles von dem, was wir Liebe nennen, darin enthalten ist: einen Menschen so deutlich sehen, daß man auch die Möglichkeiten vor sich sieht, die er hat (und die Notwendigkeiten, die ihn begrenzen), so daß man ihn in ständig neuen Formen seiner selbst lieben kann. Aber ich frage mich: Wie kommt es, daß die meisten Menschen nicht einmal einen Bruchteil der Energie, die sie der Liebe widmen, darauf verwenden, die Freundschaft besser zu erforschen?

Nun, und jetzt bin ich wieder da angekommen – mein Blick ist in einem Augenblick gebrochen, da er hätte sehen müssen, und Rakel hat mich verlassen und sich auf die Reise begeben. Sie hat uns alle verlassen. Erst als ich zu ahnen begann, daß man auch mit gebrochenem Blick sehen kann, bin ich ihr nachgereist. Aber ich glaube nicht, daß ich sie schon eingeholt habe; auf dem Weg zu ihr bin ich in den Scherben meiner Erinnerungen und Geschichten steckengeblieben. Und geduldig fahre ich fort, sie zu sortieren, füge die Teile bald auf die eine, bald auf die andere Art zusammen. Zu welchem Nutzen? Manchmal habe ich mich selbst so furchtbar satt.

Die Sonne schien verschwenderisch und goß einen goldgelben, warmen Schein über der Stadt aus, als wolle sie die Versäumnisse des vergangenen Tages gutmachen. Amelia stand an der Haltestelle vor der Straßenkreuzung und genoß die Wärme auf dem Gesicht. Das Fieber hatte sich gelegt, und es schien, als würde sie um die Erkältung herumkommen. Der rote Omnibus bog um die Ecke und hielt mit einem Scheppern. Amelia stieg ein und kletterte in das obere Stockwerk hinauf: sie wollte frische Luft, Sonnenschein und Winde, die alles sauberbliesen. Auf dem hintersten Sitz paffte ein älterer Mann seine Pfeife, im übrigen war es leer. Amelia setzte sich ganz vorn hin und sah auf die Straße hinaus. Zeitungsjungen im Stimmbruch riefen schrill die Schlagzeilen des Tages aus, ein Hund bellte, die Hupe des Busses quäkte unentwegt, weil gewiefte Städter sich andauernd knapp vor ihm über die Straße stürzten. An einer Straßenecke stand ein Blinder und spielte Geige, eine fröhliche, beschwingte Melodie wirbelte zu Amelia empor und blieb noch lange in der Luft hängen. Sie summte mit und versuchte sich an den Titel des Liedes zu erinnern.

Als sie gestern abend nach Hause gekommen war, hatte Fritz sie im Haus erwartet. Sie war zu benommen und fiebrig gewesen, um ihn zur Rede zu stellen, statt dessen hatte er sie mit einer Wärmflasche und drei zusätzlichen Decken ins Bett stekken müssen. Sie hatten sich für den nächsten Tag verabredet, und Fritz hatte einen Ausflug nach Hampstead Heath vorgeschlagen. Amelia war so erschöpft gewesen, daß sie sich ganz der köstlichen Wärme hingab, die sich langsam in ihrem unterkühlten Körper ausbreitete; die Ereignisse des Abends und Fritz' besorgtes Gesicht verzerrten sich dabei zu grotesken Fieberphantasien, bevor sie einschlief. Sie hatte eine vage Erinnerung, kurz vor ihrem Davonschweben in der warmen Dunkelheit zu Fritz gesagt zu haben, er solle gehen. Es war ihr lebenswichtig erschienen, allein zu sein.

Jetzt saß sie oben in einem Bus auf dem Weg nach Hampstead. Auf dem Nebensitz hatte sie einen Picknickkorb mit Eier- und Kressesandwiches, einigen Äpfeln, einer Flasche Cidre und einer Decke. Sie dachte, sie sollte die Ereignisse des vergangenen Tages ruhig und methodisch durchgehen, aber die Sonne, die in den Schaufenstern funkelte, all die Menschen auf der Straße und die Freude, die in ihr aufstieg, als der Bus die Geschwindigkeit beschleunigte und der Wind ihr ins Gesicht blies, ließ sie immer wieder den Faden verlieren. Außerdem hatte es Zeit, sie würde mit Fritz darüber reden: jetzt wollte sie die Fahrt genießen. Es kam so selten vor, daß sie ihr heimatliches Viertel verließ (flüchtig erinnerte sie sich an einen Ausflug, den sie mit Natalie nach Hampton Court gemacht hatte, ließ aber die Erinnerung an den Rändern ausfransen und mit dem Fahrtwind davonflattern, bevor sie zu schmerzen begann), und sie dachte, sie habe ihr Leben allzusehr von Gewohnheiten regieren lassen.

Jetzt öffnete sich rechter Hand das Grün von Regent's Park, und Amelia meinte, den Duft feuchter Erde wahrzunehmen, die im Sonnenschein dampfte.

– Warum kann ich mich nicht konzentrieren? murmelte Amelia und drehte neugierig den Kopf, als sie einige Jungen in Schuluniform auf den vergilbten Rasenflächen Kricket spielen sah. Der Bus hatte St. John's Wood erreicht, und die Straßen ringsum wurden ruhiger. Die Häuser sahen hier gepflegt und gediegen aus; in einem Garten wurde Laub verbrannt, und der stechende Geruch ließ Amelia an die Kindheit denken.

– Die Laubhaufen, das rotgelbe Apfelmus, Vaters warme Hand auf den Spaziergängen, sagte sie (als würde sie eine Beschwörung aussprechen) und freute sich darüber, daß der Wind ihre Worte dämpfte und sie in der Luft verstreute. Der Mann hinter ihr stand auf und schwankte auf der Treppe, als der Bus heftig schleudernd um eine Ecke bog. Jetzt war sie allein da oben. Ich möchte wissen, dachte Amelia, wie Fritz gestern ins Haus gekommen ist? Seine rasche Art der Fortbewegung gefällt mir nicht, genausowenig wie seine nonchalante Verletzung meiner Integrität. Sie nickte mehrmals, wie um ihren Gedanken einen gewissen Nachdruck zu verleihen. Integrität, nun, ja, aber was kann ich tun? Sie drückte den wärmenden Wollschal an den Hals und summte wieder die Melodie des blinden Mannes. Es schien unmöglich, an einem Tag wie diesem gesammelt und streng zu bleiben.

Fritz erwartete sie am Eingang des Parks: an einen Baum gelehnt, las er in einem dünnen Buch und sah erst auf, als Amelia ganz nah war. Mit einem kleinen Knall klappte er das Buch zu und ließ es in die Tasche gleiten. Wie stets lächelte sie, gegen ihren Willen, über die flinke Präzision seiner Bewegungen.

– Du siehst gesund aus, Amelia, sagte er fröhlich, was für ein Glück, daß du der Erkältung entronnen bist. Ich habe mir richtig Sorgen gemacht, als du gestern in diesem Zustand nach Hause gekommen bist.

– Das Fieber ist offenbar verschwunden, sagte Amelia, aber wer war schuld, daß ich überhaupt in dieses Unwetter hinausgezwungen wurde, wenn ich fragen darf?

– *Gezwungen* ist doch wohl kein ganz zutreffender Ausdruck, meine Liebe. Du hattest die freie Wahl, mitzufahren oder zu Hause zu bleiben. In deiner Abenteuerlust habe ich mich jedoch offenbar nicht getäuscht.

Fritz lächelte und ergriff ihren Arm, sie folgten einem schmalen, gewundenen Pfad in den Wald hinein. Miss Amelia hätte ihm gern die berechnende Art vorgeworfen, mit der er stets ihre Reaktionen vorhersah, aber damit hätte sie ja auch eingeräumt, wie gut es funktionierte. Er hatte recht, sie war abenteuerlustig. War sie das immer schon gewesen? (Hier können wir uns verstohlen zulächeln, lieber Leser, aber was wissen wir andererseits von den innersten und geheimsten Träumen unserer Heldin? Nicht viel, leider.) Die Sonne ließ die Bäume in starken, abgestuften Farben hervortreten: von dem immer noch dunkelgrünen Laub der Kastanien über das helle Gelb der Birken zum leuchtenden Orange und Weinrot der breiten Ahornblätter.

Amelia schwenkte ihren Korb und schwieg. Vor ihnen erstreckte sich der Grashang in sanften Wellen bis hinunter zum Vogelsee. Einige Stockenten überflogen sie mit schweren Flügelschlägen.

– Laß mich den Korb tragen, sagte Fritz und nahm ihn ihr ab. Na, ist das Abenteuer zur Zufriedenheit ausgefallen?

– Wie gespreizt er aussieht, dachte Amelia, selbstgefällig und aufgeblasen. Kritisch musterte sie seinen kleinen Schnurrbart, der in der Sonne glänzte. Hatte er ihn gewachst?

– Ich werde aus dir nicht schlau, Fritz, sagte sie.

Er lachte sein perlendes, glucksendes Lachen und schien mit ihrer Bemerkung zufrieden. Amelia kickte eine Kastanie weg, daß sie in hohem Bogen durchs Gras segelte.

– Denkst du denn gar nicht an Miss Pennymongler? fuhr sie fort. Fritz blieb stehen und sah sie verdutzt an.

– Warum sollte ich an sie denken? Jetzt haben wir doch gerade von deinem Besuch bei Leutnant Fairwill gesprochen, Amelia, versuche, bei der Sache zu bleiben. Hat Fairwill sich gefreut, dich zu sehen?

– Er hat mich zum Tee eingeladen und mir Shakespeare vorgelesen, antwortete Amelia. Fritz schüttelte irritiert den Kopf.

– Ich bin wirklich traurig über den Mangel an Vertrauen, den du mir gegenüber an den Tag legst, Amelia. Nach allem, was ich für dich getan habe!

Er schnalzte mit der Zunge und sah sie beleidigt von der Seite an.

– Mein Vertrauen zu dir leidet naturgemäß Schaden, wenn du mich mit solchen Tricks aus dem Haus lockst, sagte Amelia und vermied es, ihn anzusehen.

Fritz schien plötzlich entschlossen, die Taktik zu ändern. Er beachtete ihre letzten Worte nicht, sondern pries hingerissen die Landschaft um sie her. An einem Hang fanden sie eine trokkene Grasmulde, in der sie die Decke ausbreiteten. Sie sahen den See in einiger Entfernung glitzern, und der Wind, der durch das raschelnde Gras strich, war sanft und angenehm. Amelia setzte sich und tischte den Proviant auf. Sie aßen schweigend; über ihren Köpfen bearbeitete ein Specht hartnäkkig einen Baumstamm. Amelia stocherte nach einem Stück Apfelschale, das ihr zwischen den Zähnen hängengeblieben war, und betrachtete Fritz nachdenklich.

– Nun, es war so, sagte sie plötzlich, wir haben Tee getrunken und uns unterhalten, wie ich schon sagte. Dann hat er mich geküßt, und da bin ich weggerannt. Da ich keine Droschke finden konnte, hat mich der Regen völlig durchnäßt. Das war alles.

– Amelia! rief Fritz und starrte sie an.

– Ja? antwortete sie ruhig.

– Ich verstehe nicht, ich habe wirklich gedacht, es würde für dich etwas lohnender sein. Habe ich mich so getäuscht? Hat er dir nicht mehr gefallen? War er ungeschickt? Ich dachte, du findest ihn anziehend, das verstehst du doch.

– Er war sehr anziehend, sagte Amelia und zupfte an einigen wippenden Grashalmen.

Fritz verfinsterte sich und legte das Sandwich zur Seite.

– Ich glaube, du machst dich lustig über mich. Wenn du ihn anziehend fandst, warum mußtest du dann davonrennen, als er dich küßte? Nein, hörst du, das machst du mir nicht weis. Was denkst du dir überhaupt? Habe ich dir nicht unzählige Male versichert, daß ich auf diesem Gebiet bedeutende Erfahrungen habe – mach mir also keinen blauen Dunst vor.

– Glaub doch, was du willst, knurrte Amelia. Aber diese Sache ist erheblich komplizierter, als du anscheinend verstehst, Erfahrung hin oder her. Ich *finde* den Leutnant sehr attraktiv, aber ich liebe ihn nicht. Und dann fiel mir Miss Pennymongler ein, und da war es kein Abenteuer mehr. Verstehst du nicht? Sie liebt ihn wirklich. Das war mir auf einmal so klar.

Fritz antwortete nicht, und Amelia sah ihn erstaunt an. Sein Gesicht war völlig ausdruckslos, wie aus exotischem Holz geschnitzt, aber in seinen Augen glomm ein heißer gelber Funken. Er sah richtig zornig aus, als er mit einer ruckartigen Bewegung nach einem Apfel griff. Amelia wußte nicht, was sie tun sollte, es war so ungewöhnlich, daß er schwieg. Sie redete weiter, vor allem, weil das Schweigen sie nervös machte.

– Es war nicht so, daß ich mich nicht verführen lassen wollte, Fritz, sagte sie eifrig und suchte seinen Blick. Aber ich konnte nicht aufhören, an Miss Pennymongler und an das Gespräch mit Mary zu denken, und alle Fragen, die mir im Kopf herumschwirrten, machten mich kalt, und ich wollte nur von dort verschwinden. Es wurde Ernst, begreifst du nicht?

– Nein, erwiderte Fritz kühl, ich verstehe nicht, warum du Miss Pennymongler da hereinziehen mußt oder was Mary mit der Sache zu tun hat. Das, was zwischen dir und dem Leutnant hätte geschehen können, hat schließlich nichts mit anderen Leuten zu schaffen. Die Liebe ist ein *Spiel*, Amelia, und nichts anderes. Wie könnte man gute Geschichten erschaffen, wenn alle so wären wie du? Na schön, ich muß wohl einfach akzeptieren, daß du noch nicht genug gelernt hast, vielleicht hatte ich eine allzu hohe Meinung von dir. Man muß sich schließlich offenhalten, weißt du, und nehmen, was sich einem bietet; den Bewegungen des Schicksals folgen und alle Formen des Spiels genießen.

– Aber es ist nicht so einfach, wie du es darstellst, rief Amelia verzweifelt, man kann doch nicht einfach alles vergessen, was man von den Menschen weiß, oder so tun, als wäre man allein auf der Welt?

– Vergessen ist genau das, was du tun solltest, sagte Fritz ernst. Das Wesentliche ist schließlich, der guten Geschichte treu zu bleiben; wir haben doch schon darüber gesprochen, die Verantwortung gegenüber deinem Leben. Du ermüdest mich wirklich ein wenig, und ich muß gestehen, ich bin von dir enttäuscht.

– Du brauchst dich überhaupt nicht um mich zu kümmern, sagte Amelia wütend.

– Liebste Freundin, sei jetzt nicht töricht. Du weißt, ich will nur dein Bestes. Laß uns nicht streiten, das ist zu nichts nütze. Ich hasse Streit und Ärger. Laß mich dir lieber von Eleanor weitererzählen, dann verstehst du vielleicht, wovon ich spreche. Es ist, wie du selbst bemerkt hast, eine *sehr* lehrreiche Geschichte.

Etwas in seiner Stimme war anders: ein barscher Ton, der zuvor nicht da gewesen war. Amelia ertappte sich selbst dabei, daß sie sich auf der Wiese nach anderen Menschen umsah – lächerlich, hatte sie Angst vor Fritz? Er sah sie unablässig mit diesem gelben Blick an, und sie zwinkerte nervös zurück. Schauder liefen ihr übers Rückgrat, und sie fragte sich, ob das Fieber wiederkehre.

– Nun, willst du hören, fragte Fritz mit einem eisigen Klang in der Stimme.

– Ja, freilich, du weißt, wie ich mich danach sehne, mehr über Eleanor zu erfahren, antwortete Amelia eifrig. (Aber dabei sah sie ihn ängstlich an.)

– Dann gib acht und versuche zu verstehen, was diese Geschichte erzählt, sagte Fritz, und wieder fand Amelia, seine Stimme klinge drohend.

Gehorsam schloß sie die Augen und blickte zur Sonne auf. Die Unruhe in ihr wuchs, als die grünen Flecken vor ihren

Augen zu flimmern begannen; etwas, das schwarzen Vogelflügeln glich, streifte durch das Blickfeld und verbarg für einen Augenblick das Muster. Sie zitterte, hielt aber die Augen krampfhaft geschlossen. Langsam kam Eleanor näher.

Die zweite Reise führt durchs Tal, wo sich die Sonne kühl auf unseren Körpern anfühlt. Die Schwestern und ich sind nur in lose schwingende, um die Hüften drapierte Stoffbahnen gekleidet, und unsere Haare sind geflochten. Jede von uns trägt einen kleinen Lederbeutel mit Brot, Salz und Wasser.

Wir wandern auf einem schmalen Trampelpfad den Hang hinauf. Um uns her breitet sich das Tal aus: grün, mit wogendem Gras und vereinzelten großen Bäumen. Nebel steigt aus dem Wasserlauf der Talsohle auf und dämpft das Geräusch unserer Schritte. Bald ist alles in milchweißen Dunst eingehüllt, undurchdringlich fürs Auge. Aus der Ferne hört man das heisere Blöken der Schafe. Wir gehen dicht an dicht, ein vages Unlustgefühl erfüllt uns; als eine hohe Fichte aus dem Nebel auftaucht, schrecken wir zurück. Unter den schweren Ästen des Baums duckt sich eine Hütte.

Wir öffnen die Tür der Hütte, ein muffiger, trocken schimmliger Geruch schlägt uns entgegen. Mitten im Raum steht ein sehr alter Mann und lächelt uns zahnlos zu. Seid willkommen, sagt er und bittet uns herein. Der Nebel steht wie eine weiße Wand vor dem einzigen Fenster der Hütte, wir können nicht bis in die Ecken des Raums sehen. Der Alte zündet ein Talglicht an, das einen flackernden Schein auf den Fußboden wirft. Meine Schwestern stehen dicht an meinen Seiten, ich spüre, daß sie zittern. Als ich zum Fenster blicke, zeigt sich dort ein Gesicht: schwarz und melancholisch starrt es mich mit gelben Steinaugen an. Es ist ein Schaf, aber sein Anblick schickt die Angst durch mich hindurch wie einen Gruß.

Der Alte nickt uns freundlich zu. Seine gefleckte, bräunlich verschrumpelte Hand kommt hervor und berührt leicht die Schwester an meiner rechten Seite. Du bist das Brot, sagt er, und sie beruhigt sich. Daraufhin liebkost seine Hand die Schwester zur Linken, fährt über ihre nackten, weichen Brüste. Du bist das Wasser, sagt er zu ihr. Dann sieht er mich an und streckt rasch die Hand zu meiner Stirn aus, während er sagt: Du bist das Salz. Wir schweigen.

Nun nimmt er meine Schwestern an der Hand und führt sie zu einem schmutzigen Lager in einer Ecke des Raums. Ich folge ihnen langsam und blicke zur anderen Ecke hin, wo sich Schatten bewegen, wie mir scheint. Schwester Brot liegt jetzt auf dem Lager, und der Alte schält sich aus seinen verdreckten Lumpen. Schwester Wasser setzt sich auf den Boden, sie nimmt meine Hand und zieht mich zu sich herunter. Mit jedem Atemzug merke ich, wie die neblige Dunkelheit in mich eindringt, meine Augen und Ohren immer mehr verschließt. Ich bin voller Unbehagen, aber meine Schwestern lächeln: ich bin allein.

Ungelenk klettert der Alte auf das Lager und wohnt meiner Schwester bei. Ihre weiße Haut wird von seinem schmutzstarrenden Körper verdeckt. Er atmet schwer, röchelnd, und der Geruch des Raums wird mit jeder seiner Bewegungen intensiviert. Die Schwester neben mir umklammert meine Hand, wir schwitzen beide. Aber ich weiß nicht mehr, wo ihr euch befindet, Schwestern. Jetzt erhebt sich der Mann mühsam und winkt Schwester Wasser herbei, willig gibt sie sich ihm hin. Der Nebel ist klebrig in meinem Hals, ich möchte mich erbrechen, kann mich aber nicht bewegen.

Ich höre meine Schwestern das Lied des Einhorns summen; das Erkennen durchzieht mich, läßt mich aber leer und traurig zurück. Ich tue das Verbotene, ich denke: Warum? Ich bin eine Unwürdige. In den Ecken des Raums regt es sich finstergrau. Jetzt packt mich der Alte fest am Arm und zwingt mich auf das Lager. Der Gestank aus seinem offenen Mund ist betäubend, und ich staune über die Kraft seiner greisen Lenden, als er mich niederdrückt und in mich eindringt. Das Salz, das Salz. Ich versuche mich seinem Griff zu entwinden, aber er bewegt sich unerbittlich in mir und läßt mich nicht los. Ich sehe einen eisblauen Funken durch seine Augen fahren und besinne mich plötzlich auf den Höfling, den neuen.

Wie kann ich mich auf der Reise des Einhorns an das Hofleben erinnern? Etwas ist verkehrt, völlig verkehrt. Der Alte erkennt meinen Widerwillen und schlägt mir hart ins Gesicht. Er erhebt sich, und mir scheint, daß er wächst, wächst. Statt des widerlichen Greises steht jetzt ein geschmeidiger Faun vor mir und lächelt mit entblößten Zähnen. Ich höre die Schafe im Nebel blöken. Diese Reise hat nur ein mögliches Ende, sagt der Faun und starrt mich an. Eine, die kein Vertrauen haben kann, muß man strafen; eine, die sich an das erinnert, was sie vergessen soll, muß man beschneiden. Im Namen des Einhorns, und für Sie, die unsere Schritte lenkt.

O meine Dame, warum hast du mich in dieser Welt verlassen? Der Faun stößt einen Schrei aus, und aus den Ecken stürzt eine Schafherde herbei. Ihre Gesichtsmasken leuchten schwärzer als die Dunkelheit des Raums, ich sehe sie deutlich, als sie auf mich zurennen und mich treten. Sie treten auf meinen entblößten Körper, von ihren Hufen bleiben rote Male zurück. Der Faun singt ein eintönig klingendes Lied, und ich höre meine Schwestern laut weinen. Ein buckliger Zwerg tritt auf mich zu, und mit einem Messer schneidet er mit raschem Schnitt meine linke Brust ab. Dann springt er auf ein Schaf und verschwindet mit der Herde. Das Blut, das über meinen Körper fließt, beruhigt mich; ich sehe seine pulsierende, dampfende Kraft und weiß jetzt: das Rote und das Grüne, mit meinem ganzen Leben. Hier ist mein Platz, hier bist du bei mir, meine Dame.

Meine Schwestern tragen mich aus der Hütte, hinaus auf den Hang. Der Nebel hat sich zerstreut, das Licht ist klar. Ich spüre einen kühlen Wind an meiner Haut, und sie geben mir ein kleines Stück Brot, Wasser zu trinken und Salz, das auf meinen geschwollenen Lippen brennt. Wir halten einander an den Händen und singen das Lied des Einhorns, bis die großen Vögel kommen und uns in den Wald hinunterführen.

Lieber Leser, behutsam nähern wir uns jetzt Miss Amelias Arbeitszimmer, in dem das Nachmittagslicht auf die am Boden verstreuten Papierstapel fällt. Langsam öffnen wir die Tür einen Spalt: wir müssen vorsichtig sein, denn wir wissen, daß Miss Amelia jetzt mehrere Tage lang ununterbrochen gearbeitet hat, und können erraten, daß ihre Laune vielleicht nicht die beste ist. Die Tür knarrt ein wenig, als sie aufgleitet – aber zu unserer Überraschung ist das Zimmer leer. Die Seiten auf dem Boden sehen aus wie Eisschollen, die eine starke Frühlingsflut zusammengeschoben und aufgeworfen hat; auf dem Schreibtisch liegt die Feder quer auf einem so gut wie unbeschriebenen Blatt, sie hat einen großen, noch feuchten Tintenfleck auf dem Papier verspritzt. Was steht da? In der oberen Ecke drängen sich ein paar Satzfetzen: »Eleanor hat Angst, und ich kann sie nicht erreichen.« Und etwas weiter unten: »Was will Fritz?«

Daraus, geneigte Leser, könnt ihr bestimmt eure eigenen Schlüsse ziehen. Alles, was ich sagen kann, ist, daß Amelia Fritz nicht gesehen hat, seit wir ihnen zuletzt begegnet sind, und daß infolgedessen nichts Wichtiges geschehen ist, das zu berichten ich unterlassen hätte. Schließlich müssen wir unserer Heldin doch auch eine Atempause gönnen, da sie vor der ungeheuren Aufgabe steht, ihren ganzen Roman umzuschreiben. (Wo doch Mr. Finkle sie täglich mit einem fertigen Manuskript erwartet!) Suchen wir sie jetzt im Haus und sehen wir nach, was sie treibt.

Vor dem Kaminfeuer im Wohnzimmer saß Amelia, die Füße auf die Kamineinfassung gestellt, und knackte Walnüsse. Ihre

Haare hingen offen über die Schultern, und sie trug ein verwaschenes blaues Kleid. Da sie den ganzen Tag lang nichts gegessen hatte, war sie plötzlich furchtbar hungrig geworden und hatte sich hinunterbegeben, um den Küchenschrank zu durchsuchen. In einer chinesischen Porzellandose fand sie einige Walnüsse (vermutlich Überbleibsel von Weihnachten) und nahm sie mit ins Wohnzimmer. Sie hatten einen faden und etwas bitteren Geschmack, aber Amelia knackte sie der Reihe nach und pulte methodisch die gelben Nußteile heraus; sie aß langsam und zerstreut und fuhr sich manchmal mit der Hand durchs Haar. Seit drei Tagen hatte sie keinen Menschen gesehen, Mary war krank, und Amelia hatte sich nicht zum Einkaufen aufraffen können. Sie hatte hart gearbeitet, die Tage hindurch und manchmal bis tief in die Nacht hinein, jedoch mit geringen Ergebnissen (bis auf die Papierstapel, die wir bereits gesehen haben), und sie fühlte sich immer mutloser und verzweifelter. Jederzeit konnte sie Eleanors Geschichte wiedererleben, die Szenen vor sich sehen, wie sie sie gesehen hatte, als sie erzählt wurden, in klaren Farben, mit starken Bewegungen. Aber sie verstand sie nicht, und es schien ganz unmöglich, irgend etwas von der Geschichte auf dem Papier festzuhalten. Ihre Worte waren so unbeholfen, schwerfällig und plump, daß sie überhaupt nicht das Dunkle und zugleich so Deutliche in Eleanors Geschichte zu fassen bekamen. Noch etwas anderes erschwerte die Arbeit: nachdem sie Eleanors zweite Reise erlebt hatte, begann Amelia sich vor der Geschichte zu fürchten. Sie hatte Alpträume von einem grauen Zwerg mit Bocksfüßen, der sie mit einem perlenbesetzten Dolch in der Hand jagte.

Deshalb hatte sie auch Fritz nicht sehen wollen; sie wußte, daß sie das Ende der Geschichte hören *mußte*, aber allein der Gedanke daran machte sie so nervös, daß sie zu schwitzen begann, und sie schob das Treffen immer weiter hinaus. Außerdem hatte sie bemerkt, daß Fritz sich von allein fernhielt, solange sie arbeitete, aber er hatte ihr gesagt, wie sie ihn herbeirufen konnte.

Amelia steckte die letzten Walnußstücke in den Mund und warf die Schalen ins Feuer; sie knisterten, und kleine klargelbe Flammen flackerten daraus hervor. Sie erhob sich und trat ans Fenster. Die Kirchturmuhr schlug vier, und sie dachte, sie sollte sich einen Tee machen. Mrs. Gossler ging gerade mit einem Apfelkuchen in den Händen durch Mrs. Whites Gartentor, und Amelia merkte, daß sie noch immer hungrig war.

Da klingelte es an der Tür. Amelia drehte sich mit einem Ruck um und starrte in den Flur hinaus, wo das Klingeln zwischen den Wänden widerhallte. Meine Güte, wenn es Fairwill wäre! Sie suchte in der Tasche ihres Kleides nach Haarnadeln, fand aber keine, und versuchte statt dessen die Haarsträhnen hinter die Ohren zu streichen, während sie zur Tür ging. Durch die dünne Gardine an der Haustür war ein knallroter Mantel zu erkennen, und Amelia tat einen Seufzer der Erleichterung. Nicht Fairwill, immerhin. Vielleicht war es eine der Damen, die von Tür zu Tür gingen und Geld für wohltätige Zwecke sammelten, sie hatten gewöhnlich die Neigung, zur Teezeit aufzutauchen. Amelia öffnete die Tür und blickte in Miss Crackles blankes Gesicht.

– Amelia! Wie schön, daß du daheim bist, sagte Miss Crackle atemlos, ich hoffe, du nimmst es mir nicht übel, wenn ich so hereinplatze. Ich verstehe, daß du sehr beschäftigt bist, jetzt im Endstadium des Romans – meine Liebe, ich weiß ja, wie das ist, dieser unerträgliche Druck!

Sie schnappte nach Luft. Amelia suchte fieberhaft nach einem passenden Vorwand, um den Besuch abzuwimmeln – vielleicht könnte sie sagen, sie sei krank? Aber dann entdeckte sie die Papiertüte, die Miss Crackle in der Hand hielt, und ein hörbares Knurren aus ihrem Bauch machte alle Ausreden zunichte. »Smith's Bakery« stand auf der Tüte, und das Fett, das durchs Papier drang, verriet, daß sie Krapfen enthielt. Mit einem stillen Seufzer kapitulierte Amelia.

– Komm herein, liebe Agathe, ich wollte gerade Teewasser aufsetzen, sagte Amelia und hielt die Tür auf.

Sie ekelte sich vor ihrem eigenen Tonfall und dachte: Was tut man nicht alles für ein paar Krapfen von Smith's.

– Ich habe ein paar Krapfen mitgebracht, sagte Miss Crackle, ich weiß ja, wie es ist, wenn man arbeitet. Ja, und dann habe ich das Buch mitgenommen, ich habe dir doch jüngst ein Exemplar versprochen, du erinnerst dich. Es hat sich *außerordentlich* gut verkauft, sagt Mr. Finkle, ich hoffe, es wird dir gefallen.

Amelia starrte auf das Buch, das Miss Crackle aus ihrem perlenbestickten Beutel zog: *Das Tal der Rosen* stand da mit verschnörkelter Goldschrift auf dem weichen Leder.

– Danke, wie reizend von dir, sagte sie matt. Bitte komm doch ins Wohnzimmer, ich bringe gleich den Tee. Mary ist krank, wir müssen also sehen, wie wir allein zurechtkommen.

Sie versuchte ihrem Gast zuzulächeln, merkte aber, daß die Haut über der Oberlippe spannte. Miss Crackle reichte ihr die Tüte und sagte:

– Meinetwegen brauchst du dir darüber keine Gedanken zu machen, Amelia, du weißt doch, wie unkonventionell ich bin. Ich *helfe* dir gern mit dem Tee!

– Nein danke, das ist überhaupt nicht nötig, sagte Amelia entschieden. (Die unkonventionelle Miss Crackle hatte das Haus voller Dienstboten, und Amelia fragte sich im stillen, ob sie überhaupt Tee zubereiten konnte.)

Amelia zündete den Teekocher an und legte die Krapfen auf einen Teller. Sie trieften vor Fett, und sie sah, daß sie eine Apfelfüllung hatten – die beste Sorte. Was führt die Crackle im Schilde? dachte sie und gab löffelweise den Tee in die Kanne. Nun, ich werde mich anstrengen und eine halbe Stunde mit ihr reden, allein schon wegen der Krapfen. Sie lächelte schief und schüttete heißes Wasser auf die Teeblätter.

Agathe Crackle saß im Lehnstuhl; ihre Leibesfülle wurde von den Lehnen so zusammengepreßt, daß der Bauch wie ein dikker Teig hervorquoll. Sie schwitzte in der Wärme des Feuers und zog einen kleinen Fächer aus der Tasche ihres Kleides. Amelia bemerkte, daß das Muster des Kleides aus roten und gelben Papageien auf grünem Grund bestand. Wo nahm die Person nur diese Stoffe her?

Während Amelia den Tee servierte, blickte Miss Crackle sie unter halbgeschlossenen Augenlidern an. Sie sah hochzufrieden aus; wie eine Katze, die gerade eine Maus gefangen hat und sich die Schnauze leckt, bevor sie ihre Krallen in die Beute schlägt. Amelia hatte immer deutlicher das Gefühl, etwas ganz Bestimmtes habe Miss Crackle in ihr Haus geführt – hatte Natalie sie womöglich geschickt? Aber bei aller Enttäuschung und aller Wut auf die (ehemalige) Freundin war Amelia nicht zu der Annahme bereit, daß diese sich so weit herablassen würde, Miss Crackle zu ihrem Sprachrohr zu machen. Außerdem trat Natalie am liebsten persönlich auf, im Krieg wie in der Liebe. Miss Crackle streckte sich nach einem Krapfen, und dabei entschlüpfte ihr ein gurgelnder Kehllaut. Amelia unterdrückte einen Anfall leichter Übelkeit und nahm ebenfalls einen Krapfen. Die beiden Damen kauten heftig und starrten sich über die Teetassen hinweg an.

– Na, wie geht es mit dem Roman voran, sagte Miss Crackle, ich muß gestehen, du hast mich mit deinen Auslassungen auf meinem Empfang ein wenig vor den Kopf gestoßen. Aber ich weiß nur zu gut, wie labil und verwirrt man in der Endphase einer Arbeit sein kann, und ich *versichere* dir, ich habe kein Wort davon ernst genommen. Den armen Mr. Finkle habe ich hinterher beruhigt, du mußt dir also deswegen keine Sorgen machen.

Amelia spürte, wie der süße Apfelgeschmack ihrem Gaumen schmeichelte, und fragte sich, ob man mit einer Person streiten könne, von deren mitgebrachten Krapfen man den Mund voll hatte? Sie versuchte sich zu beruhigen.

– Das ist sehr freundlich von dir, sagte sie langsam, aber Tatsache ist, daß ich es durchaus ernst gemeint habe. Ich bin das Vorhersagbare leid, und ich werde diesmal versuchen, etwas anderes hervorzubringen. Aber wir werden sehen, wie es geht, fügte sie mit einem Seufzer hinzu und sah die Papierstöße auf dem Boden des Arbeitszimmers vor sich.

Miss Crackle verdüsterte sich und rang ihrerseits um Fassung.

– Ja, wir werden sehen, und wenn es sich verkauft, akzeptiert Mr. Finkle ja alles Erdenkliche, sagte sie honigsüß. Ich habe den guten Finkle schon immer für eine Krämerseele gehalten, er hat kein Verständnis für das empfindliche Innenleben von *Künstlern*. Da gibst du mir doch recht, meine Liebe?

Amelia nickte matt, dankbar dafür, daß es zumindest etwas gab, worin sie sich einig waren, zugleich aber empfand sie einen solch starken Widerwillen dagegen, mit Miss Crackle im selben Lager zu landen, daß sie hinzufügen mußte:

– Er macht es bestimmt so gut, wie er kann, und er hat doch ziemlich großes Verständnis, wie ich finde. Er ist mir all die Jahre eine große Stütze gewesen.

– Gewiß, ein wunderbar verständnisvoller Mensch, dieser Mr. Finkle, sagte Miss Crackle rasch, und Amelia erkannte, daß Miss Crackle überhaupt nichts an dem Gesprächsthema lag, sondern daß sie vielmehr auf eine Gelegenheit wartete, das zu sagen, weswegen sie gekommen war.

Amelia schenkte die Tassen voll und lehnte sich im Stuhl zurück; sie spürte, wie eine merkwürdig ausgelassene Konzentration sie erfüllte, als stünde ihr eine wichtige Auseinandersetzung bevor. Heraus damit, dachte sie ungeduldig, laß es nicht weitergären, zeige, weshalb du hergekommen bist (mit Krapfen und allem Drum und Dran), dann wollen wir sehen, wer das letzte Wort hat. Ein unbewußtes Lächeln breitete sich auf ihrem Gesicht aus, aber Miss Crackle schien nichts zu merken, sondern fuhr fort, als sei ihr gerade etwas eingefallen:

– Mein Empfang hat ja ein recht abruptes Ende gefunden,

ich bin nicht einmal dazu gekommen, mich von dir zu verabschieden, aber nach dem Ohnmachtsanfall von Miss Pennymongler und alledem war ich völlig erledigt.

Amelia spannte die Muskeln an: Jetzt kommt es gleich, dachte sie. Aber obwohl sie vorbereitet war, gelang es Miss Crackle, sie total zu überrumpeln.

– Ja, du weißt sicher über alles Bescheid, da du mit Leutnant Fairwill so vertraulich stehst – aber ist es nicht eine schreckliche Geschichte? Die arme Miss Pennymongler, nie hätte ich angenommen, daß sie zu so etwas fähig wäre.

Amelia starrte Miss Crackle an. Die Gedanken wirbelten ihr im Kopf herum, und es rauschte in ihren Ohren. Miss Crackle setzte ein Lächeln auf, das vermutlich mitleidig wirken sollte, doch Amelia sah nur die gebleckten Raubtierzähne und schauderte.

– Du irrst dich, Agathe, ich kenne Leutnant Fairwill nicht sonderlich gut, sagte sie mit erzwungener Ruhe, und ich weiß nichts über Miss Pennymongler. Was hat sie denn getan?

Miss Crackle schlug die Hände mit einem schmatzenden Geräusch zusammen und blickte Amelia listig an.

– Du willst doch nicht sagen, daß du es nicht *weißt*? rief sie aus. Du mußt entschuldigen, aber ich hätte die Sache nicht erwähnt, wenn ich nicht gedacht hätte, daß Fairwill, ja, ich hatte schließlich den Eindruck, daß ihr, er hätte es dir wirklich sagen sollen, nachdem du ihn besucht hast und so weiter. Aber ich sehe ein, daß du in gutem Glauben gehandelt hast, *liebe* Amelia, und es tut mir so leid, daß ich dir dies erzählen muß. Ich halte es jedoch für meine Pflicht, und ich werde mich nicht vor meiner Verantwortung drücken.

Miss Crackle reckte sich und hob das schwabbelnde Kinn in die Höhe; sie erstarrte für einen Augenblick, als wolle sie Amelia Gelegenheit geben, die heroische Pose zu würdigen.

– Was ist denn nun mit Miss Pennymongler, wovon redest du überhaupt, sagte Amelia schroff und stellte die Teetasse mit einem wütenden Knall ab. Jetzt mußt du damit herausrücken, Agathe, ich hasse solche vagen Andeutungen.

– Ja, ich auch, *wirklich*, sagte Miss Crackle nachdrücklich und erwiderte Amelias Blick. Ich habe ja gesagt, es sei meine Pflicht, es zu erzählen, und das werde ich auch tun. Ich hoffe nur, du begreifst, daß es zu deinem eigenen Besten ist. Also gut, es ist so: Gestern hat Miss Pennymongler versucht, sich mit einem Sprung in die Themse das Leben zu nehmen. Glücklicherweise hat ein Polizist sie dabei beobachtet, und sie konnte gerettet werden. Jetzt liegt sie im Krankenhaus, und Fairwill ist natürlich völlig zerknirscht. Es ist so *entsetzlich*, ich verstehe überhaupt nicht, wie ein Mensch so etwas wollen kann, das Leben ist schließlich eine Gabe, nicht wahr? Aber die kleine Miss Pennymongler war außer sich vor Verzweiflung, und ich bin die letzte, die sie verurteilen möchte.

Amelia schloß die Augen. Die Stille im Raum nach Miss Crackles Worten schrillte in ihrem Kopf, und sie versuchte verzweifelt zu verstehen, was diese widerliche Frau da gesagt hatte. Miss Pennymongler in der Themse! Das durfte nicht wahr sein. Aber wenn es wahr wäre – was hatte sie dazu getrieben? Diese Episode auf dem Fest war doch wohl nicht Anlaß genug gewesen, und von Amelias Besuch bei Fairwill wußte schließlich niemand ... Auf einmal hörte Amelia einige Worte aus Miss Crackles Sermon in ihren Ohren widerhallen: *Nachdem du ihn besucht hast und so weiter*... Wie mit einem Blitzschlag wurde ihr klar, wie das alles zusammenhing. Sie setzte sich kerzengrade im Sessel auf und funkelte Miss Crackle an.

– Natürlich fand ich, *du* müßtest das erfahren, Amelia, fuhr Miss Crackle fort, da sich herausstellt, daß du nichts davon gewußt hast. Lieber Himmel, vielleicht hast du nicht einmal gewußt, daß die beiden verlobt waren, Miss Pennymongler und der Leutnant, meine ich? Es war ja eine heimliche Verlobung, aber alle schienen es zu wissen, trotzdem habe ich natürlich angenommen, daß du nichts wußtest, denn sonst hättest du doch wohl niemals …

Amelia unterbrach sie.

– Warum wollte Miss Pennymongler sich das Leben nehmen? sagte sie scharf.

Miss Crackle schielte zu Amelia hin und leckte sich die Lippen. Ein paar Zuckerperlen von den Krapfen waren in ihren Mundwinkeln hängengeblieben, und sie knackte sie zwischen den Zähnen, bevor sie antwortete.

– Als sie erfuhr, daß Leutnant Fairwill und du so *intim* befreundet sind, war sie natürlich völlig vernichtet. Aber ich versichere dir nochmals, Amelia, daß ich dir absolut nichts vorwerfe, denn du hast selbstverständlich *nichts* gewußt.

Dabei lächelte sie Amelia boshaft zu und ließ den Fächer mit einem Geräusch wie ein Peitschenknall aufklappen.

Langsam erhob sich Amelia und sagte mit zornbebender Stimme:

– Ich nehme an, du hast es für deine *Pflicht* gehalten, Miss Pennymongler über meinen Besuch beim Leutnant aufzuklären, und du hast ihre Verzweiflung mit Wonne geschürt. Und jetzt kommst du her, um dich an deinem Werk zu weiden! Aber wenn du meinst, ich würde bei deinem schmutzigen Spiel mitmachen, hast du dich gründlich getäuscht. Ich weiß nicht, wie du von meinem Besuch bei Fairwill wissen kannst, aber offensichtlich hat es dich nicht interessiert herauszufinden, wie es sich wirklich damit verhielt – das hätte dir natürlich den Spaß verdorben, wenn du hättest einsehen müssen, wie unschuldig dieser Besuch in Wirklichkeit war.

Und mit geballten Fäusten näherte sich Amelia drohend dem Sessel von Miss Crackle. Ihr Gesicht glühte, und die Haare flogen ihr um die Wangen, aus ihren Augen schlug Miss Crackle nackter, unverstellter Haß entgegen. Diese streckte abwehrend den Fächer gegen sie aus und sagte, indem sie sich mühsam aus dem Sessel hochstemmte:

– Ach, gib dir keine Mühe, meine Schöne, von wegen unschuldig! Ich habe dich mit eigenen Augen gesehen, als du aus seiner Haustür kamst, und nach deinem Aussehen zu urteilen, war das gewiß kein Sonntagsschulbesuch. Aber du setzt dich ja immer aufs hohe Roß, und die arme kleine, gutherzige Miss Pennymongler ist dir wohl völlig gleichgültig. Deinetwegen könnte ruhig die halbe Einwohnerschaft von London in die Themse gehen, Hauptsache, Miss Amelia Spencer kann tun, was ihr gefällt. Versuch mir nicht zu drohen, ich gehe auf der Stelle, verlaß dich drauf.

– Deine Fürsorge für die arme, gutherzige Miss Pennymongler bestand natürlich darin, sie in den Fluß zu treiben, schrie Amelia und versetzte Miss Crackle einen harten Stoß in den Rücken, so daß diese in den Flur hinausstolperte.

– Von mir aus könnte ruhig die gesamte Einwohnerschaft von London auf The Embankment Jig tanzen, wenn *du* in den Fluß gehen würdest, und ich würde dir mit Vergnügen persönlich hineinhelfen!

Vor Wut blieb ihr die Stimme weg, und sie gab Miss Crackle noch einen Stoß.

– Hure! Hexe! Rühr mich nicht an! kreischte diese und riß den Mantel an sich.

Dann knallte sie Amelia den Fächer so hart auf den Kopf, daß er mitten entzweibrach.

Amelia stieß die Tür weit auf.

– RAUS! brüllte sie, und Miss Crackle quetschte sich durch die Türöffnung an ihr vorbei, konnte es aber nicht lassen, sich auf ein letztes Wort umzudrehen. Da stieß Amelia sie vor die Brust, so daß sie rücklings auf die Straße stolperte, wo sie in einem schwabbelnden, rot-grün gefleckten Haufen liegenblieb.

– Du altes Klatschmaul, zischte Amelia, wage es nicht, dich hier je wieder blicken zu lassen!

Und sie ergriff das Buch, das auf dem Tisch im Flur lag, und warf es Miss Crackle an den Kopf. Agathe Crackle, die sich gerade hochgerappelt hatte, fiel wieder um und entblößte zwei zappelnde Beine in knallroten Beinkleidern.

Amelia brach in schallendes Gelächter aus: sie lachte, daß ihr die Tränen herunterliefen, und krümmte sich wie in Krämpfen. Als sie sich wieder aufrichtete, erblickte sie Mrs. Gossler und Mrs. White auf der anderen Straßenseite. Die beiden Damen standen wie versteinert da und glotzten mit offenem Mund auf das Spektakel, das sich vor ihnen abspielte. Mrs. White griff nach Mrs. Gosslers Hand, aber diese war so aufgeregt, daß sie nicht stillstehen konnte, sondern nervös im Kies auf und ab hüpfte. Mrs. White sah aus, als würde sie gleich in Ohnmacht fallen. Amelia hörte nicht auf zu lachen, bis Miss Crackle um die Ecke gehinkt und außer Sichtweite war. Da verstummte Amelia, schenkte den Damen ein freundliches Lächeln und schloß die Tür.

Amelia lehnte sich im Flur gegen die Wand und legte einen Arm über die Augen. Natürlich war es ein wunderbares Gefühl, Agathe Crackle auf diese Weise hinausgeworfen zu haben; natürlich hatte deren bösartiges Geschwätz erheblich dazu beigetragen, das schreckliche Unglück herbeizuführen, aber Tatsache blieb: Miss Pennymongler hatte versucht, sich das Leben zu nehmen. Und wie sie es auch drehte und wendete, Amelia konnte ihren Gewissensbissen nicht entrinnen. Sie fühlte sich für das Geschehene verantwortlich, auch wenn ihr Besuch beim Leutnant verhältnismäßig unschuldig gewesen war und man natürlich sagen könnte, Miss Pennymongler hätte nie davon zu erfahren brauchen, wenn nicht diese Crackle … Es half nichts. Amelia *wußte*, daß sie an Miss Pennymonglers Unglück mitschuldig war, und das schmerzte sie um so mehr, als ihr ja klar war, daß sie den Leutnant vor allem mit Rücksicht auf Miss Pennymongler abgewiesen hatte. Das war keine Entschuldigung. Sie hatte es sich nicht genau genug überlegt.

Entschlossen richtete Amelia sich auf, ging ins Arbeitszimmer, holte das Briefpapier heraus und tunkte die Feder ins Tintenfaß. Als sie mit erhobener Feder dasaß, kamen ihr Fritz und ihr jüngstes Gespräch in den Sinn. Dies zeigte doch wohl, daß sie recht gehabt hatte, die Liebe *war* zu kompliziert, als daß man sie ignorieren konnte. Jetzt mußte er doch schließlich begreifen, was sie meinte, wenn bei seinen leichtsinnigen Spielen das Leben von Menschen gefährdet wurde. Sie seufzte tief und senkte die Feder aufs Papier.

Amelia brauchte mehrere Stunden, um den Brief an Miss Pennymongler zu schreiben, obwohl er in seiner endgültigen Version sehr kurz ausfiel. Sie versicherte Miss Pennymongler ganz einfach, sie habe nie die Absicht gehabt, ihr den Bräutigam zu stehlen; ihre Beziehung zum Leutnant sei rein freundschaftlich; und »böswillige Zungen« hätten die Wahrheit verdreht und eine schlimme Geschichte erfunden.

Es war ein sachlicher Brief, gelassen und von Sympathie getragen, und Amelia fühlte sich zufrieden, als sie ihn in den Briefkasten geworfen hatte. Es war schon dunkel; eine kalte Nacht senkte sich auf die Stadt herab, und Amelia stand eine Weile im Kräutergarten und atmete die würzige Luft ein. Mit einer gewissen Erbitterung erkannte sie, daß ihre Devise – Wahrhaftigkeit und offene Worte – nicht immer anwendbar war. Oder besser gesagt: damit Miss Pennymongler die Wahrheit verstünde, hatte Amelia ein wenig lügen müssen. Das Leben wurde zweifellos immer komplizierter, und all das hatte angefangen, als Fritz auftauchte. Amelia gähnte und ging ins Haus. Sie erwog, Fritz herbeizurufen, kam aber zu dem Schluß, sie habe jetzt Ruhe nötig. Lieber ging sie ins Wohnzimmer, legte neue Scheite aufs Kaminfeuer und ließ sich in den Sessel sinken. Es tat gut, einfach dazusitzen und nichts zu tun. Ihre Hände lagen entspannt im Schoß, das Zimmer war still, und Dunkelheit umgab das Haus. Amelia schloß die Augen und dachte an Eleanor. Sie hatte solche Sehnsucht, ihrer Romanfigur zu begegnen, daß sie für eine Weile wieder an Fritz dachte.

– Aber ich bin zu müde, um ihn zu sehen, flüsterte sie ins Zimmer hinaus, und ich will heute abend nicht über diese Sache mit Miss Pennymongler sprechen.

Sie öffnete die Augen und sah, wie das Feuer flackernde Schattenmuster an die Wände warf. Dann hob sie den Blick und richtete ihn auf den Bilderzyklus über dem Kaminsims: *Die Dame mit dem Einhorn*. Amelia schnappte nach Luft, und sie merkte, daß sich eine vertraute Unruhe in ihrem Körper ausbreitete. Das war sie ja, Eleanors Dame! Warum war sie bisher noch nicht darauf gekommen? Das Einhorn mit seinem weißen Horn. Das Feuer ließ die Bilder schimmern, und es sah beinahe aus, als würden sie sich bewegen. Wie hat Fritz immer gesagt, dachte Amelia »schließ die Augen und sieh ins Licht«. Langsam senkte sie die Lider über die Augen und blickte dahinter ins Feuer. Die Unruhe steigerte sich, und vor ihrem inneren Auge sah sie die grünen Muster ihre rastlosen Kringel zeichnen. Es funktioniert, es funktioniert! dachte Amelia, und dann vergaß sie alle ihre Gedanken. Sie war wieder bei Eleanor.

Wir sitzen im großen Saal bei der Arbeit; herbstliche Kühle sikkert schon durch die Steine der Wand in die Räume. Die Luft steht grau wie ein Stück Seide zwischen mir und den anderen Hofdamen. Es beginnt zu dämmern, und man hat die Mädchen gerufen, um Feuer im Herd zu machen. Ich lasse den Webstuhl schlagen, hin und her, und nehme dabei wahr: den Duft des feuchten Holzes, als das Feuer darum kämpft, Fuß zu fassen; die schwere Feuchtigkeit in den Röcken der Mädchen, die über den Boden schleifen; die Freude, als die erste gelbe Flamme in der Dunkelheit des Herdes zittert.

Seit der zweiten Reise herrscht tiefes Schweigen um mich her. Vielleicht ist das in meinen Augen zu sehen, die anderen belästigen mich jetzt immer seltener, sie ziehen sich zurück und überlassen mich meiner Arbeit. Aus weiter Ferne sehe ich ihre Fremdlingsblikke und höre ihr zischelndes Geflüster. Das Schweigen ist für mich wie ein Nest geworden. Meine Dame hat es mir auferlegt, wie sie mir diese Arbeit auferlegt hat. Der Weberkamm bewegt sich rhythmisch unter meinen Händen; ich weiß jetzt, so ist es am besten. Diese Welt habe ich nie gewollt, nicht dieses Steife und Flüsternde und die harten Blicke.

Ich webe die Bilder, die meine Dame mir gesandt hat; webe die Legenden von Ihr und dem Einhorn. Die Farbe ist das Rote, hinter all dem Roten, und dahinein webe ich das Blaue und das Gelbe und das Grüne. Die Königin hat mir erlaubt, die feinsten Garne zu verwenden, die klarsten Farben der Stränge; jetzt sehen die anderen mit Verwunderung die Bilder, die unter den Bewegungen meiner Hände hervorwachsen, aber sie fragen nichts.

Der Herbst verschließt mir den Wald, schneidet mich ab von meinen Schwestern und von Ihr, deren Träume mein Gesetz sind. Bald werden sie das große Herbstanfangsfest feiern, das letzte vor dem Winter. Zuvor werde ich meine dritte Reise gemacht haben. Sie wird bald nach mir schicken, und ich arbeite in Erwartung ihrer Botschaft. Die Freude, die mir in meinem großen Schweigen gefehlt hat, wird zu mir kommen, wenn die letzte Reise vorüber ist. Dann wird man mich endlich für würdig befinden, die Braut des Einhorns zu werden; keine Freude, kein Schrecken könnte größer sein als dies. Das Einhorn befreien. Vom Einhorn befreit werden.

Nachts träume ich davon, daß ich bereits die letzte Grenze überschritten habe und von diesem schweren, müden Hofleib befreit bin, von seinem dumpfen, unzulänglichen Schweigen. Daß ich ganz und gar dem Einhorn gehöre. Und der Regen prasselt auf die Pflastersteine des Schloßhofs, im Stall wiehert ein einsames Pferd.

Jemand beginnt sich in mein großes Schweigen hineinzubohren; ein blauer Blick sucht den meinen, und sofort gerät das Innere in einen großen wortlosen Alarm. Was will er, der Blaue; sieht er nicht, daß ich nicht hierhergehöre, daß ich unmöglich antworten kann. Er betritt den Websaal und bleibt hinter meinem Rücken stehen, so dicht, daß ich mit jedem Atemzug, den er tut, die Bewegung der Luft zwischen uns spüre. Eng und hart erscheint da mein Schweigen. Er spricht über die Bilder, er scheint von ihnen verzaubert. Das kann ich verstehen, nicht hingegen, daß seine Finger neben den meinen verweilen, wenn er die Schnörkel des Musters im Gewebe nachzeichnet. Ich versuche das Lied in mir lebendig zu halten und sehe ihn nicht an. Trotzdem spüre ich seinen Blick, und das Suchende, Behutsame seiner Bewegungen.

Ich hasse ihn auch, weil die Erinnerung an ihn mich zu einer Unwürdigen macht, zu einer, die den Zorn des Einhorns verdient. Er läßt mich nicht in Ruhe, und ich bin noch so schwach. Bring mich von hier fort, meine Dame, laß mich nicht hier in dem kalten Schloß, wo der Winter mir bald den Weg zu den Faunen ver-

sperrt. Laß deine klare Stärke in mich fließen und befreie mich von der Schwäche und der Angst der alten Eleanor. So flüstere ich mit steifen Lippen in meinen einsamen Nächten. Weder hier noch dort: nirgends bin ich jetzt zu Hause. Nirgends, außer im Gesang und in Deinem Willen. Überlaß mich nicht allein dem blauen Blick dieses Mannes, denn ich weiß nicht mehr, ob ich mir selbst traue. Immer seltener schickt sie mir jetzt die starken Träume. Will sie meine Kraft auf die Probe stellen? Weiß sie, was in mir vorgeht? Sie weiß, denn ich habe Ihr meinen Willen überlassen.

18. August

Gerade aus Camden zurückgekehrt. Laura rief gestern abend an und weinte am Telefon. Große Krise zwischen ihr und Mark. Ich bin zu ihr gefahren, wir haben die ganze Nacht geredet, und ich bin dort geblieben. Sie liebt ihn, in gewisser Weise, aber es fällt ihr immer schwerer, sich selbst zu mögen, so wie sie mit ihm ist. Eigentlich will sie ihn nicht verlassen, sondern lieber mit ihm wachsen. Aber er fürchtet vieles an ihr und wünscht sie sich als die Laura, die er kennt, ohne Überraschungen oder Veränderungen. Sie streiten häufig, und Laura fühlt sich immer mehr eingesperrt in ein Bild ihrer selbst. Gestern hatte sie beschlossen, sich trotz allem von ihm zu trennen, aber als sie sein Haus verlassen hatte, fühlte sie sich so unsäglich traurig und einsam und verstört, daß sie nicht wußte, ob sie es durchhalten würde. Wir sprachen viel über die Bilder, die wir uns voneinander machen, und wie wichtig es ist, daß man den Mut hat, aus ihnen auszubrechen; allein oder zusammen mit dem anderen. Ich weiß nicht, wie es jetzt mit ihnen weitergeht, sie hat gesagt, sie ruft mich heute später am Tag an.

Auf dem Spaziergang nach Hause habe ich diesen Gedanken weiter verfolgt. (Es war zu heiß, um den Bus zu nehmen.) Dachte: Auch ich will offen leben, will mein Ich ständig erweitern, um immer mehr von den Möglichkeiten zu ergreifen, die es birgt. Den Schmerz jedoch wollte ich nicht als Notwendigkeit akzeptieren, wie ich auch immer besinnungslose Angst davor gehabt habe, mein Ich zu verlieren. Aber ist es nicht genau das, was Rakel getan hat – hat sie nicht versucht, sowohl den Schmerz als auch den Ich-Verlust zu ertragen? Ist es denn notwendigerweise so, daß diese seelische, in der Persönlichkeit begründete Offenheit zu Selbstzerstörung und Untergang führen muß? Zuneigung und Abhängigkeit liegen nahe beieinander, aber es müßte eine Lebensform geben, bei der das eine nicht automatisch aus dem anderen folgt. Vielleicht ist es das, was Rakel gesucht hat und noch immer sucht. Ich sollte größeres Vertrauen in sie und ihre Kraft haben, sage ich mir manchmal; während ich in anderen Augenblicken total überzeugt bin, ich müsse den Hang zu gleichgültiger Toleranz durchbrechen, der mich davon abhält, ihr wirklich zu helfen. Ein Balanceakt, ständig dieses Schwanken am Rand zweier Abgründe. Mein Respekt vor der Integrität und der Fähigkeit meiner Freundin, ihre eigenen Lebenskonflikte zu meistern, kann im Handumdrehen in Gleichgültigkeit umschlagen und in die Angst, mich ernstlich für einen anderen Menschen zu engagieren.

Es ist nicht möglich, diesem Zwiespalt zu entrinnen und eine Verhaltensweise zu finden, die durchweg die richtige ist. Die einzige Möglichkeit, wenigstens zu versuchen, den Freunden eine Freundin zu sein und in Würde, Wachheit und Gemeinschaft zu leben, ist, daß man sich einen offenen Blick bewahrt, jeder Situation neu begegnet und sich dazu überwindet, die paradoxe Komplexität des Daseins zu ertragen.

Bernard in *Die Wellen* geht im Leben und in den Gedanken seiner Freunde auf, er ist offen und empfänglich für den reißenden Strom von Eindrücken und Impulsen, denen der moderne Mensch ausgesetzt ist. Er kämpft immerzu mit den Worten, bemüht sich, den richtigen Ausdruck zu finden und die wahre Geschichte von sich selbst und seinen Freunden zu erzählen. Aber als er den Glauben an die Wahrheit aufgibt und erkennt, daß es eine Unzahl möglicher Geschichten gibt, erlebt er es so, als würde er sein Ich verlieren: neu geboren und mit weit offenen Augen betrachtet er die Welt um sich her.

Dieses Erlebnis ist für ihn nicht destruktiv, es bedroht ihn nicht. Hat das seinen Grund darin, daß Virginia Woolf ihn als eine Person gestaltet, die von *Zutrauen* erfüllt ist? Er hat eine völlig selbstverständliche Liebe zu sich selbst, die ihm auch den Mut gibt, sich selbst aufzugeben. Oder ist es vielleicht so, daß auch Virginia Woolf den Schmerz, die dunkle Unterströmung in allem menschlichen Leben fürchtete und deshalb ihren Helden diesen nahezu verklärten Zustand von Einheit und Expansion erreichen läßt, ohne daß er sich mit der Destruktivität des Lebens konfrontieren muß? Im Schlußmonolog aber begegnet er dem Tod; er ist ein echter Rebell im Dienst des Lebens:

Against you I will fling myself, unvanquished and unyielding, O Death!

Nein, ich verstricke mich in meine Gedankengänge und weiß nicht recht, wie ich mit Bernard umgehen soll. Unentwegt kehre ich bei meinem Studium zu dieser Frage zurück, und bevor ich keine einigermaßen befriedigende Antwort gefunden habe, kann ich es nicht beenden. Ich ahne, daß es lange dauern kann. Aber die Zeit sollte ein unerheblicher Faktor sein, wenn die Frage eine solche Herausforderung darstellt. (Wären da nicht die kraß ökonomischen Aspekte, die in mein Ohr zischeln: Du kannst nicht ewig hierbleiben, du mußt *Resultate* erbringen.) So muß ich als Resultat wohl eine richtig gestellte Frage akzeptieren – das ist vielleicht auch die einzige Möglichkeit, mit Literatur umzugehen.

Jetzt werde ich mich in Schostakowitschs Fünfte versenken – es ist jedesmal ein vollkommen kathartisches Erlebnis, sich in dieser Musik aufzuhalten. Sie hängt mit all dem zusammen, wovon ich gerade geschrieben habe; sie mahlt mein Ich und zermalmt es zu Staub, um mich erschöpft, durchgespült und leer zurückzulassen; sie führt mich durch Schmerz und Ekstase in eine Stummheit hinein, die zugleich meine größte Freiheit ist. Neu geboren werden und die Worte und Gedanken aufs neue suchen müssen, wieder und wieder.

10. August
Heute ein Brief von der Schwester, sie schreibt über den Totenkopfmann. Ich hatte ihn völlig vergessen. Es ist unerträglich heiß, ich habe vorhin im Garten draußen gesessen. (Das Ehepaar Mosse ist übers Wochenende verreist, und ich habe die ganze Herrlichkeit für mich. Habe das Obergeschoß des Hauses durchstreift, bin schuldbewußt, aber von hemmungsloser Neugier getrieben durch die geschlossenen, sonnenflimmernden Räume geschlichen, in denen die Hitze sich mit der Stille hinter den geschlossenen Gardinen mischte. Alles war sehr proper, und irgendwelche schändlichen Geheimnisse habe ich nicht aufgespürt. Aber ich liebe die stumme, erwartungsvolle Stimmung verlassener Räume: die Schatten der Bewohner wie eine Schicht auf den Dingen – und zugleich sind sie befreit, geheimnisvoll, rätselhaft.) Doch nach einer Viertelstunde lief mir der Schweiß aus allen Poren, und ich mußte hinuntergehen. Erfrische mich mit Bach und Eistee.

Der Totenkopfmann. Wann habe ich ihn erfunden? Es muß in meinen ersten Schuljahren gewesen sein, auf den langen Fahrten mit roten Bussen und grünen U-Bahnen durch die Stadt zur Schule. Ich sehe mich selbst, wie ich damals war: ein schweigsames Mädchen mit langen Zöpfen, das mit stillen Augen die Menschen um sich her betrachtete. Die Geschichten begleiteten mich ständig – damals gab es keine Grenze zwischen Beobachtungen und Phantasien; alles bewegte sich mit der gleichen rätselhaften Vieldeutigkeit vor meinen Augen. Ich sehe das Mädchen auf einem Fensterplatz im Bus sitzen, sehe ihr kleines altkluges Gesicht von außen, wie aus weiter Ferne. Ich weiß, was sie dachte und fühlte, genau wie ich weiß, was bestimmte Romanfiguren erlebt haben – aber ich komme nicht in ihren ernsten Blick hinein. Die Tür hat sich geschlossen.

Die Schwester hat diese Tür noch einen Spalt offengelassen, glaube ich – wenn sie über die Kindheit schreibt, spricht sie von Gefühlen, zu denen sie noch immer Zugang hat. Ihr Leben ist wie ein großer Saal (oder eine Zimmerflucht), durch den sie sich ungehindert bewegt. Meine Zimmer haben oft keine Verbindung miteinander, und das Haus ist voll von geschlossenen Türen. Zufällig gerate ich bald in den einen, bald in den anderen Raum – aber stets als Besucherin, Betrachterin.

Der Totenkopfmann war ein sehr großer, bleicher Mann, der regelmäßig denselben Bus nahm wie ich. Er trug stets denselben staubgrauen Anzug, Winter wie Frühling, und dieselbe abgegriffene schwarze Aktentasche. Irgend etwas in seinem mageren Gesicht, in dem die Haut sich über hohen Backenknochen spannte, ließ mich ihn den Totenkopfmann taufen. Seine Augen waren blaßgrau, ein wenig starr, und er sah immer gerade vor sich hin, ohne daß sein Blick sich mit einem anderen kreuzte. Es faszinierte mich, wie ich mich stets vom Rätselhaften angezogen fühlte, da ich keine Angst kannte.

Vermutlich begann ich der Schwester schon von ihm zu erzählen, bevor sie mich auf meinen Fahrten durch die Stadt begleitete. Das stille abendliche Zimmer, in dem ihre Nachttischlampe einen sanften gelben Schein auf unsere Betten warf, war immer voll von Erzählungen. Wenn Vater uns Märchen vorgelesen hatte und hinausgegangen war, die Tür einen Spalt zu dem beruhigenden Gemurmel der Stimmen angelehnt lassend, legte ich los.

Meine Erzählungen haben sich, glaube ich, in diesen ersten Schuljahren verändert. Das sagt die Schwester auch in ihrem Brief – ein Stück Welt wurde da hineingezogen, und das ließ sie verlockender, aber manchmal auch furchtbar erschreckend erscheinen. Ich war wie ein Späher, ausgesandt von unserer kleinen sanftgelben Welt, der jeden Tag mit diesen Erzählungen aus der großen, unsicheren Außenwelt zurückkehrte, um die wir uns bisher überhaupt nicht geschert hatten. Vielleicht bekamen wir jetzt schon eine Vorahnung von der Kluft, die unseren einträchtigen, abgegrenzten kleinen Kreis von dem trennte, was außerhalb davon lag. Ich ahnte es wohl zumindest, und daraus entstand meine Faszination am Gefährlichen. Die Schwester ahnte bestimmt auch die Gefahr, doch ihr fiel es schwer, meine Faszination zu teilen. Vielleicht hatte sie in Wirklichkeit viel früher als ich erkannt, wie zerbrechlich der Zauberkreis unserer gelben Lampe war.

Ich schmückte meine Erzählung vom Totenkopfmann endlos aus. Er war ein grauer Mann, der harmlos aussehen mochte, aber tatsächlich kleine Kinder zu sich lockte. Er suchte in den Bussen nach ihnen, und die, welche sich überreden ließen, nahm er mit in seine große, stille Wohnung voll blankpolierter alter Möbel und sonderbarer Gegenstände, und dort tötete er sie und verfütterte sie an seine neun Katzen. Wonach er trachtete, das waren die Totenschädel; er hatte bereits ein ganzes Zimmer voller Kinderschädel, ordentlich auf grauen Borden aufgereiht, die entlang der Wände liefen. Ich hatte diese Geschichte vollständig vergessen, aber der Brief der Schwester erweckt sie wieder zum Leben. Sie schreibt:

Fast jeden Abend hast Du vom Totenkopfmann erzählt. Jedesmal, wenn ich die Geschichte hörte, hattest Du eine unbedeutende Einzelheit hinzugefügt, beispielsweise, daß die Futterschüsseln der Katzen aus beinweißem Porzellan waren oder daß er sich immer auf eine besonders unheilverkündende Art räusperte, bevor er die Kinder im Bus ansprach. Ich haßte die ganze Geschichte, aber diese Einzelheiten zogen mich in die Erzählung hinein, und ich konnte mich nicht gegen eine Art perverser Neugier wehren. Weißt Du noch, daß ich immer eine Menge Fragen stellte, etwa: Wie teilt er die Kinder bei der Fütterung der Katzen auf? Welche Farbe haben die Katzen? Was hat er in seiner

Aktentasche? Wie viele Zimmer hat seine Wohnung? Hat er keine Mutter? Meistens hast Du sofort geantwortet, aber manchmal hast Du gesagt, Du wüßtest es nicht, Du würdest versuchen, es am nächsten Tag herauszufinden. Und so ging es weiter. Ich habe nie gefragt, woher Du Deine Kenntnisse nahmst – in der Welt da draußen, die ich nicht betreten durfte, erschien mir alles möglich.

Diese Nächte, wenn Du sofort einschliefst nach der Erzählung, kommen mir jetzt vor wie ein Bild meiner ganzen Kindheit. Ich lag da und lauschte Deinen ruhigen Atemzügen, sah, wie der Kreis der Nachttischlampe eine kleine Lichtpfütze am Fußende meines Bettes bildete, sah, wie die Dunkelheit und das Gefährliche sich in allen Ecken des Zimmers zusammenzog. Ich war gelähmt vor Schreck – aber nie hätte ich den Versuch gemacht, Dich zu wecken oder Dich dazu zu bringen, nicht mehr vom Totenkopfmann zu erzählen. Er war in unser Leben getreten, und ich glaube, ich habe das für etwas Unausweichliches gehalten, etwas, das ich mir anhören und in meine schon zerbröckelnde Welt einbeziehen mußte.

Aber Mutter hat nie verstanden, warum ich solche Angst davor hatte, mit der Schule anzufangen, warum ich vor der ersten Fahrt wochenlang geweint habe und jeden Morgen am ganzen Körper zitterte, wenn sie mir die Haare kämmte. Das Merkwürdigste ist, ich nehme an, Du hattest damals schon alles vergessen. Du hattest schon lange aufgehört, von ihm zu erzählen, und ich glaube, wir haben nie wieder vom Totenkopfmann gesprochen. Im ganzen ersten Schuljahr habe ich im Bus nach ihm Ausschau gehalten, mit einem schweren Druck auf der Brust, der erst verschwand, wenn wir am Fridhemsplan in die U-Bahn umstiegen. Warum habe ich nie mit Dir darüber gesprochen?

Ein langer Brief für ihre Verhältnisse. Und ich hatte wirklich vergessen. Heute, nach so langer Zeit, erfüllt mich Zorn auf dieses in sich gekehrte kleine Zopfmädchen, das auf diese Weise seine Schwester terrorisiert hat. Aber das ist ja ungerecht – der Brief der Schwester hat schließlich keinen vorwurfsvollen Unterton. Dies war ganz einfach unser Pakt: Wir teilten alles, bis auf die Angst, die wir zwischen uns aufteilten. Ich hatte Angst vor dem Konkreten (mit fremden Menschen reden, über den Schulhof gehen, wenn die großen Jungen Pause hatten, etwas falsch machen und die Schuld und Schelte bekommen, vor Gästen Geige spielen), aber in diesen Situationen war sie stets mutig und verwegen. Die Schwester nahm dafür die Angst vor allem Unsichtbaren auf sich, vor all dem Dunklen, das unter der Oberfläche der hellen Welt brodelte. Vielleicht kam auch ihre Krankheit von dieser Angst. Und ich glaube, daß es ihr, wie ich schon geschrieben habe, so viel bewußter war, wie bedroht unsere glückliche Kindheitswelt war. Sie lebte mit Tod und Chaos, lange bevor ich damit Bekanntschaft machte. Heute berührt es mich sonderbar, daß wir uns so nahe waren und daß trotzdem jede in ihrer eigenen Welt lebte. Ich denke auch, ich bin froh, daß wir schließlich angefangen haben, darüber zu reden.

Die Liebe zwischen Geschwistern ist ein Pakt, und selbst wenn man vielleicht ihr erwachsenes Ich nicht so gut kennt (weil man nicht das Bedürfnis hat, sich Geschwistern gegenüber so zu präsentieren und zu formulieren, wie es bei Freunden der Fall ist), kennt man einander auf andere Weise. Von innen her, aus den Bildern der Person heraus, die man selbst gewesen ist, aber auch aus dem Körper heraus. Aus dem Blut heraus – ja, so kann es sich tatsächlich manchmal anfühlen. Ein unsichtbares Band verbindet einen mit den Geschwistern. Und dieses Zopfmädchen, das kennt die Schwester vermutlich besser als ich selbst.

Es ist schwer, sich selbst als Kind zu sehen, weil das Kind sich selbst nicht gesehen hat. Das Kind *war* in sich selbst; und wenn ich jetzt zurückkehre, von außen, haftet der ganzen Betrachterposition etwas sonderbar Künstliches an.

Am nächsten Tag stand Miss Amelia im Garten, sie hatte große Baumwollhandschuhe übergestreift und schnitt die trockenen Zweige an den Johannisbeer- und Stachelbeersträuchern ab. Sie beabsichtigte, ein Feuer zu machen; das trockene Laub hatte sie bereits zusammengeharkt und freute sich auf das Herbstfeuer. Die Blätter der Johannisbeerbüsche fühlten sich sogar durch die Handschuhe hindurch rauh an, sie sog den fruchtigen Duft ein, der von ihnen aufstieg, und dachte über die Ereignisse des gestrigen Tages nach. Sie war gerade zu den Stachelbeerbüschen übergegangen, als sie Schritte auf dem Weg zum Kücheneingang hörte und Fritz um die Ecke biegen sah. Er schwang einen offenbar neu angeschafften Spazierstock in der Hand; der gelbe Messingknauf blitzte, und an den Händen trug er graue Lederhandschuhe. Ohne ein Wort blieb er ein Stück entfernt stehen, legte den Kopf schief und betrachtete lächelnd Amelia bei der Arbeit. Dann trat er hinter sie und umarmte sie; sein Schnurrbart kitzelte sie im Nacken, und Amelia wehrte sich vergebens, die Hände voller Stachelbeerzweige. Fritz war offenbar blendender Laune, er wirbelte den Stock durch die Luft und lachte. Eine Elster saß auf dem Zaun und schien sie zu beobachten, dann flog sie in einem schwarzweißen Bogen über dem Haus davon.

– Du willst ein Feuer machen, wie schön, sang er, laß mich dir helfen! Er legte den Stock beiseite und ergriff die Harke, die Amelia an den Geräteschuppen gelehnt hatte, blieb aber stehen und lauschte dem schwirrenden Geräusch, das entstand, als er die Harke auf dem Kiesweg schüttelte. Wieder lachte er.

– Ich muß dir etwas erzählen, sagte Amelia und nahm ihm die Harke aus der Hand, etwas, das gestern geschehen ist. Wenn du mir helfen willst, kannst du diese Zweige dort drüben auf den Haufen legen, fügte sie hinzu.

Fritz blickte seine weichen, schönen Handschuhe an und danach die stacheligen Zweige.

– Ich glaube, ich setze mich lieber hin und muntere dich bei deiner Schufterei auf, sagte er und setzte sich auf die kleine Steinmauer, die das Rosenbeet umgab.

– Was wolltest du mir erzählen? Vertrau dich ruhig Onkel Fritz an, liebe Freundin, ich werde mich um alle deine Probleme kümmern!

– Wäre es nur so einfach, murmelte Amelia und ließ die Schere einen morschen Zweig abknipsen. Es geht um folgendes: Miss Crackle war gestern hier, sie hat erzählt, daß Miss Pennymongler versucht hat, sich das Leben zu nehmen.

Fritz studierte einen kleinen grünschillernden Mistkäfer, der im Beet herumkroch.

– Schon wieder diese Miss Pennymongler, sagte er abwesend, ich begreife nicht, wieso du dich derartig auf dieses farblose Geschöpf fixiert hast.

Amelia überging seinen Einwurf.

– Miss Crackle ist abscheulich, sie tut sehr freundlich, aber sie ist nur hergekommen, um sich an dem Skandal zu weiden. Offenbar hat sie mich gesehen, als ich von Leutnant Fairwill kam, und es Miss Pennymongler berichtet, was die Ärmste so aus der Fassung brachte, daß sie versuchte, sich das Leben zu nehmen, indem sie in die Themse sprang.

– Soo? bemerkte Fritz interessiert.

– Sie wurde gerettet, Gott sei Dank, aber Miss Crackle unterstellte, daß ich und der Leutnant ein Verhältnis hätten und daß dies Miss Pennymongler in den Fluß getrieben habe. Natürlich ist das alles die Schuld von Miss Crackle, ich meine, sie hat bei Miss Pennymongler getratscht und sie glauben gemacht, alles sei schlimmer, als es ist. Ich habe die alte Schachtel hinausgeworfen – ich glaube, ich bin in meinem ganzen Leben noch nie so wütend gewesen! Es hat richtig Spaß gemacht; du hättest sie sehen sollen, als sie mit zappelnden Beinen auf der Straße lag.

Fritz lachte herzlich und griff wieder nach seinem Stock, mit dem Knauf deutete er auf Amelia und sagte in einem bewundernden Tonfall:

– Du bist wunderbar, Amelia! Habe ich nicht gleich erkannt, daß du eine temperamentvolle Frau bist? Das ist dieser langweiligen Miss Crackle gerade recht geschehen – es grämt mich nur, daß ich nicht hier war und den Auftritt genießen konnte. Was für eine Geschichte! Gut, damit ist diese Affäre aus der Welt, ich bin richtig stolz auf dich, meine Schöne.

Er sprang von der Mauer und umarmte Amelia aufs neue.

– Nein, warte, ich bin noch nicht fertig, sagte sie. Nach dem Hinauswurf von Miss Crackle habe ich einen Brief an Miss Pennymongler geschrieben und ihr erklärt, alles sei Lüge und böse Nachrede – ich hoffe nur, daß sie mir glaubt. Ich habe ihn gestern gleich in den Briefkasten geworfen.

Sie legte die Küchenschere weg und fing an, die Zweige zusammenzutragen.

– Das war doch wohl nicht nötig, sagte Fritz mit gerunzelter Stirn. Er setzte sich wieder hin, bohrte den Stock in die Erde und machte eine Reihe von kleinen Löchern rings ums Beet. Amelia blieb mit einem Armvoll Reisig stehen und sah ihn erstaunt an.

– Wie meinst du das? Es ist doch selbstverständlich, daß ich sie nicht in dem Glauben lassen konnte, ich und der Leutnant … sonst hätte sie womöglich noch einmal versucht, sich das Leben zu nehmen! Außerdem, selbst wenn das Ganze, wie ich sagte, in erster Linie die Schuld von Miss Crackle war, bin ich auch nicht ganz ohne Verantwortung für die Situation. Verstehst du nicht?

– Pfui, sagte Fritz und stieß mit gespitzten Lippen einen wütenden Pfiff aus, was ich verstehe, ist, daß du eine gute Geschichte verdorben hast. Sie kann den Leutnant schließlich nicht besitzen! Wenn er ein wenig mit dir spielen will – was wäre daran so schlimm? Ich finde, es war völlig überflüssig, diesen Brief zu schreiben.

Auffordernd sah er Amelia an, die sich langsam rückwärts auf den Laubhaufen zubewegte. Sie ließ ihre Bürde fallen und bürstete die Jacke ab.

– Es kümmert dich also überhaupt nicht, daß Miss Pennymongler versucht hat, sich das Leben zu nehmen? fragte Amelia mit sonderbar distanzierter Stimme. Die Verzweiflung, die sie empfunden haben muß, kümmert dich nicht?

– Nein, überhaupt nicht, sagte Fritz heftig und stand auf. Und ich bin es herzlich leid, über diese Miss Pennymongler zu diskutieren. Sie hat doch nichts mit *deiner* Geschichte zu tun? Wenn sie nun so dumm ist zu glauben, sie könne die Liebe – die Liebe! – kontrollieren und einengen, dann ist das doch ihr Problem! Ich bin richtig ärgerlich darüber, daß du dich anscheinend so an dieser Sache festbeißt; kannst du nicht wenigstens *versuchen*, auf das zu hören, was ich dir sagen will? Du könntest dich vielleicht freundlicherweise daran erinnern, daß ich deine Geschichte überhaupt in Gang gebracht habe, daß *ich* es bin, von dem du etwas zu lernen hast. Vielleicht verschwende ich nur meine Zeit mit dir; vielleicht verschwinde ich jetzt besser – endgültig! Dann kannst du ja nach Belieben Briefe an Miss Pennymongler schreiben.

Drohend ließ er seinen Stock kreiseln, daß es blitzte, und machte Anstalten, um die Ecke zu verschwinden.

– Nein, Fritz, geh nicht! rief Amelia und lief zu ihm hin.

Seine Augen waren kohlschwarz, und er stampfte ungeduldig mit dem Fuß auf die Erde. Wenn er jetzt geht, dachte Amelia in eiskalter Klarheit, werde ich nie erfahren, wie es mit Eleanor weitergeht. Sie lehnte sich an ihn und legte ihm zärtlich die Arme um den Hals.

– Sei nicht böse, sagte sie und blies ein wenig in seinen Schnurrbart, warte jetzt, ich gehe nur die Streichhölzer holen, und dann zünden wir das Feuer an.

Fritz antwortete nicht, umfaßte aber ihren Körper mit festem Griff und drückte sie an sich. Ich muß ihn wieder heiter stimmen, dachte Amelia, ich darf Eleanor nicht verlieren, so kurz vor dem Ende. Behutsam löste sie sich aus seiner Umarmung und sah ihn bittend an.

– Bleibst du?

Fritz nickte kurz. Rasch lief Amelia in die Küche und holte die Streichhölzer. Als sie in den Garten zurückkehrte, sah sie zu ihrer Erleichterung, daß er die Gartenstühle an den Reisighaufen gerückt und sich auf einen davon gesetzt hatte. Amelia riß das Streichholz an und hielt es an den Stoß. Sie mußte an mehreren Stellen anzünden, bevor das etwas feuchte Laub Feuer fing. Die Zweige aber waren trocken, und bald knisterte das Feuer, und eine kleine Rauchfahne stieg zum Himmel. Sie setzte sich auf die Stuhlkante und sah Fritz verstohlen an. Wie sie merkte, schmollte er noch immer.

– Weißt du, sagte sie plötzlich, gestern ist es mir gelungen, allein in Eleanors Geschichte einzusteigen.

Sie sah ihn lächelnd an.

– Wie hast du das gemacht? fragte Fritz langsam und starrte sie an.

– Ich bin in die Geschichte eingestiegen, sagte Amelia stolz. Ich habe es genauso gemacht, wie du es mir immer sagst, ich habe die Augen geschlossen und ins Licht geblickt, bis die grünen Flecken zu tanzen begannen. Und dann war ich bei ihr.

Fritz saß regungslos da und sah sie unentwegt forschend an. Plötzlich bekam Amelia Angst. Seine Augen glitzerten: nicht spielerisch, sondern in einem kalten, grausamen Licht. Sie blickte ins Feuer und dachte: Gott sei Dank ist hellichter Tag. Sie konnte Fritz' schnelle Atemzüge hören.

– Na, Amelia, das war aber *tüchtig* von dir, sagte er schließlich, und seine Stimme triefte förmlich vor Ironie. Aber du verstehst doch, daß ich es war, der dir die Geschichte geschickt hat? Du nimmst doch wohl nicht an, du könntest allein, ohne meine Hilfe, zu Eleanor gelangen? Erinnerst du dich an die Droschke auf dem Weg zu Fairwill – ich kann dir die Geschichte ja auch schicken, wenn ich selbst nicht anwesend bin.

Unsanft packte er sie am Arm und zwang sie, ihn anzusehen. Ein gelber Funke glomm hinter all dem Schwarz in seinen Augen, und Amelias Herz klopfte. Trotzdem begegnete sie mutig seinem Blick, und plötzlich sah sie: es war noch etwas anderes darin, etwas, was Amelia noch nie dort gesehen hatte. *Fritz hat Angst*, dachte sie. Als habe er ihre Gedanken lesen können und als machten sie ihn zornig, beugte Fritz sich rasch zu ihr vor und küßte sie so hart, daß Blutgeschmack ihren Mund füllte. Sie versuchte sich loszureißen, doch er hielt sie mit eisernem Griff. Der Rauch vom Feuer zog zu ihnen herüber – und brannte in Amelias Augen. Sie blinzelte, spürte, wie es im Hals juckte, und dann ließ Fritz sie so plötzlich los, daß sie rücklings taumelte.

– Naa, sind wir uns jetzt einig, wer diese Geschichte lenkt? sagte er sanft.

Amelia nickte schwach und verschluckte den Husten, der ihr die Luftröhre zusammenschnürte. Zugleich versuchte sie, auch ihre Angst, ihren Zorn und ihren Trotz hinunterzuschlucken. Sie brauchte Fritz noch, sie konnte ja nicht sicher sein, ob es sich bei ihrer gestrigen Begegnung mit Eleanor wirklich so verhielt, wie Fritz behauptete. Und sie *mußte* das Ende der Geschichte erfahren.

– Könntest du jetzt bitte mit der Geschichte fortfahren, sagte sie untertänig und vermied es, ihn anzusehen.

Als er zögerte, fügte sie hinzu:

– Um mir zu beweisen, daß *du* es bist, der erzählt, meine ich. Die Röte stieg ihr in die Wangen, und plötzlich empfand sie sich als falsch, ebenso wie gestern, als sie Miss Crackle hereingebeten hatte. Krapfen, Geschichten, ich verkaufe meine Seele, dachte sie bitter und schob einen Zweig zurück, der aus dem Haufen zu fallen drohte. Und auf niemand kann ich mich mehr verlassen. Amelia schluckte erneut.

– Ja, dann werde ich eben erzählen, wenn du mich so nett bittest. Schließ die Augen, unsere Reise beginnt, meine Schöne.

Meine Dame, du siehst mich so ernst an, als du mir von dem bitteren Trank gibst und mich auf die dritte Reise schickst. Diesmal bin ich allein, und ich weiß nicht, wohin ich unterwegs bin. Vögel singen über meinem Kopf, und die Laubbäume verdichten sich zum Wald. Ich gehe mit raschen Schritten, folge einem Pfad, der sich sanft zwischen den Bäumen hindurchschlängelt. Jedes Zögern ist aus meinem Herzen verschwunden, und ich sehne mich nach dem, was mir bevorsteht.

Ich bin schon lange gegangen, als der Wald sich schließlich öffnet. Vor mir breitet sich eine abschüssige Wiese aus; eine milde Brise wirbelt mein Haar durcheinander und bringt mich dazu, leicht, leicht den Abhang hinunterzulaufen. Ich lache ein Lachen aus Licht und merke, daß die Bäume rings um die Wiese zarte grüne Schleier haben. Es duftet aus dem Erdboden. Als ich in der sanften Mulde der Wiese eine kleine Quelle entdecke, weiß ich, dies ist das Ziel meiner Reise.

Das dunkle Auge der Quelle zieht mich an, und ich sinke an ihrem Rand nieder. Ich trinke von dem kalten Wasser, es ist frisch und singt in meiner Kehle vom Frühling. Vorsichtig beuge ich mich über die Quelle, während die Sonne gerade am Himmel emporsteigt: in der blanken Oberfläche der Quelle sehe ich mich selbst und bin verwundert. Wer ist die Frau in dem weißen Gewand mit den hellen Augen, die so ernst meinem Blick aus der Tiefe begegnet? Sie ist eine Fremde; ich betrachte sie lange und denke, jetzt habe ich Eleanor endgültig hinter mir gelassen. Ein leichter Wind kräuselt den Spiegel der Quelle, und die weißgekleidete Gestalt verschwindet, wird von anderen Bildern abgelöst. Zart, durchsichtig bewegen sie sich übers Wasser: ich sehe den Faun, wie er mich grün anlächelt, sehe meine Schwestern tanzen und höre den Gesang aus der Tiefe aufsteigen. Dann erscheint das Bild meiner Dame in der Quelle, so lebendig und deutlich, als stünde sie leibhaftig vor mir. Ich sehe die vertrauten, geliebten Augen mich anblicken, und der Gesang schwillt in meiner Brust. Da verändert sich ihr Gesicht, etwas Neues erscheint in ihrem Blick, der den meinen nicht losläßt. Meine Dame, meine Meisterin – ihr Mund wird sanft und zieht sich in die Breite, ihre Augen tragen die ungestüme Freude der Frühlingssonne in sich. Meine Dame lächelt, sie lächelt mich an, und mein Herz wird so weit, daß ich denke, es bricht. Schmerz durchströmt mich, und auf einmal erfüllt mich wieder Angst: eine krampfhafte, wahnwitzige Angst, wie ich sie nicht empfunden habe, seit sie mir zum erstenmal begegnete. Aus der Quelle steigt das Lachen meiner Dame empor: es ist ein entsetzliches, ungeheures, mächtig klingendes Lachen, und das Blut stockt mir in den Adern. Über die Wiese hallt das Lachen; ein Lachen nicht für Menschen. Dreh dich um, mein Kind, dreh dich um und begegne deinem Herrn, ruft meine Dame mir aus der Quelle zu, und ich zittere. Ich gebe dich ihm jetzt, auf daß du ihm, dessen Wesen das Höchste ist, dienst und gehorchst, hallt die Stimme rings um mich her, und ich weiß nicht mehr, wer es ist, der so zu mir spricht. Vielleicht steigt die Stimme aus meinem eigenen Inneren auf, das mir zum Rätsel geworden ist.

Sacht drehe ich mich um und sehe es: das Einhorn kommt mir auf der Wiese entgegen. In mir und um mich schwillt die Stimme zu einem Jubelgesang, und ich falle auf die Knie, um meinen Herrscher zu empfangen. Sein Körper ist so leuchtend weiß, als bestünde er aus schierem Licht; ich vermag den Anblick nicht zu ertragen, sondern senke meinen Kopf. Der Gesang des Einhorns schallt aus dem Himmel, die Blumen im Gras heben ihre Köpfe, um seinen Blick zu fangen, die Vögel erstarren im Flug, und die Tiere des Waldes verstummen. Alles in mir ist Licht, alles in mir ist furchtbare Freude. Ich begegne dem Blick meines Herrn, während der Gesang mich durchströmt. Was in diesen sanften braunen Augen erscheint, ist jenseits der Worte, jenseits von Erinnerungen und Geschichten, jenseits der Gedanken und Vorstellungen der Menschen. Das Einhorn nähert sich mir, es senkt langsam sein weißes Horn und läßt es mein Herz durchbohren. Er, der Herrscher, ist die äußerste Güte, der äußerste Sinn. Er ist das, was hinter und unter allem singt. Mir schwindelt vor Augen, und ich weiß: jetzt bin ich angekommen, jetzt bin ich frei. Das Einhorn befreien, vom Einhorn befreit werden. Das Licht ist allgegenwärtig.

21. August

Heute ist es ein Jahr her, seit ›Der Brief‹ von Rakel kam: wenn ich an diesen Tag denke, sehe ich ganz deutlich das Licht in der Wohnung vor mir, es ist, als habe sich der Anblick des Zimmers in meine Netzhaut geätzt. Ich kam gegen fünf Uhr nachmittags nach Hause, im Zimmer waren wie üblich lauter Sachen verstreut: aufgeschlagene Bücher, die Kleider von gestern, Teetassen, überquellende Aschenbecher. Goldenes Abendlicht fiel durch die Fenster herein und ließ die Wohnung mehr als staubig erscheinen; als wäre die Luft vermischt mit Tausenden von kleinen, schwer einzuatmenden Partikeln, Lebensresten, Ablagerungen. Ich war zu Fuß von der Königlichen Bibliothek heimgegangen und war erfüllt von klarer Luft, die das Blut zum Rauschen brachte. Ich fluchte über meine schlechte Gewohnheit, die Wohnung einfach zu verlassen, ohne sie für die Heimkehr vorzubereiten, und darüber, daß ich vergessen hatte, die Balkontür offenzulassen.

Als ich den Luftpostbrief mit Rakels charakteristischer Handschrift auf dem Flurteppich sah, freute ich mich gewaltig. Keine Vorahnung diesmal. Ich machte mir eine Tasse Tee, öffnete die Balkontür weit und legte mich mit dem Brief auf das ungemachte Bett. Während ich ihn las, wuchs ein eiskalter Klumpen in meinem Bauch. Ich las und las, konnte und wollte aber nicht verstehen, was die Worte sagten. Das Atmen fiel mir immer schwerer. Schließlich trat ich auf den Balkon, sah, wie die Sonne auf den roten Dächern gegenüber brannte. Ich weinte lange.

Was habe ich damals empfunden? Was hat mich zuerst erfüllt und mich diesen ungeheuren Schmerz empfinden lassen? Hinterher ist es schwer, mich zu erinnern; all die verschiedenen Gefühle und Gedanken, die später folgten, haben sich mit diesem ersten Moment rein körperlichen Schmerzes vermengt. Ich glaube jedoch, mein erstes Gefühl war das der *Schuld*, des Versagens. Wie war es möglich gewesen, daß ich nicht *sah*? Wie hatte ich eine so schlechte Freundin sein können, für einen Menschen, den ich mehr liebte als die meisten anderen? Wie konnte ich außerdem behaupten, eine Person zu lieben, der gegenüber ich mich so blind gemacht hatte, daß ich etwas so Umwälzendes in ihrem Leben nicht bemerkte? Über ein Jahr lang hatte sie die Sucht von Thomas geteilt, und ich hatte nichts begriffen.

Später kam auch Zorn – warum hatte sie dies vor mir verborgen, warum hatte sie mich bewußt hinters Licht geführt? – und die Sorge: will sie zurückkehren, wird sie ihren so einsamen Kampf bestehen? Auch das Mißtrauen und die Machtlosigkeit und die bösen, panischen Träume, in denen ich durch ein verlassenes Stockholm rannte und sie suchte.

Wieder und wieder habe ich diesen Brief gelesen. Ein Teil von mir wollte sofort zu ihr fahren, aber ein anderer, stärkerer, hielt mich zurück. Ich sagte mir: Ich habe kein Geld zum Verreisen, was könnte ich für sie tun, ich kann mein Studium nicht unterbrechen, sie will mich vielleicht nicht einmal um sich haben.

Es sollte fast ein Jahr dauern, bevor ich fuhr, und heute glaube ich, meine Unentschlossenheit kam teilweise daher, daß ich mich in einem Schockzustand befand. Im Laufe dieses Jahres machte sich Rakel vollständig von ihrer Sucht frei; mit Thomas war es umgekehrt. Ich selbst studierte und schrieb Rakel lange Briefe.

Sie warf mir nichts vor, aber dafür klagte ich mich selbst desto mehr an. Und bis heute habe ich nicht ganz damit aufhören können, es ist, als würde ich mir selbst und meinem Verhalten gegenüber den Menschen, die ich gern habe, nicht recht trauen.

Ich beginne jetzt zu ahnen, daß dieser erste Moment nach ›Dem Brief‹ von großer Bedeutung war und daß der Schmerz, den ich damals empfand, mich immer noch viel stärker berührt, als ich mir eingestehen will. In mir ist eine Art Stummheit, die sich meiner Fähigkeit zur Liebe in den Weg stellt.

Erinnere mich, daß Rakel und ich einmal über etwas Ähnliches gesprochen haben, das war draußen im Blå Porten. Irgend jemand aus meinem Freundeskreis hatte sich von mir mißverstanden und übergangen gefühlt und mir vorgeworfen, nicht genug für unsere Freundschaft zu tun. (Diese Szenen, die sich seit der Schulzeit wiederholen, mit der Familie, mit Freunden, mit Liebhabern.) Ich hatte es satt, immerzu mangelnder Liebe beschuldigt zu werden, und beklagte mich bei Rakel. Wir saßen an einem der kleinen runden Tische auf dem Treppenabsatz hinter der Galerie Liljevalchs, ich glaube, es war ein früher Herbstnachmittag. Rakel kippelte mit dem Stuhl und lehnte sich an die Säule hinter ihrem Rücken, ich rührte wütend in der Kaffeetasse. – Warum habe ich immer dieses Gefühl, nicht zu genügen, sagte ich, warum können sie nicht meine Liebe in der Form annehmen, die ich ihnen bieten kann, ohne ständig größere Beweise und Beteuerungen zu verlangen? Manchmal ist es beinahe so, daß ich das Ganze aufgeben will. Da sagte Rakel etwas, worüber ich in den letzten Tagen oft nachgedacht habe: – Ich glaube, du hast so etwas wie ein Vakuum in dir, in das die Menschen ihre eigenen Wünsche und Vorstellungen projizieren, daher sind sie so leicht enttäuscht, wenn du ihre Erwartungen nicht erfüllst. Ich nickte und sah sie erstaunt an: Rakel mit dem Falkenblick und den wohlgesetzten Worten. Sie lehnte sich nach vorn, so daß die Stuhlbeine mit einem harten Knall auf dem Steinboden auftrafen, blinzelte mich in dem schrägen Sonnenlicht an und murmelte: – Ich möchte bloß wissen, welche

Vorstellungen *du* da hineinprojizierst? Vielleicht deine Bilder von den anderen?

Während ich mir diese Szene vergegenwärtige, denke ich auch: Sie, die fast der einzige Mensch ist, bei dem ich nie den Anspruch empfunden habe, jemand anders zu sein als ich selber, ist zugleich der einzige Mensch, den ich wirklich im Stich gelassen habe.

Ein Vakuum. Als Halbwüchsige habe ich dieses Vakuum als große Dunkelheit empfunden, habe es bei mir selber das schwarze Loch genannt. Ich hatte eine Todesangst davor, eine Angst, es werde mich verschlingen, mich in die schwarzen Strudel des Nichts hinabziehen: Stummheit, Blindheit, Gleichgültigkeit. Manchmal bekam ich auch Angst davor, anderen Menschen nahezukommen, weil ich wußte, dieses Vakuum würde sie erschrecken oder sie mir entfremden.

In den letzten Jahren ist das Bild des Vakuums zu mir zurückgekehrt, diesmal aber in anderer Gestalt. Jetzt ist es eine Landschaft: eine ausgedehnte Wüste. Dort herrscht ein starkes weißgelbes Licht, alles ist Sand, so weit das Auge reicht, nichts gedeiht in dieser Wüste. Nur vereinzelte Felsblöcke durchbrechen die Einförmigkeit der Landschaft, wie in den Raum hinausgeschleudert: spitz und schroff werfen sie sonderbare, scharf umrissene Schatten auf den Sand. Ein großer, freier Blick in alle Richtungen.

Ich sehe die Wüste deutlich vor mir und beginne zu ahnen, daß dies der Ort in mir ist, der meine ganze Stärke in sich trägt, aber auch all meine Schwierigkeiten. In der Wüste sind meine Ruhe und mein Selbstvertrauen, die starke Einsamkeit und die klaren Gedanken, die kühle, unpersönliche Liebe zum Leben. Aber die Wüste birgt auch die Angst, die schwere Einsamkeit, die Sterilität. In mir ist ein Maß an Selbstgenügsamkeit, das mich blind machen kann.

22. August
Erwachte von meinem eigenen Schrei aus einem widerwärtigen Traum. Sitze jetzt mit einem Glas Gin im Sessel am Fenster und versuche mich zu beruhigen. Der Garten flimmert in einem bleichen, verwaschenen Mondlicht, alles ist still. Um den Gin zu holen, mußte ich den pechschwarzen Tischtennisraum mit dem ganzen Gerümpel an den Wänden durchqueren, und der Schreck des Traums machte daraus eine endlose Wanderung. Es läßt sich nicht leugnen, daß ich fand, ich hätte mir den Gin verdient, als ich endlich beim Kühlschrank ankam. Schon lange habe ich keine solchen Alpträume mehr gehabt, dachte, ich wäre sie jetzt los, sie gehörten der Jugendzeit an. Wie töricht. Hatte vergessen, wie entsetzlich sie waren. Ich schreibe den Traum jetzt hier nieder, um ihn, wenn möglich, loszuwerden:

Ich und die Schwester kletterten ein felsiges Ufer entlang, in einem merkwürdig grauen Zwielicht. Wir entdeckten etwas in einem Spalt zwischen den Klippen, es sah aus wie ein gehäutetes Schwein, und als wir uns angeekelt dem unförmigen Klumpen näherten, entdeckten wir zu unserem Entsetzen, daß es ein totes Kind war. Panisch rannten wir davon, stolperten über spitze Steine. Wir gelangten zu einem offenen Platz, auf dem Menschen in Tierhäuten um ein Feuer tanzten. Ungesehen beobachteten die Schwester und ich sie, und plötzlich bemerkten wir eine Schar von Kindern. Sie krochen auf allen vieren mit Schweinehäuten auf dem Rücken herum. Der Häuptling unter den Tänzern stieß ein Geheul aus, und auf einmal stürzten sich die Menschen mit ihren Speeren auf die Kinder. Wir schrien, und die Schwester rannte durch eine Öffnung in der Palisade, die den Platz umgab, davon, rannte über einen langgestreckten, leeren Badestrand. Sie lief aufrecht, mit langen Kälberschritten, völlig ungeschützt auf dem verlassenen Strand. »Jemand ist entflohen!« schrie der Häuptling und schickte zwei Frauen mit langen Speeren hinter der Schwester her. Ich rief sie, aber sie war schon weit fort, und ich versteckte mich weinend hinter einem großen Stein.

Dann war ich plötzlich in einem großen Hotel. Ich suchte nach Karin und nach meinem Arbeitszimmer, ich wollte um eine weitere Urlaubswoche bitten. Ich durchquerte lange Korridore mit verstaubten Teppichböden, in denen kleine Wandleuchten mit geborstenem Licht die Proportionen des Raums verzerrten und mich verwirrten. Ich fand Karin und sagte, ich bräuchte einen längeren Urlaub, ich müsse unbedingt Rakel finden. Sie war einverstanden, aber ich fand aus dem Hotel nicht heraus. Es wirkte jetzt wie ein Krankenhaus, ich durchquerte einen großen Saal mit geisteskranken Menschen, in dem der Häuptling von vorhin jetzt Arzt war. Ich fand einen Aufzug, kam aber in demselben Gebäude nur höher hinauf, in ein Stockwerk, bestehend aus einem einzigen, weitläufigen Raum voller Lesbierinnen. Eine von ihnen fing an, mit mir zu tanzen, einen sonderbaren, erregenden Tanz. Ihre Bewegungen reizten mich, aber ich hatte auch Angst, denn alle Frauen trugen die gleichen Lendenschurze aus Tierhäuten, die ich bei dem Stamm am Strand gesehen hatte. Ich rannte in dem riesigen Gebäude immer im Kreis herum, durch Korridore, über Treppen, durch große Zimmer. Der Häuptling versuchte mich zu verführen, Karin wollte, daß ich wieder arbeite, aber ich rannte einfach weiter.

Schließlich fand ich eine kleine Tür in der Wand und kam wieder auf den Strand hinaus. Ich lief über den heißen Sand, unter einer Sonne, die den Schweiß aus den Poren trieb; es brannte in den Lungen, aber ich konnte nicht stehenbleiben, ich mußte zu Rakel. Ich lief zu einem kleinen Badehaus weit hinten am Strand, wo ich sie mit Gewißheit vermutete. Im Haus saß Rakel und legte für die Schwester einen Stern. Ich blieb an der Tür stehen, sie bemerkten mich nicht. Das kleine Haus war kühl und von einem grünschimmernden, wogenden Licht erfüllt, als wäre alles unter Wasser. Die Schwester blickte Rakel ernst und aufmerksam an, während diese auf einem kleinen Tisch zwischen ihnen die Karten legte. »Ich sehe den Tod«, ertönte Rakels tiefe Stimme, und die Schwester bewegte sich nicht. Ich schrie, die beiden sahen mich überrascht an, blieben aber sitzen. Ich rannte hinaus und warf mich ins Wasser, aber ich konnte nicht ertrinken, sondern trieb immerzu an der Oberfläche. Weinend ging ich zurück ins Haus. Sie saßen da wie zuvor, in dem kühlen Licht waren ihre Bewegungen schwebend, aber präzise. Rakel erhob sich und kam auf mich zu, ich nahm ihre Hand. Sie hatte eiskalte Augen und sagte mit harter Stimme: »Du störst uns, laß mich in Ruhe.« Ich fiel zu Boden, überwältigt von einem stechenden Schmerz unter dem linken Schulterblatt. Ich sah der Schwester an, daß sie erkannte, wie ich mich quälte, sie war traurig und sah mich mitleidig an, aber sie stand nicht auf. Ich wollte zu ihnen sprechen, aber aus meinem Mund kamen keine Worte, nur diese schrecklichen Schreie. Ich sah mich nach einem Messer um; ich wollte sterben, damit der Schmerz ein Ende habe, und ich schrie.

Langsam erhellt die Morgendämmerung meinen Garten. Der Kater des Nachbarn ist aufgetaucht und klettert mit trägen Bewegungen auf der Mauer herum. Als er merkt, daß ich ihn beobachte, führt er eine kleine Pantomime für mich auf: macht einen Panthersprung und wackelt mit dem Schwanz. Der Himmel ist erfüllt von sanftem, feuchtem Licht. Die Flasche ist fast leer, und ich habe mich beruhigt. Der Gin fließt mir wie Mondlicht durch die Kehle und dämpft das rasende Herzklopfen. Bald werde ich wohl Schlaf finden, den Schlaf, den ich so dringend brauche.

Wenn ich mich jetzt beeile, schaffe ich es bestimmt, bevor die Geschäfte schließen, dachte Amelia und schritt noch zügiger aus, als sie es ohnehin tat. Mary war immer noch krank, und Amelia hatte schon seit zwei Tagen vergessen, einkaufen zu gehen. Entlang der Hauptstraße wurden jetzt die Straßenlaternen angezündet, aber das Gefühl von Kälte und Unwirtlichkeit vermochten sie nicht zu verscheuchen. Ein hartnäckiger Sprühregen kroch unter Amelias Kragen, und sie fröstelte. Bald werde ich nasse Füße haben, dachte sie und sah auf ihre Stiefel hinab. Sie beschleunigte ihre Schritte noch mehr und bog schwungvoll um die Ecke.

Eine andere Person war an diesem Abend jedoch sehr darauf bedacht, rasch nach Hause zu kommen; auch diese Person ging sehr schnell und blickte zu Boden, in einen großen Pelzkragen verkrochen, als sie von der anderen Seite aus um die Ecke bog. Der Zusammenprall war gewaltig. Bevor sie wußte, wie ihr geschah, lag Amelia schon der Länge nach auf dem Pflaster, die Beine in den Gliedmaßen eines fremden Menschen verheddert. Ein brennender Schmerz breitete sich in ihrem Gesicht aus, sie stützte sich auf den Ellbogen und betastete ihre Nase: sie hatte Nasenbluten. Sie spürte, wie neben ihr sich jemand hochzurappeln versuchte, jedoch mit einem unterdrückten Jammern auf die Straße zurücksank. Amelia setzte sich auf und kramte ein Taschentuch hervor, das sie auf die Nase preßte. Ein schwacher Parfumduft umwehte sie, und verwirrt versuchte sie sich zu erinnern, woher sie ihn kannte. Durch die Regenschleier blinzelte sie zu der zusammengesunkenen Gestalt hin.

– Ich bitte tausendmal um Entschuldigung, murmelte Amelia hinter dem Taschentuch und versuchte die Übelkeit zu ignorieren, die das verschluckte Blut hervorrief.

– Sind Sie verletzt, fuhr sie fort, da die Person nicht antwortete.

– Mit meinem Fuß ist etwas nicht in Ordnung, ich kann mit ihm nicht auftreten, erklang eine schwache Stimme aus der Dunkelheit.

Die Stimme schien so vage vertraut wie der Parfumduft, und Amelia versuchte ihre Sinneseindrücke zu sortieren, um sie zu dem deutlichen Bild eines Menschen zusammenzufügen. Das Nasenbluten hatte ein wenig nachgelassen, und sie konnte sich vorsichtig ihrer Unglücksgefährtin zuwenden. Zuerst sah sie von dieser nichts anderes als einen kleinen schwarzen Stiefel, der unter einem pelzverbrämten Mantel in einem unheilverkündenden Winkel hervorragte.

– Oh, Sie haben sich bestimmt den Fuß verstaucht, rief sie aus und tastete nach den Armen der Verletzten, um ihr aufzuhelfen. Gerade als sie ein bleiches, sehr vertrautes Gesicht im Regendunst vor sich erblickte, ergriff die andere wieder das Wort.

– Amelia! Bist du das?

– Natalie! Freilich bin ich es. Hast du schlimme Schmerzen? Warte, laß mich dir helfen, wenn du die Arme um meine Schultern legst, kann ich dich stützen.

Unter Aufbietung aller Kräfte gelang es ihr, Natalie in eine einbeinige, aber aufrechte Position zu bringen; dann strömte ihr das Blut wieder aus der Nase, und die beiden Frauen blieben stehen. Natalie lehnte sich schwer gegen Amelia und stöhnte vor Schmerzen.

Ja, lieber Leser, es war also niemand anders als Natalie Glimstone, mit der unsere Heldin zusammengestoßen war. So sonderbar handelt zuweilen das, was wir Zufall nennen, so daß ein ganz alltäglicher Schritt um eine vertraute Straßenecke herum unser Dasein verändern und uns in völlig überraschende Situationen bringen kann. Ich versichere Ihnen, Straßenecken sind besonders begünstigte Spielplätze des Zufalls. Sie schlendern vielleicht einfach so daher, ruhigen Gemüts und einen prallgefüllten Geldbeutel in der Tasche, es ist zehn Jahre her, seit Sie den erfolgreichen Raubüberall auf die Pfandleihe verübten – da biegen Sie um die Ecke und stehen plötzlich Auge in Auge mit der alten Frau, die die einzige Zeugin Ihrer Tat war. Oder Sie gehen eines Abends mit schleppenden Schritten vor sich hin und denken, Ihr Leben sei sinnlos, keiner würde Sie vermissen, wenn Sie in den Fluß sprängen; da biegen Sie um die Ecke, und Ihre Jugendliebe steht da, das Gesicht strahlend vor Freude, als sie Sie erkennt, und Sie gehen zusammen in eine Konditorei und essen Sahnetorte. Die Beispiele sind zahllos, ich bin überzeugt, Sie selbst, lieber Leser, werden sich an eine Reihe von Ereignissen erinnern, die Sie ausgerechnet an Straßenecken überrascht haben. Vielleicht kümmern wir uns in Wirklichkeit viel zu wenig um die Bedeutung dieser schlichten Orte in unserem Leben? Jemand sollte diesem Sachverhalt eine gründliche Untersuchung widmen, und ich bin sicher, das Ergebnis wäre frappierend. Nun gut, ich schweife von unserer Geschichte ab. Da stehen also die beiden Frauen an der Straßenecke, der Regen strömt genauso hartnäckig herab wie zuvor, die eine hat Nasenbluten, die andere kann nicht mit dem Fuß auftreten. Sie wollen sich nicht richtig ansehen und sind dankbar für die schützende Dunkelheit, aber beiden wird auch eine aufkeimende Freude in ihrem Inneren bewußt. Daß ich ausgerechnet mit ihr zusammengestoßen bin! denken sie, und der Geist des Zufalls lächelt in seinem labyrinthischen Himmel.

– Kannst du mit dem Fuß nicht auftreten? fragte Amelia.

Natalie versuchte es, aber mit einer Grimasse des Schmerzes mußte sie zugeben, daß es nicht ging.

– Du mußt zu einem Arzt, stellte Amelia fest, warte einen Moment, ich versuche eine Droschke zu bekommen.

– Nein, nein, das ist nicht nötig, sagte Natalie rasch (Amelia besann sich auf Natalies Arztphobie und lächelte), wir sind doch ganz in der Nähe meines Hauses. Ich denke, es wird bestimmt wieder gut, wenn ich nur einen Umschlag mache und mich ein wenig ausruhe. Könntest du vielleicht …

– *Natürlich* helfe ich dir nach Hause. Wenn du dich auf mich stützt und versuchst auf einem Bein zu hüpfen, wird es schon gehen. Du hast recht, es ist ja ganz nah.

Amelia wischte sich mit dem befleckten Taschentuch die Nase ab und faßte Natalie mit festem Griff um die Taille. So wankten sie los, mit äußerst behutsamen Schritten. Über dem Eingang von Natalies Haus leuchtete eine kleine Laterne, aber sonst war das Gebäude in Dunkelheit und Schweigen gehüllt. Natalie öffnete die Tür und hüpfte schwerfällig zu einer Bank im Flur, auf die sie sich setzte. Amelia schloß die Tür und machte Licht. Sie sahen sich etwas verlegen an, aber es war, als hätten beide beschlossen, die Mißhelligkeiten zu ignorieren, mit denen sie sich die letzten Wochen herumgeplagt hatten. Amelia legte ab und half Natalie aus dem Mantel.

– Möchtest du dich hinlegen? fragte sie,

– Nein, es reicht, wenn ich mich ins Wohnzimmer setze. Im Bad gibt es Verbandszeug, wenn du so nett wärst, es zu holen. Natürlich haben sowohl Rogers als auch Emma ausgerechnet heute abend frei, und es tut mir aufrichtig leid, daß ich dich auf diese Weise belästigen muß.

– Das macht überhaupt nichts, versicherte Amelia, außerdem kann man ja sagen, es ist meine Schuld, daß du den Fuß verstaucht hast. Ich mache dir gern auch ein Abendessen zurecht, wenn du mich nur erst einen Umschlag machen läßt.

Sie half Natalie ins Wohnzimmer und plazierte den Fuß auf einem Schemel. Sie bekamen kaum den Stiefel herunter, der Fuß war angeschwollen und schmerzte bei jeder Berührung.

Natalie biß die Zähne zusammen und machte die Augen zu, als Amelia den Schuh abstreifte.

– Im Bad, hast du gesagt, wie gut, dann kann ich mir auch gleich das Gesicht waschen. Ich sehe bestimmt schrecklich aus?

Sie strich die Haare aus dem Gesicht und betastete vorsichtig ihre Nase.

– Wie ein richtiger Raufhold, antwortete Natalie, und beide lachten. Die erste Tür rechts im oberen Korridor, das Verbandszeug liegt in einem kleinen weißen Kasten im Schrank. »Erste Hilfe« steht darauf.

– Ich finde ihn schon, sagte Amelia und verließ das Zimmer.

Amelia stieg die breite Treppe zum Obergeschoß hinauf und sah sich interessiert um. Sie hatte eine Kerze mitgenommen, und in ihrem Schein betrachtete sie die vielen Gemälde in schweren Goldrahmen, die im Treppenhaus hingen. Ein dicker roter Teppich dämpfte ihre Schritte, und das geschwungene Geländer war blank poliert. Natalies verstorbener Ehemann, Jonathan Glimstone, war ein sehr wohlhabender Kaufmann gewesen, dazu Kunstsammler und Mäzen. Obwohl sie schon so oft bei Natalie zu Besuch gewesen war, hatte Amelia noch nie ihren Fuß in das Obergeschoß gesetzt, und daher betrat sie den Korridor jetzt mit besonderem Interesse. Drei Türen gab es auf jeder Seite, drei genau gleiche Türen. Was mochte sich dahinter verbergen? Mal sehen. Was hatte Natalie gesagt, die erste Tür links? Miss Amelia wußte genau, daß es rechts war, aber sie tat so, als habe sie es vergessen, um einen Grund zu haben, wenigstens einen Blick in die Zimmer zu werfen. Die erste Tür führte in ein kleines Ankleidezimmer: ein samtrotes Kanapee, einen großen Kleiderschrank und einen Toilettentisch, in dessen zahllosen Flakons und Dosen sich das Licht brach, sah Amelia flüchtig, bevor sie sich beschämt wieder zurückzog. Das ist doch kein Grund zum Schämen, ich habe mich ganz einfach vertan, dachte Amelia kaltblütig und öffnete die nächste Tür.

Diese führte ins Schlafzimmer, und das interessierte sie weniger. Und die dritte Tür? Amelia fragte sich, was man mit so vielen Zimmern anfing, und öffnete die Tür; sie hielt die Kerze hoch und versuchte die Gegenstände darin zu erkennen. Überrascht tat sie einen Schritt nach vorn und blieb dann stehen.

Dieses war ein ziemlich großes Zimmer, größer als die beiden anderen, und die hintere Wand bestand aus großen Fenstern. Die Gardinen waren nicht zugezogen, die Kerzenflamme spiegelte sich in den dunklen Flächen der Fenster und tanzte wie ein Irrlicht im Zimmer herum. Ein starker Geruch nach Ölfarbe stach Amelia in die Nase. Mitten im Raum stand eine verhüllte Staffelei, daneben ein mit Farben, Pinseln, Töpfen und fleckigen Lappen übersäter Tisch. Entlang der Wände waren lauter Gemälde aufgereiht, mit der Rückseite zum Zimmer, hier und da mehrere hintereinander. Auch an den Wänden hingen Gemälde, und sie unterschieden sich auf markante Weise von den übrigen im Haus. Sie hatten einfache Holzrahmen und schienen alle von derselben Hand gemalt.

Erfüllt von einer sonderbaren, zitternden Verwunderung, trat Amelia vor eins hin und hob die Kerze. Fast wäre sie zurückgeschreckt: aus dem Bild blickte Miss Crackle auf sie herab. Das Porträt war so ähnlich, daß es fast unheimlich war: die scharfe Nase, die schwabbelnde Rundung des Kinns und der Blick unter halbgeschlossenen Lidern, alles war da. Amelia musterte das Bild gründlich. Ein kleines Lächeln umspielte Miss Crackles Lippen, ein Lächeln, das Amelia in Wirklichkeit noch nie an dieser Dame gesehen hatte. Es war ein schüchternes, etwas ängstliches Lächeln, es bildete einen aufschlußreichen Kontrast zu den übrigen Gesichtszügen und verlieh der ganzen Person einen unsicheren und flehenden Ausdruck, der rührend wirkte.

– Ja natürlich, rief Amelia, das ist Miss Crackle! Wie deutlich es plötzlich wird, daß sie gemocht werden will, daß ein ängstliches kleines Mädchen sich hinter den imposanten Gesichtszügen verbirgt.

Sie lächelte entzückt und ging zum nächsten Bild. Es stellte Mr. Finkle dar und hatte bis aufs I-Tüpfelchen seinen gutmütig neunmalklugen Ausdruck eingefangen. Eifrig setzte Amelia ihren Rundgang fort: überall begegneten ihr bekannte Gesichter, und vor jedem Bild überkam Amelia das gleiche Gefühl, die Person zum erstenmal zu sehen. Sie alle waren mit treffender Ähnlichkeit porträtiert, aber der Künstler hatte bei jedem etwas hinzugefügt, hatte mit zärtlicher Ironie dem Gesicht sein Geheimnis entlockt.

– Fabelhaft, murmelte Amelia und ließ das Licht über die Signatur in der rechten Ecke eines Gemäldes gleiten: N. G. stand da, in schöner, deutlicher Schrift.

Obwohl sie es ja schon geahnt hatte, blieb Amelia wie gebannt stehen und starrte die Buchstaben an. Natalie Glimstone. Natalie malte also. Wie lange hatte sie das schon getan? Vermutlich lange, aus der Anzahl der Bilder zu schließen. Und warum hatte sie das nie erwähnt? Langsam ging Amelia weiter und versuchte die heftige Trauer zu verstehen, die sie plötzlich überkam. Nicht einmal als sie Freundinnen waren, hatte Natalie genug Vertrauen gehabt, um ihr zu erzählen, was sie offenbar so intensiv beschäftigte. Woran konnte das liegen? Vermutlich hat sie es keinem Menschen erzählt, sonst hätte es sich verbreitet, und ich hätte davon erfahren, versuchte Amelia sich zu beruhigen. Aber das half nicht. *Mir* hätte sie es doch wenigstens erzählen können, dachte sie bitter, Natalie weiß doch, daß ich nicht klatsche.

Amelia sah sich im Zimmer um, im geheimen Zimmer der Freundin. Es gab auch andere Bilder, frühere vermutlich (sie waren in der Ausführung weniger gewandt), Landschaften, Stadtszenen, Blumen und Stilleben. Natalie mußte schon seit Jahren gemalt haben. Aufs Geratewohl drehte Amelia ein Bild um, das für sich an der Wand lehnte, aber als sie sah, wen es darstellte, fiel ihr fast die Kerze aus der Hand. In dem stillen Raum stand sie Auge in Auge sich selbst gegenüber.

Es war ein unheimliches Erlebnis; das Bild war täuschend ähnlich, wie alle anderen, aber zugleich war es, als betrachte sie jemand ganz anderen als sich selbst. Das bin ich, dachte Amelia verwirrt, aber ich erkenne mich nicht. Oder erkannte sie sich nur zu gut? Die Amelia auf dem Bild war mitten in einer Geste eingefangen, vermutlich sagte sie gerade etwas. Eine Hand war in einer entschiedenen Geste ausgestreckt, als wolle sie unterstreichen, was sie sagte. Der Blick war warm und intelligent, die Haare lockten sich wie vor Eifer um die Stirn der Porträtierten. Aber irgend etwas an dem Bild verstimmte sie: vielleicht das Rechthaberische in der Bewegung der Hand, vielleicht ein Zug von verbissener Entschlossenheit um den sonst weichen Mund. Die Person auf dem Bild hatte etwas Verschlossenes, etwas Selbstsicheres und ein wenig Belehrendes. Sehe ich wirklich so unerträglich selbstzufrieden aus, dachte Amelia, und wieder stieg Kummer in ihr auf.

Sie drehte das Gemälde wieder zur Wand und wollte gerade aus dem Zimmer schlüpfen, als ihr einfiel, daß sie noch nicht nachgesehen hatte, was auf der Staffelei stand. Es mußte ja das Bild sein, an dem Natalie gerade arbeitete. Amelia kehrte um und ging mit erhobener Kerze zur Staffelei. Sie blieb stehen, schnappte nach Luft und starrte das Bild bestürzt an. Sie hatte gedacht, für heute sei das Maß der Überraschungen voll, aber dieses Bild nahm ihr den Atem. Schwindel überfiel sie und ließ das Bild verschwimmen; Amelia schloß die Augen, aber als sie sie langsam wieder öffnete, war das Bild noch da.

– Das kann doch nicht wahr sein, murmelte sie und trat näher heran.

Das Bild war nahezu fertig, die Ölfarbe glänzte hier und da noch feucht, und nur ein Stück des Himmels war noch unvollständig gemalt. Eine Landschaft breitete sich aus, eine lichtgrüne Wiese, übersät mit weißen Blumen. In der rechten Ecke stand ein großer Baum, der den Ort auf angenehme und friedliche Weise beschattete. Mitten auf der Wiese, an einer kleinen

Quelle, saß eine junge Frau. Sie hatte lange blonde Haare, die in einem leichten Wind zu wehen schienen, und sie trug ein einfaches hellrotes Kleid. Ein Einhorn kniete vor der Frau und hatte seinen schweren Kopf in ihren Schoß gelegt. Die Frau schien das weiße Horn des Einhorns zu liebkosen, und es blickte mit seinen großen schwarzen Augen sanft zu ihr auf. Unaussprechlicher Friede ging von dem Bild aus, eine Zärtlichkeit und Präsenz, die selbst die kleinen Blumen wach und lauschend wirken ließ.

Amelia atmete heftig und fühlte ihr Herz hämmern, als wollte es aus der Brust springen. Fast meinte sie, Vogelgezwitscher aus dem Bild aufsteigen zu hören, und roch den Duft des frisch erblühten Grases.

– Bin ich dabei, verrückt zu werden, murmelte sie und fuhr sich über die Augen, das muß doch Eleanor mit dem Einhorn sein. Was machen sie hier?

Unter heftigem Kopfschütteln lief Amelia aus dem Atelier.

Natalie blickte erstaunt auf, als Amelia mit wildem Blick ins Wohnzimmer gestürzt kam. Die Haare standen ihr vom Kopf ab, ihre Nase war mit geronnenem Blut verschmiert, und sie hatte Stearinflecke auf Händen und Kleid.

– Dieses Bild, keuchte Amelia, dieses Bild – woher kommt es?

– Was meinst du, fragte Natalie und runzelte die Stirn, welches Bild?

Ein flüchtiger Schrecken überzog ihr Gesicht, und sie setzte sich im Stuhl auf.

– Amelia, du wirst doch nicht …

– Ich habe mich vertan, unterbrach Amelia und ließ sich auf einen Stuhl fallen.

– Ich habe mich in der Tür geirrt, und plötzlich war ich in diesem Zimmer voller Bilder – warum hast du mir nicht erzählt, daß du malst, Natalie, sie sind ja unwahrscheinlich gut, deine Bilder! –, und dann habe ich das Bild auf der Staffelei entdeckt. Du mußt mir erzählen, wie es kommt, daß du es malst, liebe Natalie, ich bitte dich!

Natalie sah auf ihre Hände herab. Sie biß sich auf die Unterlippe und schien zu zögern. Amelia sah sie bittend an, und zu ihrem Erstaunen bemerkte sie, daß Natalie errötete.

– Ich weiß nicht recht, warum ich nie davon erzählt habe, begann Natalie leise, aber ich male jetzt schon seit zehn Jahren. Jonathan hat mich dazu ermuntert, und ich hatte so viel Freude daran. Er engagierte einen Lehrer für mich, der mich mit der Perspektive und der Farbenlehre vertraut machte. Als Jonathan starb, verlor ich zunächst die Lust am Malen, es war, als hätte sein Vertrauen mich angetrieben. Aber vor einigen Jahren habe ich wieder damit angefangen, und da bin ich dann zu Porträts übergegangen. Das hat mir wirklich Spaß gemacht! Ich habe meine Freunde aus dem Gedächtnis gemalt, so wie sie mir erschienen, und zu meiner Überraschung wurden die Porträts ziemlich gut. Aber es fiel mir so schwer, darüber zu sprechen. Ich hatte es ja so lange mehr oder weniger heimlich gemacht, es wurde zu einer Gewohnheit. Aber auch deshalb, weil ich mir wie eine Art Betrügerin vorkam, die Menschen ohne ihr Wissen malt.

Sie verstummte und blickte Amelia an, die jetzt aufmerksam nickte.

– Mit dir war es etwas anderes, begann Natalie wieder, ich dachte, du würdest mich verstehen, weil du ja selber Künstlerin bist. Ich bekam richtig Sehnsucht, darüber zu sprechen, jemandem die Porträts und Gemälde zu zeigen. Mehrmals hatte ich vor, es dir zu erzählen, aber jedesmal hat mich irgend etwas zurückgehalten. Ich dachte, du würdest sie bestimmt nicht mögen, es würde dich nicht interessieren. Nein, ich weiß nicht recht, was es war, aber ich konnte es nicht erzählen.

– Ich glaube, ich ahne warum, sagte Amelia leise und sah wieder ihr eigenes Porträt vor sich. Tränen stiegen ihr in die Augen, und sie dachte: Habe ich mich denn überhaupt um Natalie gekümmert? Habe ich denn nie begriffen, was sie mir bedeutete? Sie seufzte und blinzelte die Tränen weg. Aber Natalie sah sie, und vielleicht verstand sie auch, was Amelia bewegte, denn sie berührte leicht ihren Arm und sagte sanft:

– Ich habe dich bewundert, Amelia, du warst so selbständig. Aber manchmal hatte ich das Gefühl, du würdest mir nachsichtig zuhören, wenn ich dir von allem erzählte, was ich gesehen und gehört und gedacht hatte, von allen Menschen, denen ich begegnet war. Ich fühlte mich so oberflächlich und klatschsüchtig, und gleichzeitig wurde ich manchmal wütend, weil du so unnahbar warst.

Dabei sah sie Amelia voller Wärme an, die jetzt ihre Tränen nicht mehr zurückhalten konnte. Eine nach der anderen traten sie ihr aus den Augen und bahnten sich ihren Weg über die Wangen.

– Verzeih mir, murmelte Amelia mit erstickter Stimme.

– Ich bin es, die um Verzeihung bitten muß, weine nicht, Amelia! sagte Natalie mit belegter Stimme. Auch ihre Augen schwammen schon in Tränen.

– Ich war unausstehlich, unverschämt, grausam zu dir damals, als ich über deine Bücher sprach. Ich *wollte* dich verletzen. Ich war wie ein kleines Kind, das Aufmerksamkeit verlangt, und ich habe mich so dafür geschämt. Aber wir waren stolz, alle beide.

Amelia erhob sich und umarmte Natalie stürmisch. Sie lehnten die Wangen aneinander und weinten beide; sie fühlten, wie sehr sie einander gefehlt hatten, und freuten sich unter Tränen, daß sie wieder beisammen waren.

– Au, gib auf meinen Fuß acht, sagte Natalie vorsorglich, als Amelia dem verletzten Fuß zu nahe kam.

– Das Verbandszeug! rief Amelia, das habe ich völlig vergessen. Ich hole es sofort, dann kannst du mir nachher von dem Bild auf der Staffelei erzählen. Weißt du, dieses Motiv hat mich tief berührt, ich möchte so gern wissen, woher du es hast. Aber warte, zuerst der Verband!

Und die beiden Freundinnen lächelten einander herzlich zu, als Amelia nun zum zweitenmal das Zimmer verließ.

Als der Fuß verbunden, Amelia gesäubert, die Teekanne gefüllt und das Brot aufgeschnitten war, setzte sich Amelia wieder auf den Stuhl. Natalie hatte einen Wollschal um den Fuß gewikkelt und sah zusehends munterer aus. Gierig tranken sie vom Tee und blickten einander hin und wieder über die Teetassen hinweg an, gleichsam verwundert darüber, wieder beieinander zu sein.

– Nun, das Bild, sagte Amelia nachdenklich, wie kam es, daß du gerade das Einhorn gemalt hast?

– Tatsache ist, daß ich einen Traum hatte, von einer blonden jungen Frau, die einem Einhorn begegnet. Es war ein so deutlicher und starker Traum, daß ich ihn nicht aus dem Kopf bekam. Dann besann ich mich auf den Mythos vom Einhorn und der Jungfrau, und ich dachte, ich will versuchen, es zu malen. Es war sehr schwierig, ich bin noch immer nicht ganz zufrieden.

– Das Einhorn und der Schoß der Jungfrau, sagte Amelia gespannt, was ist das für eine Geschichte?

– Kennst du sie nicht? Es ist wohl am ehesten eine Sage, ein Märchen, und es geht darin um die einzige Art, wie ein Einhorn zu bezwingen ist, indem man es nämlich dazu bringt, seinen Kopf in den Schoß einer Jungfrau zu legen. Dann wird es fügsam, und die Jungfrau bekommt Macht über das Einhorn. Ich habe als Kind ein Märchen darüber gehört – aber was ist mit dir, Amelia?

Amelia ließ die Teetasse fallen, die sie in der Hand hielt, sie knallte auf den Tisch und zerbrach. Der heiße Tee floß über ihr Kleid, aber sie schien es nicht zu bemerken, sie blickte starr vor sich hin und bewegte die Lippen.

– Was ist dir, Amelia? fragte Natalie erstaunt.

– Die einzige Art, Macht über ein Einhorn zu bekommen, flüsterte Amelia abwesend.

Dann sprang sie auf und lachte, vor Aufregung hüpfte sie auf und nieder.

– Jetzt weiß ich, wie ich es mache, *jetzt weiß ich es!* rief sie.

Entsetzt starrte Natalie sie an.

– O Natalie, sagte Amelia und lächelte der Freundin strahlend zu, du hast mir gerade die Lösung eines *sehr* großen Problems geschenkt. Jetzt erkenne ich, wie ich mit alledem fertig werde, mit Eleanor, mit dem Roman – ja, auch mit Fritz. Ich muß sofort nach Hause und schreiben.

– Fritz, dein Cousin, Sir Forrester? Ich verstehe nicht, sagte Natalie.

– Er ist nicht mein Cousin, das haben wir erfunden. In Wirklichkeit ist er – nein, das erzähle ich dir ein andermal, das ist eine lange und komplizierte Geschichte. Liebste Freundin, du hast mir sehr geholfen. Und das Bild ist wunderbar, wirklich bezaubernd, daran darfst du nicht im geringsten zweifeln. Kommst du jetzt allein zurecht, soll ich dich ins Schlafzimmer hinaufbringen? Es tut mir schrecklich leid, daß ich nicht bleiben kann, aber ich muß es jetzt zu Ende bringen, nachdem ich weiß, wie ich vorgehe. Es ist tatsächlich eine Frage von Leben oder Tod, sagte Amelia ernst.

– Ich komme vorzüglich zurecht, sagte Natalie ruhig, Emma ist bestimmt bald zurück und kann mir später hinaufhelfen. Geh du nur nach Hause an die Arbeit, es freut mich sehr, wenn ich dir irgendwie habe helfen können.

– Mehr, als du dir vorstellen kannst, sagte Amelia zärtlich, und ich verspreche dir, du sollst bald alles erfahren, *alles*. Wir haben uns so viel zu erzählen – ich bin *so* glücklich, daß wir heute zusammengestoßen sind, Natalie, du ahnst nicht, wie sehr du mir gefehlt hast. Und du hattest ganz recht, was meine Romane betrifft.

– Nein, ich war kindisch und töricht, sagte Natalie, aber ich bin auch sehr froh, daß wir wieder Freunde sind und daß du durch ein Versehen meine Bilder entdeckt hast. Wie gesagt, ich habe mich danach gesehnt, dir davon zu erzählen. Mir ist völlig schleierhaft, wovon du sprichst, aber ich werde versuchen, mich zu gedulden, bis du es mir erzählen kannst. Nun geh schon, du zitterst ja vor Eifer!

Und es stimmte, Miss Amelia zitterte am ganzen Körper. Sie räumte den Teetisch ab, holte ein Buch für Natalie und verabschiedete sich. Dann rannte sie durch den Regen nach Hause und ging geradewegs in ihr Arbeitszimmer. Sie ergriff die Feder, tunkte sie ins Tintenfaß und begann zu schreiben. Miss Amelia schrieb ununterbrochen den ganzen Abend und die ganze Nacht hindurch, und als die Morgensonne am Himmel emporstieg, schlief sie auf der Chaiselongue ein.

23. August

Heute gefiel mir die Stadt nicht so recht, die Unordnung, die hier herrscht und die mir sonst immer reizvoll erscheint, ging mir schrecklich auf die Nerven. Ich bin von hier aus ein wenig durch die nördlichen Vororte gestreift, wo die gutbürgerlichen Villenviertel plötzlich durch verfallende Ungetüme von Mietskasernen abgelöst werden, wo die von Restaurants und Geschäften gesäumte Straße plötzlich in ein chaotisches Fabrikgelände mündet. Ertappte mich selbst dabei, wie ich mich nach Stockholms properer, klarer Organisation sehnte, wonach alles sich genau dort befindet, wo man es erwartet. Überall sah ich aufgedunsene Engländer, die mit fettglänzenden Mündern Chips aßen. Mir wurde übel, und ich ging wieder nach Hause. Es lag wohl auch an der Hitze.

Jetzt habe ich mir Eistee gemacht und sitze wieder an meinem Tisch. War wohl obendrein ein bißchen verkatert: ich war gestern in Camden, um Laura zu treffen, aber Joe tauchte auf, und der Abend entgleiste. Er mußte natürlich unbedingt die Feministinnen ärgern, indem er über seinen neuen Job in einem Pornoladen quatschte. Er genoß die Situation offensichtlich, aber mich ermüdete es, und ich wünschte, Laura und ich hätten miteinander reden können. Wir tranken eine Menge Whisky; Joe so viel davon, daß ich ihn von dort wegbringen und auf meinem Sofa übernachten lassen mußte. Als ich aufwachte, war er gegangen, hatte mir aber eine Thermoskanne mit Kaffee hinterlassen und einen Zettel mit der Aufschrift:

Sorry, I had to rush to my precious job. I know I was a pain in the ass yesterday, hope you're not having a headache this morning, love, Joe.

Er war gestern *a pain in the ass*, aber ich muß ihn trotzdem gern haben. Irgendwo verstehe ich auch seinen kindlichen Trotz. (Es ist übrigens komisch, hier in England empfinde ich mich oft nicht als Frau oder Mann, sondern als eine Art beobachtendes Neutrum. Ich kann mich weder mit den Codes für ihre Weiblichkeit noch mit denen für ihre Männlichkeit identifizieren. In gewisser Weise ist das angenehm.)

Na schön, was ich sagen wollte, als ich mich mit dem Tagebuch hinsetzte, war folgendes: Gestern, auf dem Heimweg von Camden, erinnerte ich mich plötzlich (vermutlich unter dem Einfluß des Whiskys) an diesen Abend in Lissabon, als Rakel und ich uns kräftig betranken. Da war etwas, was sie an diesem Abend gesagt hatte und von dem ich wußte, ich müßte es unbedingt im Gedächtnis behalten, und es dann trotzdem vergaß; etwas, was von dem sprudelnden, scherzhaften Ton abstach, den wir angeschlagen hatten, und was ungeheuer wichtig war. Gestern ist es mir wiedergekommen: als ein aus seinem Zusammenhang ausgelöstes Fragment standen die Minuten, in denen sie es sagte, in eisiger Klarheit vor mir. Rakel sagte:

– Du redest und redest von deinem Verrat, schon auf der ganzen Reise läßt dir das keine Ruhe. Aber versteh doch – es ist *dein* Verrat. Ich habe damit nichts zu tun. Wenn du weiter darin herumbohrst, werde ich mich allmählich wirklich einsam fühlen.

Und ich sehe sie vor mir, wenn ich jetzt ihre Worte in mir widerhallen höre: wie sie auflachte, als sei dies auch nur einer unserer drastischen und etwas zynischen Scherze, aber ich sah ihren Augen an, daß sie es ernst meinte. Begreife nicht, wie ich das vergessen konnte. Oder ich begreife es nur zu gut.

24. August
Die Ernte des Tages: eine Postkarte von Eva, eine Postkarte von Mona, ein Brief von der Familie. Nichts von Rakel. Was mag ihr Schweigen bedeuten? Was macht sie daheim in der Stadt, wie sehen ihre Tage aus, woran denkt sie, wen lächelt sie an? Liegt es nur daran, daß die Zeit sich in ihrer Umgebung gerade schneller bewegt als in meiner, oder ist es ein bewußtes Schweigen von ihrer Seite?

Bin heute in der City gewesen, die Hitze hat etwas nachgelassen, ich ahnte eine neue Klarheit in der Luft. Würde es nie Herbst werden? Hatte aus irgendeinem Grund keine Lust zum Arbeiten, ging statt dessen auf einen Sprung in die National Gallery. Habe eine Weile beim Faun gesessen; in den Räumen war es kühl und still, der schläfrige Wächter auf seinem kleinen Stuhl zwischen den Sälen nickte mir freundlich zu. Ich bin jetzt schon oft hier gewesen, und jedesmal wirkt das Bild neu auf mich. Beispielsweise habe ich entdeckt, daß es einen kleinen Hafen, eine Stadt mit Schiffen und Kirchtürmen am anderen Ufer des Sees gibt, sorgfältig ausgeführt in den blauen Bergen des Hintergrunds. Heute kehrten sich meine Gefühle angesichts des Gemäldes vollständig um, und mir schien, der Faun sähe traurig aus. Die Frau ruht da so still, eingesponnen in ihre eigenen Träume, ganz unerreichbar für ihn. Er kam mir heute vor, als sei er ausgeschlossen und als sei er sich dessen bewußt. Ich bildete mir ein, er sähe sich selbst und sei traurig darüber. Seine ganze spielerische Leichtigkeit ist machtlos gegenüber der geheimen, selbstgenügsamen Ruhe der Frau.

Heute fiel mir wieder etwas ein, was Rakel auf der Reise gesagt hatte (fast jeden Tag gehe ich diese Reise jetzt in umgekehrter Richtung durch und versuche die Fragen zu finden, die mir die Antworten eröffnen können. Meine neue Parole: Bekommst du keine Antwort, ist die Frage falsch gestellt. Fang von vorn an), an dem Morgen, als wir die Grenze von Portugal passiert hatten. Wir saßen in der kleinen Bahnhofsbar und tranken schwarzen, sumpfigen Kaffee aus winzigen, fleckigen Porzellanbechern; draußen war das Licht kalt, und ein leichter Morgennebel zog über die gelben Felder. Rakel sah müde und übernächtigt aus und sagte plötzlich: – Wenn du nur wüßtest, wie froh ich bin, daß ich mich schließlich von Thomas getrennt habe. Mein Schuldgefühl ihm gegenüber ist mit jeder neuen Hölle, die wir teilten, nur gewachsen ...

Sie verstummte, vielleicht im Bewußtsein einer schweigenden Übereinkunft zwischen uns, über gewisse konkrete Einzelheiten aus der Vergangenheit nicht zu sprechen. Ein großer, dünner Mann mit zerknittertem nußbraunen Gesicht betrat die Bar. Er trug eine kurze bunte, aber schmutzige Jacke und einen schwarzen Schlapphut. Am Tresen angekommen, schob er den Hut ein wenig nach hinten, und seine glitzernden Augen betrachteten mich. Mir kam es vor, als lächle er, ein wildes, kaltes Lächeln, und aus irgendeinem Grund dachte ich an Lorcas Gedicht über Cordoba und an den Tod. Rakel fuhr fort: Endlich den Schritt von ihm weg tun, endgültig mit ihm brechen, da habe ich vielleicht etwas von der Verantwortung für mich selbst gespürt, die du bei mir so oft (und zu Recht) vermißt hast.

Ich trank von dem öligen, süßen Kaffee und wußte nicht, was ich darauf antworten sollte. Hatte Rakel beschlossen, endgültig mit Thomas zu brechen? – Aber meine Rolle, die Briefe, die ich nicht weiterbeförderte? – Du hast ihm doch geschrieben, sagte ich einfältig, fast anklagend. Rakel lächelte, ihr schönstes und schiefes kluges Lächeln. – Aber ich habe die Briefe an dich geschickt, weißt du, statt an Niklas oder an den Lyriker, sagte sie leise.

Ich starrte sie bloß an und muß total verwirrt ausgesehen haben, denn sie begann plötzlich zu lachen. Bald lachten wir beide, übermüdet und ausgelassen, und ich beugte mich über dem Tisch vor und zischte: – Nimm dich in acht, der Tod persönlich hat die Bar betreten. Aber der Mann mit dem Schlapphut war gegangen, und sie hat nicht verstanden, was ich meinte. Auf den Nebel folgte die Hitze; sie stieg aus den trockenen Feldern auf und schlug uns entgegen, als wir auf den Bahnsteig traten. Der Zug wirbelte gelben Staub auf, als er einfuhr, und ich erinnere mich, daß ich dachte, alles sei eigentlich so unfaßbar einfach.

Die Uhr am Kirchturm schlug neun, als Miss Amelia davon erwachte, daß die Tür zum Arbeitszimmer geöffnet wurde. Sie erkannte Fritz' Schritte und blieb mit geschlossenen Augen auf der Chaiselongue liegen. Sogleich erinnerte sie sich daran, was sie in der vergangenen Nacht vollbracht hatte, sie lächelte und bewegte die Finger der rechten Hand in der Luft. Sie waren vom vielen Schreiben ganz steif geworden.

– Liegst du hier auf der faulen Haut, Amelia, ließ sich Fritz hören, ich habe schon im ganzen Haus nach dir gesucht.

Langsam öffnete Amelia die Augen und blickte Fritz an, der in einem aus dem Flur hereinfallenden Lichtstrahl stand. Draußen hatte sich die Dunkelheit auf die Stadt herabgesenkt, und sie begriff, daß sie den ganzen Tag verschlafen hatte. Sie setzte sich auf, noch immer lächelnd. Fritz sah ein wenig besorgt aus, schien ihr, und für einen Moment empfand sie große Zärtlichkeit für ihn. Sie hatten doch viel Spaß miteinander gehabt.

– Du bist offenbar guter Laune, sagte Fritz neckend – seit wann schläfst du im Arbeitszimmer? Du hast dich wirklich verändert, Amelia.

– Ich habe den Roman umgeschrieben, sagte Amelia ruhig.

– Den Roman über Eleanor? *Wie interessant.* Du mußt mir sagen, wie du es gemacht hast, vielleicht magst du mir ein Stück vorlesen? Wie du weißt, ist es vor allem der Schluß, auf den ich neugierig bin. Ich hoffe aufrichtig, du hast dich bei deiner Arbeit von meiner Erzählung beeinflussen lassen, der Geschichte zuliebe.

– Das kann man wohl sagen, antwortete Amelia, aber ich

möchte jetzt noch nicht davon erzählen. Ich habe mir gedacht, du solltest damit anfangen, deine Geschichte zu Ende zu erzählen.

Fritz sah sie durchdringend an.

– *Eleanors* Geschichte, meinst du. Ich bin doch nur ein demütiges Instrument, das dir ihre Geschichte übermittelt, das verstehst du doch. Schließlich ist es Eleanor selbst, der du begegnest.

– Ja, freilich, lächelte Amelia. Aber magst du mir noch heute abend erzählen, mich zu ihr führen?

Fritz wand sich ein wenig und kratzte sich hinterm Ohr. Er ging zum Bücherregal, zog aufs Geratewohl ein Buch heraus und blätterte darin. Jetzt war Amelia wieder in dieser unangenehmen Stimmung, das gefiel ihm nicht. Er stellte das Buch zurück und sah sie an.

– Sicher kann ich erzählen, wenn du das wirklich wünschst. Es bleibt nicht mehr viel, du wirst das Ende der Geschichte wohl noch heute erleben können. Aber bist du konzentriert genug, mir scheint, du wirkst ein wenig, wie soll ich sagen, abwesend?

– Ich bin bestimmt gleich wieder klar im Kopf, das kommt nur vom Schlafen. Tatsächlich fühle ich mich sehr konzentriert. Und wenn du erzählt hast, werde ich dir mit Vergnügen das Ende meines Romans vorlesen. Ich werde uns Tee machen, und dann können wir hier drinnen sitzen – wenn ich die Petroleumlampe aus dem Flur hole, reicht das doch als Beleuchtung? Die auf dem Schreibtisch qualmt so, das habe ich heute nacht gemerkt, und die Wandleuchten taugen kaum als Lichtquellen.

Sie war wieder fürsorglich und eifrig, und Fritz taute auf.

– Nicht schon wieder deinen labbrigen Tee, verschone mich damit, sagte er theatralisch, kannst du nicht ein wenig Kaffee herbeischaffen? Davon wachst du auch besser auf.

– Ja, irgendwo habe ich noch etwas Kaffee, sagte Amelia nachdenklich und erhob sich. Zur Abwechslung wäre das sicher ganz gut. Vater hat sonntags immer Kaffee getrunken, ich kann mich an den Duft erinnern.

Als Amelia mit dem Kaffee, ein paar Broten und der großen Petroleumlampe zurückkehrte, schien sich Fritz mit der Situation versöhnt zu haben. Er versuchte seinen Schnurrbart mit den Fingern zu glätten, kämmte ihn zufrieden durch. Der Kaffeeduft ließ ihn entzückt lächeln, und galant küßte er Amelia die Hand, als sie ihm eine Tasse reichte. Sie aßen schweigend, wie alte Freunde. Wieder empfand Amelia diese Zärtlichkeit für ihn, wie eine stille Wehmut erfüllte sie ihren Körper, aber sie wußte, sie hatte das einzig Richtige getan. Als Fritz die letzten Brotkrumen aufgepickt hatte, setzten sie sich dicht nebeneinander auf die Chaiselongue und blickten in den Lichtkreis der Petroleumlampe auf dem Tisch.

– Bist du bereit? fragte Fritz.

Amelia nickte entschieden und schloß die Augen. Das gelbe Licht wurde hinter den Lidern zuerst rot, dann leuchtend grün. Obwohl es im Zimmer warm war, spürte Amelia einen kalten Luftzug im Gesicht, er stieg aus Eleanors Geschichte auf. Noch einmal würden sie einander begegnen, noch ein einziges Mal.

In den langen Nächten wandere ich durch die Gänge des Schlosses, versuche den Schlaf in meine Glieder zu bannen. Heute nacht ist überraschend der erste Schnee gefallen, er hüllt den Burghof, die Stallungen, das Waschhaus, die Schuppen und das Schloß in eine dünne, fast durchsichtige Decke. So früh im Jahr ist noch nie Schnee gefallen, ich mache mir Sorgen, da es bis Herbstanfang nur noch ein paar Tage sind und ich nicht weiß, wie ich zu dem Treffen in den Wald gelangen soll. Der erste Schnee schmilzt immer, sage ich mir, er kann unsere Feier nicht behindern. Noch hängen ein paar Blätter in den Wipfeln der Bäume, wie ich durch die Fensteröffnung im östlichen Kellergang sehe; noch einmal werde ich meiner Dame begegnen, bevor der Winter mich im Schloß einsperrt. Als Braut des Einhorns werde ich die dunklen Tage in meinem Schweigen abwarten, die Ankunft des Frühlings erwarten, wenn der Wald sich wieder öffnet. Die Nacht steht groß draußen vor den Mauern des Schlosses, als ich um die Ecke der Säulenhalle biege. In dem großen Saal brennt noch ein einsames Licht, wirft kleine spitze Schatten auf die Säulen und die leeren Tische. Ich kann durch diesen Raum in den Websaal gelangen; viele Nächte habe ich da im Dämmerlicht der Ofenglut gesessen und meine Bilder betrachtet. Ihre Schönheit erfüllt mich mit der gleichen Verwunderung wie alle anderen, ich webe sie, aber sie kommen zu mir wie eine Gabe.

Heute nacht ist der Schlaf weit weg; heute nacht will ich mich in die schützende Stille des Schnees hüllen. In dieser Nacht ist die alte Eleanor mir ganz nahe, und ich mag ihre Unruhe nicht. Ich spüre ihre Atemzüge, ich fühle, wie ihre zitternden Glieder meine rastlose Wanderung lenken, spüre ihre Gedanken in mir herumjagen wie schwirrende Vögel. Sie ist ja nicht ich; ich bin nicht sie, aber die Verbindung zwischen uns besteht noch immer. Meine Dame, warum hast du sie nicht endgültig aus mir vertrieben, nachdem ich dem Einhorn begegnet bin?

Dies ist ihre Unruhe, ihre heimliche Freude: Heute nach dem Abendessen ging ich wie üblich zum Websaal, meine Augen zu Boden gesenkt, als auf einmal eine Hand meine Schulter umfaßte und eine tiefe Stimme ihren Namen sagte: Eleanor. Die Hand war warm und zitterte, er rief sie, und sie antwortete, mit ihrer Haut, die die Berührung entgegennahm, mit ihren Augen, die rasch in seinen blauen Blick sahen. Ich war machtlos, ich war geschwächt, ich war in ihre Gesten eingesperrt. Er heißt Fabrizio, der Blaue, und als er Eleanor ansprach, antwortete sie ihm. Er sagte: Du siehst immer so traurig aus, deine schönen Augen scheinen ein schweres Geheimnis zu bergen. Ich habe dich jetzt schon so lange gesehen, nachts träume ich von dir. Mich beherrscht ein immer stärkerer Wunsch, in diese Augen einzutreten und alles zu teilen, was dich bedrückt. Dein Gang ist leicht wie der einer Hindin, aber es ist keine Freude darin. Dürfte ich mein Leben der Aufgabe widmen, dir Freude zu bereiten, es gäbe keinen glücklicheren Mann als mich.

Sie antwortete, die Falsche, und ich konnte sie nicht daran hindern: Ich habe dich auch gesehen, aber du irrst dich, wenn du meinst, ich sei unglücklich. Du sprichst schön, aber ich kenne dich nicht. Er fuhr fort, gestärkt von dem, was sich in ihrer Stimme regte: Vielleicht bist du nur scheu, vielleicht wartest du wirklich auf mich? Ich habe so lange nach dir gesucht, aber jetzt, da ich dich gefunden habe, weiß ich nicht, ob du mich empfangen willst. Willst du mich nicht kennenlernen? Du gleichst keiner anderen, die ich getroffen habe; ich habe dich erkannt, und du lebst in mir.

Und Eleanor sagte: Ich habe Angst vor dir, du beunruhigst mich. Da packte ich sie und zwang sie davonzulaufen. Aber es war ihr Herz, das mit wilden Freudenschlägen in meiner Brust pochte.

Deshalb muß ich jetzt hier umhergehen, deshalb muß ich wan-

dern, bis ich sie aus meinem Körper herausgezwungen habe. Ich habe nicht geahnt, daß sie so stark ist; ich flüstere das Lied des Einhorns vor mich hin, und sie wird still, aber ich spüre, wie sie sich um ihr Geheimnis sammelt wie die Frucht um ihren harten Kern. Meine Dame, ich bin einsam. Der Schnee leuchtet da draußen mit dunklem Schein, und ich irre durchs Schloß, auf der Jagd nach meinem Schlaf, meiner Leere, meiner Freiheit.

Jetzt nähere ich mich der hinteren Ecke des Saals, in dem noch Licht flackert. Eine dunkle Gestalt kauert auf einer Bank, über den Tisch vorgebeugt, den Kopf auf den Armen. Ich denke, ich kann so leise gehen, daß dieser jemand mich nicht bemerkt. Die Dunkelheit liegt sanft in allen Ecken, und mein Schritt ist ganz leicht. Ich bin fast am Tisch angekommen, als Eleanor plötzlich wie eine riesige Woge in mir aufsteigt: in mein Blut hineinströmt, meine Gliedmaßen durchdringt und mich zum Bleiben zwingt. Ich möchte schreien vor Schreck und besinnungsloser Trauer, aber ich bin wie gelähmt. Sie hat nur auf diese Gelegenheit gewartet; ich dachte, ich würde sie beherrschen, aber sie hat abgewartet und ihre Kräfte gesammelt. So stark ist sie jetzt in mir, daß ich fast stolz bin auf ihre List und mich an ihrer Freude freue. Was geht in mir vor? Meine Dame, wo bist du?

Der Mann am Tisch hebt langsam seinen Kopf und sieht uns an, sieht sie an. Sein Gesicht erhellt sich von innen, von dem, was zwischen ihnen wächst. Er ist es, Fabrizio – habe ich das nicht die ganze Zeit gewußt? Eleanor, Eleanor bin ich, Eleanor geht zu ihm hin und berührt verwundert seinen Kopf. Behutsam nimmt er ihre Hand, meine Hand, und küßt sie. Etwas birst in mir, bricht auf: das Geräusch von Stoff, der mitten durchgerissen wird, oder von Glas, das zersplittert; und ich blicke ihn mit brutaler Wachheit an. Es ist, als wäre ich nackt vor seinem blauen Blick. Und er steht auf, mein Geliebter, und zieht mich in seine Arme. Ich fühle sein Herz unter dem Gewand, ein warmes Tier, das seine Bewegungen auf meinen Körper überträgt. Der säuerlich metallische Geruch, den er ausströmt, erscheint so vertraut und doch so fremd. Zärtlich streicht er mir übers Haar und atmet warm an meinem Gesicht. Ich sehe ihn: ich trete geradewegs in seine meerblauen Augen ein wie in eine Welt, wandere tiefer und tiefer hinein. Eleanor; ich sehe mich selbst in seinen Augen, aber auch das, was niemals ich ist, das, was immer eine andere ist. Er lächelt, und von der Freude, die in mir hochschießt, schwindelt mir vor Augen.

Ich habe dich erwartet, und nun bist du hier. Jetzt lasse ich dich nicht mehr gehen, sagt er.

Jetzt bin ich eins, ich bin Eleanor: ich bin heimgekommen.

Zusammen gehen wir langsam durch den Gang zu seinem Zimmer, und unsere Gesichter sind im Schneelicht ganz weiß.

In farbenprächtigem Gewoge bewegen sich die Menschen über den blankgescheuerten Boden des großen Schloßsaals. Jemand ergreift meine Hand und zieht mich in den Tanz hinein: zwischen lächelnden Gesichtern, warmen Händen und fröhlichen Grüßen lasse ich mich führen. Füße stampfen den Takt, wir fliegen dahin. Die Musikanten in der Ecke sind rot im Gesicht und spielen immer wilder, wir tanzen zwischen den brennenden Kandelabern, die Tische entlang den Wänden biegen sich unter Früchten, Wein, knusprig gebratenem Geflügel, frisch geerntetem Gemüse, großen Broten, Süßigkeiten. Am anderen Ende des Raums sehe ich Fabrizio, über die Köpfe der anderen hinweg winken wir uns zu. Heute abend auf dem Herbstfest haben wir uns verlobt, die Königin hat uns ihren Segen gegeben. Im Frühjahr werde ich seine Frau; meine Freude ist groß und macht meinen Geist klar. Alle nebligen Träume des Sommers sind verflogen, als wäre ich auf einmal geweckt worden und sähe wieder, was sich um mich her bewegt. Vage Erinnerungen glimmen tief in mir, an Spiele und Riten und Reisen, aber ich kenne das Lied nicht mehr, und die Dame kommt nachts nicht mehr zu mir. Ich habe gewählt, und dies ist jetzt meine Welt. Ich werde nicht in den Wald zurückkehren.

Miranda fällt mir um den Hals und beglückwünscht mich, wir ziehen uns aus dem Tanz zurück und lehnen schwer atmend an der

Wand. Sie hält mich umfaßt, ich rieche ihren süßen Schweißgeruch, als sie mir ins Ohr flüstert, ich sei schön. Ich lächle ihr zu und schüttele den Kopf: wir sind wieder Freundinnen. Sie nimmt meine Hand und betrachtet den Ring an meinem Finger, Fabrizios Ring mit dem großen blauen Stein. Sollen wir mehr Wein trinken? Oder uns wieder in den Tanz stürzen? Die Wärme flimmert im Saal, es riecht säuerlich nach Menschenleibern und Früchten, ein wenig herber von den Kerzen, die qualmen und schwarze Rauchkringel zur Decke senden. Die Königin lacht drüben auf ihrem Stuhl und unterhält sich mit den Gästen, Herren in sonderbaren Gewändern.

Laß uns hinausgehen, sage ich zu Miranda, und sie hakt mich unter. Ich werfe Fabrizio eine Kußhand zu, als wir durch die Säulenhalle gehen. Miranda tut vertraulich und möchte über ihre Liebesträume reden, ich höre ihr zu, denke aber daran, wie schön Fabrizio sich im Tanz bewegt und wie ihn alle für seine ernsthaft freundliche Art mögen. Er ist kein leichtfertiger Wortbrüchiger oder eitler Plauderer wie so viele von den Höflingen.

Auf der Schloßtreppe bleiben wir stehen und atmen die kühle Nachtluft ein. Der Schnee ist geschmolzen, und der Wind ist lau; die Ernte war gut, und alle sind heiter gestimmt an diesem letzten Festabend vor dem Winter. Ich bemerke, daß es sternenklar ist, und zeige Miranda den Großen Wagen, sie drückt sich an mich und fröstelt in ihrem dünnen Kleid. Laß uns ein wenig in den Garten gehen, bittet sie, und ich weiß, daß sie mir all ihre Geheimnisse anvertrauen will. Wir gehen hinab in die Dunkelheit, hören aber noch die Musik hinter uns, zwei dünne Melodiefäden, denen wir zurück ins Licht des Saals folgen können. Miranda spricht, sie lehnt sich an mich und flüstert eifrig, führt mich tiefer und tiefer in den Garten hinein. Mir ist noch warm vom Tanzen, mein Körper dampft, ich mag meine leichten Gedanken nicht sammeln, sondern lasse sie frei in mir herumwirbeln.

Wir sind fast an der südlichen Gartenmauer angekommen, als ich eine Bewegung in der dunklen Toreinfahrt wahrnehme. Miran-

da bleibt stehen und nimmt meine Hand, auch sie hat bemerkt, daß da jemand ist, und hält mich zurück. Auf einmal friere ich, die Kälte steigt in mir hoch und läßt meine Gliedmaßen erstarren. Die Gestalt löst sich aus der Dunkelheit, und als sie einen Schritt auf mich zu tut, erkenne ich den Faun. Er winkt mich näher heran, und ich gehe ihm mit schweren Schritten entgegen, obwohl ich umkehren und in den Saal zurücklaufen möchte. Miranda bleibt stehen, ich spüre ihre Angst und höre ihre kurzen Atemzüge.

Schwesterchen, hast du uns vergessen, sagt der Faun leichthin, packt mich dabei aber am Arm. Wie soll ich erklären, daß ich nicht mehr eine von ihnen bin? Du bist nicht gekommen, wie es ausgemacht war, sagt er, und seine Augen sind hart wie gelbe Glaskugeln. Ich konnte nicht, sage ich, ich kann nicht mehr zu euch kommen. Ich habe jetzt das Schloß gewählt. Und ich halte ihm die Hand mit dem blauen Ring entgegen, als wolle ich ihm zeigen, wem ich angehöre. Sacht schüttelt der Faun den Kopf: Nein, Schwesterchen, du hast nicht gewählt. Auf einmal zieht er mir den Ring vom Finger und schleudert ihn in hohem Bogen in den Garten. Du mußt mir jetzt folgen, Sie erwartet dich, sagt er, und der Griff an meinem Arm wird härter. Du und ich, wir spielen heute nacht das ernsteste Spiel, das letzte Spiel. Ich versuche mich loszureißen, aber er ist stärker, er zieht mich zum Tor hin, und ich höre die Musik des Festes nicht mehr. Ich drehe den Kopf und sehe Miranda wie versteinert da stehen und uns anstarren. Ich will sie rufen, doch die Zunge ist in meinem Mund wie gelähmt, ich bringe kein Wort heraus. Mein Körper ist ganz schwer, und ich denke: Fabrizio, Fabrizio! Das letzte, was ich sehe, bevor das Tor hinter uns zuschlägt, ist Mirandas Gesicht unter dem Apfelbaum. Dann nur noch die Stille des Waldes.

Langsam verblaßte Eleanor, und Amelia sah wieder das Arbeitszimmer um sich her, aber verzerrt, schief und wogend. Sie hatte Tränen in den Augen. Die Petroleumlampe auf dem Tisch hatte angefangen zu qualmen, mit einer automatischen Bewegung beugte Amelia sich vor und schraubte den Docht herunter. Sie wischte die Tränen weg und holte tief Luft. Fritz sagte nichts, er saß zurückgelehnt in den Kissen und betrachtete Amelia unter halbgeschlossenen Lidern. So war es also ausgegangen, das war es, was Fritz ihr hatte erzählen wollen. Amelia hatte alles klar vor Augen, aber sie konnte nicht umhin, mit leiser, tonloser Stimme zu fragen:

– Aber warum mußte sie sterben?

– Das verstehst du doch, antwortete Fritz, ohne sich zu rühren, das ist das unausweichliche Ende ihrer Geschichte. Sie hat ihr Gelübde gebrochen, sie hat gedacht, Liebe sei etwas, was ihr gehörte und worüber sie verfügen könne, während es natürlich so war, daß *sie* der Liebe gehörte, jener Liebe, die größer ist als die kleinen Leben und Geschichten der Menschen.

– Liebe, sagte Amelia zögernd. Sie fühlte sich bedrückt und war noch mitten in der Geschichte, voller Empathie und Mitgefühl für Eleanors Schicksal.

– Du hast sie also umgebracht, sagte sie ruhig.

Fritz nickte, sagte aber nichts. Er schien Amelia mit besonderer Wachsamkeit zu beobachten, als wolle er ihre Gedanken und Gefühle lesen. Miss Amelia holte ihr Taschentuch hervor und schneuzte sich vernehmlich. Dann strich sie sich das Haar aus der Stirn und stand auf. Plötzlich besann sie sich auf ihren Roman, und eine stille, starke Freude erfüllte sie und ließ sie in sich gekehrt lächeln.

– Dann sollte ich wohl von meinem Roman erzählen, sagte sie und trat ans Fenster.

Sie drückte die Nase an das kalte Glas und versuchte in die Dunkelheit hinauszuspähen. Das Licht vom Nachbarn zersplitterte zwischen den Ästen der Kastanie, die sich im Wind bewegten, und fiel in glitzernden Kaskaden in Amelias pechschwarzen Garten.

– Es wird interessant sein zu hören, was du gemacht hast, sagte Fritz höflich.

Amelia sah ihn an. Er musterte seine Hand, pulte an seinen Nägeln herum und hielt dann die Finger vor sich gespreizt. Das Lampenlicht ließ sein Gesicht weich erscheinen, und er sah kühl und unbeteiligt aus. Aber trotz seines scheinbar unbekümmerten und zerstreuten Gehabes ahnte Amelia, daß er angespannt, vielleicht sogar beunruhigt war. Ja, das würde wirklich interessant werden.

Amelia ging zum Schreibtisch, setzte sich und hob die Mappe mit den vollgeschriebenen Blättern hoch. Sie wog sie in der Hand, genoß ihr Gewicht und drehte den Stuhl zu Fritz hin. Der hatte sich jetzt auf der Chaiselongue ausgestreckt und sah sie freundlich an.

– Über eine Sache habe ich nachgedacht, begann Amelia (sie klang jetzt völlig ruhig und sachlich). Dieses Gespräch, das wir am ersten Tag hatten, nach unserer Begegnung im Park. Du hast mit mir über Logik gesprochen (hier lächelte Miss Amelia ein wenig schief), und ich meine mich zu erinnern, daß du gesagt hast, jedes Leben sei eine Geschichte. Nicht wahr?

Fritz nickte zufrieden:

– Genau, das war der Grund, warum ich fand, du solltest ein wenig Verantwortung für die Geschichte empfinden, die dein Leben ausmacht.

– Ich erinnere mich, sagte Amelia. Aber hast du nicht auch

gesagt, alle Geschichten hätten ein Eigenleben, Geschichten *seien* Leben?

– Mhm, alle Geschichten haben ihr Eigenleben, deshalb war ich böse auf dich und deinen dämlichen Roman, du wußtest doch überhaupt nichts von Eleanor und ihrer Geschichte, sagte Fritz im lässigen Tonfall, aber Amelia entging nicht ein wachsames Glitzern in seinen Augen.

– Jetzt weiß ich um so mehr, sagte Amelia leise, fast wie zu sich selbst, und wog die Mappe in der Hand.

Nachdenklich biß sie sich auf die Unterlippe und schien zu zögern, dann schlug sie die Mappe auf und blickte Fritz starr an.

– Am Anfang des Romans habe ich nicht viel verändert, sagte sie, wo ich erzähle, wie Eleanor und Fabrizio sich ineinander verlieben und einander am Bach ewige Treue schwören. Erst das Ende habe ich völlig umgeschrieben.

– Soo, du beginnst also doch mit dem romantischen Geschwätz, sagte Fritz und runzelte die Brauen.

– Nein, unterbrich mich jetzt nicht. Wenn ich erzählen soll, mußt du bitte schweigen und zuhören. Wo war ich stehengeblieben? Ach ja, ein paar Tage nach dieser Begegnung am Bach ist Eleanor im Wald unterwegs und pflückt Blumen, als plötzlich ein Faun zwischen den Bäumen hervortritt und sie anspricht.

Fritz hellte sich auf und lächelte breit, als er das hörte, Amelia blätterte weiter in ihrem Manuskript und fuhr fort:

– Der Faun preist Eleanors Schönheit und lockt sie zu sich in den Wald. Er spielt und singt ihr vor, so daß sie alles andere vergißt. Er hält sie im Wald gefangen, sie tanzt mit ihm, ernährt sich von Beeren und Kräutern und erinnert sich nicht an ihr Leben im Schloß. Der Faun erzählt ihr Märchen vom Einhorn und weckt in ihr die Sehnsucht, dieses schöne Geschöpf zu Gesicht zu bekommen. Aber dann, eines Tages, als Eleanor an einer Quelle sitzt und ihre hellen Haare kämmt, schleicht sich der Faun an und küßt sie. Als sie seine Lippen auf den ihren spürt und gleichzeitig ihr eigenes Bild im Wasser sieht, erinnert sie sich plötzlich an alles: das Schloß, ihre Pflichten, Fabrizio. Sie begreift, daß sie verzaubert und gefangen ist, läßt aber den Faun nichts davon merken. Er ist sehr fröhlich und erzählt ihr, daß sie das Einhorn treffen wird, er küßt sie wieder und singt, aber sie verbirgt ihre Erkenntnis in ihrem Herzen und läßt sich nicht mehr täuschen.

Fritz bewegte sich ein wenig auf der Chaiselongue und sah Amelia wütend an.

– Was soll denn das? Das klingt ja fast noch schlimmer als die erste Version, sagte er mürrisch und zwirbelte den Schnurrbart zwischen den Fingern.

– Jetzt werde ich dir den Schluß vorlesen, sagte Amelia ruhig und kümmerte sich nicht um seinen Einwurf.

Aber ihr Herz pochte laut, und sie merkte, daß ihre Hände feucht waren von Schweiß. Sie rückte die Schreibtischlampe näher heran und suchte die richtige Seite. Dann räusperte sie sich und begann mit klarer Stimme zu lesen:

> Die schöne Eleanor flocht ihre Haare und lächelte den Faun an, der neben ihr auf einem Stein saß und auf seiner Flöte spielte. Sie blieb still und gab vor, von seinen Tönen bezaubert zu sein, aber in ihrem Herzen wußte sie: sie war gefangen, und sie mußte sehen, wie sie von hier fortkam, zurück zu ihrem geliebten Fabrizio. Welche Sorgen er sich machen mußte! Wie lange hielt sie sich überhaupt schon hier im Wald bei dem Faun auf? Das wußte sie nicht, aber sie merkte, daß das Grün der Bäume dunkler war als zu der Zeit, da sie zum erstenmal zum Blumenpflücken gegangen war, und daraus schloß sie, daß Wochen vergangen sein mußten.
>
> Der Faun hörte auf zu spielen und kam zu ihr, nahm ihre Hand und half ihr auf. »Du bist so schön, mein Mädchen«, sagte er und berührte ihren blonden Zopf, »heute wirst du

dem Einhorn begegnen, dem geheimnisvollsten und mächtigsten Geschöpf des Waldes.« Aber bei sich dachte der Faun: Und wenn du ihm begegnet bist, schönes Mädchen, dann gehörst du nur mir. Dann verläßt du den Wald nie mehr. Denn der Faun wußte, daß die Macht des Einhorns über das Gemüt der Menschen groß war.

Eleanor nickte und zeigte mit keiner Miene, daß sie durchschaut hatte, was der Faun plante. »Wenn du nur ein wenig wartest, wird es gleich kommen«, fuhr der Faun fort, »ich sitze hier auf dem Stein und spiele das Lied des Einhorns. Das wird es anlocken.«

Eleanor stand ganz still im Gras. Um sie her spielten die Tiere des Waldes, sie hatten keine Angst mehr vor ihr; sie konnte die Vögel zwitschern und die Fische im Bach hochschnellen hören. Auch sie hatte keine Angst, die edle Eleanor. Ihre treue Liebe gab ihr Mut, und sie stand regungslos im Gras.

Auf einmal verstummte alles um sie her, der Wald schien den Atem anzuhalten. Zwischen den Linden näherte sich ein Geschöpf. Sein Körper schimmerte weiß wie Schnee, es bewegte sich leicht und kraftvoll zugleich. Es hatte ein großes weißes Horn zwischen seinen dunklen Augen, und es kam auf sie zu. Auch der Faun war verstummt, mit der Flöte im Schoß saß er auf dem Stein. Eleanor sah ihren Gefangenenwärter nicht an, aber sie konnte ihn hinter sich spüren, und ihr Herz war voller Haß und Abscheu für ihn und seine falschen Lieder. Hocherhobenen Hauptes stand sie da und sah das Einhorn näher kommen. Es erinnerte an ein Pferd, war jedoch viel größer, und das weiße Horn war mit nichts zu vergleichen, was Eleanor je gesehen hatte. Als das Einhorn auf sie zukam, sah sie unerschrocken in seine sanften dunklen Augen. Wie traurig seine Augen waren – sie konnte unmöglich Angst vor ihm haben. Statt dessen berührte Eleanor das weiche Maul, den Kopf und das harte, blanke Horn des Einhorns. Dann ließ sie sich mit einer anmutigen Bewegung ins Gras sinken und streckte ihre Arme nach dem Einhorn aus. »Komm«, sagte sie leise.

Das Einhorn schien zunächst zu zögern, dann ging es in die Knie und legte ihr seinen großen Kopf in den Schoß. Es hielt still und ließ sich von ihr streicheln; sie blickte in seine Augen und fühlte Jubel in sich aufsteigen. Sie hatte es geschafft, sie hatte das Einhorn bezwungen, wie es nur eine Jungfrau vermag.

Hinter sich hörte sie den Faun wütend zischen, als er sah, was geschah, und sie hörte ihn rufen: »Versuche ja nicht, mich zu überlisten, schöne Jungfrau, du gehörst mir, und ich werde dich bei mir behalten; wenn es sein muß, mit Gewalt. Lieber töte ich dich, als dich zu verlieren!«

Behutsam schob Eleanor den Kopf des Einhorns zur Seite und erhob sich. Sie drehte sich um und sah stolz den Faun an, der sich näherte, die Hände wie zum Schlag erhoben. Eleanors eine Hand ruhte auf der weichen Haut des Einhorns, sie fühlte das schöne Tier unter ihrer Berührung erzittern. Mit der anderen Hand griff sie in ihr Kleid und umfaßte Fabrizios geheimes Geschenk, das sie dort verborgen hatte.

Zitternd vor Wut wollte der Faun sich auf sie stürzen. Da zückte Eleanor mit einer raschen Bewegung den kleinen perlenbesetzten Dolch und stieß ihn ohne Zögern tief in sein Herz. Mit einem Schrei fiel der Faun zu ihren Füßen nieder. Er preßte die Hände aufs Herz, konnte aber weder den Dolch herausziehen noch das Blut aufhalten, mit dem das Leben aus ihm herausströmte.

Bald wurde er still, stieß ein letztes Stöhnen aus und verdrehte die Augen zum Himmel. Er war tot, er war in die dunklen Gefilde zurückgekehrt, aus denen er einst gekommen war. Mitleidig blickte die schöne Eleanor auf den toten Faun herab, aber bei sich wußte sie, sie hatte das einzig Richtige getan. Nun konnte sie zu Fabrizio zurückkehren. Graziös bestieg sie den Rücken des Einhorns. »Bring mich zu meinem Geliebten«, flüsterte sie in das weiße Ohr, und sogleich galoppierte das Einhorn davon. Durch den Wald ging es dahin, zwischen den Bäumen, über Steine und Wiesen, auf das Schloß zu. Eleanors Haare lösten sich im Wind und standen wie ein Wimpel hinter ihr ab. Sie lachte glücklich und beugte den Kopf zurück. Über ihr wogten die Baumwipfel sacht, Wolken zogen über den Himmel, und Vögel flogen zwitschernd um sie herum. Es war ein herrlicher Hochsommertag, und Eleanor war aus der Gefangenschaft befreit.

Es war ganz still im Zimmer, nachdem Amelia aufgehört hatte zu lesen. Sie schlug die Mappe zu und fuhr selbst bei dem harten Knall zusammen. Noch hatte sie Fritz nicht angesehen.

– Ja, und dann endet es damit, daß Eleanor genau in dem Moment im Schloß ankommt, als Fabrizio dabei ist, sich mit einer anderen zu verloben. Er hatte gedacht, sie sei tot, und als er sie sieht, ist er überglücklich. Sie heiraten und werden sehr glücklich – ich will keinen tragischen Schluß, weißt du, nicht nach dem ganzen Gewäsch von Miss Crackle.

Amelia sprach forciert, sie hörte selbst, wie schrill ihre Stimme klang, und verstummte. Sie blickte zu Fritz auf. Regungslos saß er auf der äußersten Kante der Chaiselongue, die Hände im Schoß gefaltet, und sah sehr traurig aus.

– Amelia, war das wirklich notwendig? sagte er leise und sah sie ernst an.

– Ja, es war notwendig, sagte sie ruhig und erwiderte seinen Blick.

– Begreifst du, was du getan hast? Er seufzte.

– Ja, sagte Amelia wieder, ich glaube, ich begreife es. Wenn Geschichten Leben sind und Leben Geschichten – dann müssen Geschichten auch Leben geben können. Dann habe ich Eleanor ins Leben zurückgeschrieben. Fritz, ich konnte sie nicht so sterben lassen, fügte Amelia still hinzu.

Fritz antwortete nicht. Er erhob sich, nahm den Stock und die Melone, die er auf den Stuhl gelegt hatte; stand da und hielt die beiden Sachen in den Händen und blickte darauf herab. Er bürstete ein paar unsichtbare Stäubchen vom Hut und setzte ihn auf. Dann sah er Amelia an und schüttelte langsam den Kopf.

– Nicht einmal den perlenbesetzten Dolch hast du mir ersparen können, sagte er wehmütig.

Amelia schluckte. Irgendwie hatte sie ja gewußt, was geschehen würde, trotzdem fühlte sie sich jetzt ganz melancholisch. Sie *hatten* viel Spaß zusammen gehabt, sie und Fritz, und er hatte ihr viel beigebracht.

– Ja, dann bleibt mir wohl nur noch, Lebewohl zu sagen, sagte Fritz und hob die Hand zum Gruß.

Rasch stand Amelia auf und nahm seine Hand.

– Leb wohl, Fritz, sagte sie mit belegter Stimme.

– Leb wohl, Amelia, sagte er und sah sie lange an.

Dann begann er auf einmal zu lachen, dieses klingende, perlende Lachen, das Amelia gelernt hatte, überall herauszuhören. Er schwang den Spazierstock, so daß der Knauf im Lampenlicht blitzte, und winkte ihr lächelnd zu.

Dann war er verschwunden. Die Seiten, die Miss Amelia auf dem Boden verstreut hatte, flatterten auf und legten sich dann wieder zurecht. Im Zimmer wurde es still. Aus weiter Ferne hörte Amelia die Kirchturmuhr schlagen, aber sie zählte die Schläge nicht.

25. August
Träumte heute nacht:

Ich ging nachts in einer Stadt spazieren, vielleicht in Stockholm. Es regnete, ich trug einen dünnen schwarzen Regenmantel, der bei jedem meiner Schritte raschelte. Aber trotz des Regens war es warm in der Luft, und ich trug nichts unter dem Mantel. Barfuß war ich auch, und ich trat in die Pfützen, um zu spüren, wie der lauwarme Schlamm zwischen den Zehen hochquoll. Es war ganz still, nur das Geraschel meines Regenmantels und das Tröpfeln des Regens waren zu hören. Ich trat durch eine große grüne Eingangstür, deren Oberteil aus einem Bogen bestand, und kam auf einen Hinterhof voller Gerümpel. Rostige Fahrradteile, Mülleimer, feuchte alte Zeitungen, Vogelskelette, angefaulte Apfelsinen, Kartons, ein vergessener giftgrüner Ball, ein Paar abgetretene Fußballschuhe, ein Bretterstoß. Es gefiel mir, dort zu sein, ich war sonderbar aufgedreht und fröhlich und ging herum und sah mir alles an. Eine silberhelle Mondsichel zeichnete sich durch den Regen am Himmel ab. Ich war gerade zu einer großen Tonne mit Regenwasser gegangen, um mich in ihrer Oberfläche zu spiegeln, als ich die Tür schlagen hörte, und gleich darauf Schritte hinter mir. Ich wußte, daß es F. war. »Dreh dich nicht um«, sagte er und trat dicht an mich heran. Ich war sehr erregt. Er hob meinen Regenmantel und drang von hinten in mich ein; ich beugte mich über die Regentonne und sah mein Gesicht im Wasser zittern. Der Regenmantel raschelte, und ich genoß es. F. hielt mich fest an den Haaren gepackt und verhinderte, daß ich mich umdrehte. Als er seinen Griff lockerte, versuchte ich den Kopf zu drehen; plötzlich wollte ich so gern sein Gesicht sehen. Ist es wirklich F.? dachte ich. Aber bevor ich ihn sehen konnte, schrie er auf und drückte mein Gesicht ins Regenwasser. Es war kalt und schmeckte nach Erde.

Ich erwachte und merkte, daß es regnete. Ein richtiger kühler Regen, der an den Fenstern herabströmte. Herrlich! Jetzt habe ich gefrühstückt und ein bißchen gelesen. Sonderbarer Traum. Ich vermute, er hat etwas mit diesem letzten Gespräch mit F. zu tun. Und diese Sache, daß ich ihn *sehen* wollte, plötzlich daran zweifelte, daß er es war – das ist ja ziemlich symptomatisch für unser Verhältnis. Nie zu wissen, wo er ist oder wie lange er bleiben wird. Aber ich mag nicht mehr psychologisch denken, ich habe es so satt, Träume zu deuten und zu versuchen, alles zu *verstehen*. Außerdem träume ich ungeheuer viel hier in London.

Denke heute an Rakel, wie fast an jedem Tag. Ich glaube, ich werde ihr schreiben – es ist merkwürdig, daß sie nichts von sich hören läßt. Kein Lebenszeichen seit jenem Telefongespräch. Aber ich mag mir auch keine Sorgen mehr machen. Es ist eigentlich ganz angenehm, manche Dinge auf diese Weise satt zu bekommen, leer zu werden. Einfach dazusitzen und dem Regen zuzusehen, der das Grün des Gartens fast aus sich selbst heraus leuchten läßt, und zu spüren, wie erfrischende Kühle durch die halbgeöffneten Türen hereinströmt.

27. August

Soeben von der Arbeit des Tages in der Bibliothek heimgekehrt, lege ich mich aufs Sofa und lasse die Gedanken langsam verebben, ausklingen: lausche in die wachsende Leere hinein. Wenn ich fast eingeschlafen bin, wenn ich mich tief genug in den Schlaf hineinversenkt habe, damit mich diese spezielle Leichtigkeit erfüllt (beginnend als schweres, fallendes Gefühl, ein

Fallen nach innen und hinab mit blutgefülltem, regungslosem Körper – verwandelt es sich plötzlich in ein Schweben, in diese leichte Körperlosigkeit), die mir ankündigt, daß mich bald die Bilder des Traums durchziehen werden, dann kann ich die Augen wieder öffnen und bin wach und erfrischt. Mit den Jahren habe ich meine Nachmittagsschläfchen in das langsame Erleben des Einschlafens verwandelt.

Jetzt wieder im Sessel, mit der Teetasse und dem schwarzen Buch. Noch ein sonnenheißer Nachmittag nach dem Nieselregen heute morgen. Habe schon immer die Nachmittage geliebt, das Langsame, Stagnierende daran. Nachmittags sind die Stunden sanft und ausgedehnt; in meinem Kopf hört das Ordnen, Kommentieren, Analysieren auf, und dafür setzen die Bilder, Bewegungen und das Ablesen ein. Im großen, ruhigen Raum der Nachmittage kann ich mein Leben lesen, ohne mich zum Eingreifen gedrängt zu fühlen. Die Ordnung der Pflicht wird von jener der Gnade abgelöst; der Erzähler wird zum Leser. Es hat mir stets gefallen, (nachmittags) mein Leben als Roman zu betrachten, ich genieße dann das unpersönliche Verhältnis zu mir selbst. Dadurch wird die Einsamkeit gelindert, das Rasende gestillt, das Sehnsüchtige getröstet und das Undeutliche geschärft.

Wie üblich hüpfen die fetten Spatzen im Garten herum: die Katze lauert träge oben auf der Mauer. Ich bemerke, daß das Gras in den Wochen, die ich hier verbracht habe, deutlich vergilbt ist. In der linken Ecke des Gartens steht ein Rasensprenger und versprüht einen dünnen, müden Strahl. Die Blätter der weinroten Büsche glänzen unter den Tropfen, und die Erde im Umkreis des Rasensprengers wird schwarz. Indem ich solche schlichten Beobachtungen niederschreibe, wird es in mir angenehm leer: still und stumm. So halte ich mir auch all die altgewohnten, ermüdenden Erinnerungen und Szenen fern. Heute will ich sie nicht. Heute will ich hier, in London, sein und nirgendwo anders. In einer Stunde kommt Joe zu einem Tischtennisspiel her – wir haben uns angewöhnt, jede Woche zu spielen, und allmählich werde ich immer sicherer. Beim letztenmal mußte er sich ernstlich anstrengen, um wie üblich zu gewinnen. Die Überraschung in seinem Gesicht, als es mir zum erstenmal gelang, einen Ball zu schneiden – die genieße ich noch immer. Freundschaft hat so ungeheuer viele Gesichter.

Morgen in der Bibliothek nicht vergessen: Was *tut* Bernard mit seinen Freunden? Er spricht ständig von ihnen und denkt an sie – was tut er, wenn sie zusammen sind? Wie bewegen sie sich unter den Dingen?

28. August

Heute nacht träumte ich von Räumen, Zimmern, Gebäuden. Ich rannte treppauf und treppab: gewundene Wendeltreppen mit kalten Metallgeländern, breite, gerade Treppen, steinerne Außentreppen, moosbewachsen, knarrende Holztreppen in alten Katen. Dann gab es mehrere Sequenzen, in denen ich in verschiedenen Räumen mit Menschen zusammensaß. Es gab ein riesengroßes Zimmer, wo die Sonne auf einem buttergelben Parkettboden glänzte; ein schmales Zimmer, das auf einen Balkon hinausführte, wo weiße Stoffbahnen flatterten; eine kleine Kammer mit Dachschrägen und dunklen Astlöchern in den Wänden. Überall begegneten mir Menschen, aber ich weiß nicht mehr welche, sie hatten für mich keine Gesichter. Wir sprachen auch nicht miteinander. Der Traum bestand vor allem darin, in diesen verschiedenen Zimmern und Durchgängen zu sein und sie zu durchqueren.

In meiner Wachheit herrscht Schweigen – wunderbar! Nach dem Regen der letzten Tage ist der Garten stiller geworden, wie gedämpft, feucht. Gestern habe ich Joe beim Tischtennis besiegt. Er war zerknirscht, wurde ganz bleich. – Du hast es mir beigebracht, sagte ich. Da lachte er. Wir tranken Bier und redeten ziemlich viel. Er erzählte, er habe ein Verhältnis mit Laura gehabt (das wußte ich nicht), es habe aber nicht lange gehalten. Er habe ihre Angewohnheit nicht ertragen, alles subjektiv zu interpretieren, sagte er. Zuerst verstand ich nicht, was er meinte – wie kann man umhin, subjektiv zu sein? –, und fühlte mich auch Lauras wegen ein wenig gekränkt. Das ist es ja gerade, was ich so an ihr mag: daß sie persönlich ist, sich stets selbst aufs Spiel setzt und lebt, was sie denkt. Aber Joe fand es erstickend, daß sie jede Situation, jedes einzelne Ding sogar, ausschließlich zu sich selbst in Bezug setzte. – *You have to forget yourself sometimes and try to look at things objectively*, sagte Joe mit seiner nasalen Baßstimme. Ich fühlte mich ein wenig getroffen. Vielleicht ist das Objektivität: sich selbst vergessen? Interessant, diesen Gedankengang auf Bernard in *Die Wellen* anzuwenden.

Apropos vergessen: Gestern war ich mit F. am Trafalgar verabredet. Ich habe es *total* vergessen! Ich war nicht einmal zu Hause, ich war in der Bibliothek, und später wollte Joe kommen. Weiß auch nicht, wo ich ihn erreichen kann. Das ist ein historisches Ereignis, noch *nie* habe ich F. vergessen (er hingegen mich, mehrmals). Unbewußte Rache? Es ist mir egal. Vielleicht wollte ich ihn nicht treffen? Das ist mir auch egal. Er ist so fern, verschwommen. Erst heute ist es mir eingefallen. Ich frage mich, wie er wohl aussah, als er da inmitten der widerlichen Taubenschwärme stand und wartete? Tatsache ist, auch das ist mir egal. In diesem Moment ist es fast, als gäbe es ihn nicht oder habe ihn nie gegeben. In diesem Moment bin ich hier in meinem stillen Zimmer und denke nach. Habe beim Tischtennis gewonnen. Habe Bücher zu lesen. Das ist alles. Die Katze des Nachbarn schubst mein Fenster an, ich muß ihr aufmachen.

Es war ein kühler Novemberabend, und draußen schüttete es in Strömen. Miss Amelia kauerte in Natalies großem Sessel und stocherte bedächtig mit dem Feuerhaken in der Glut. Natalie schenkte ihnen Tee nach. Sie hatten so lange schweigend beieinandergesessen, daß Amelia zusammenzuckte, als Natalie plötzlich das Wort ergriff.

– Ich habe mich jetzt entschieden, ich werde eine Ausstellung machen, sagte sie ruhig mit ihrer dunklen Stimme und stellte die Teekanne zurück auf den Tisch.

– Wie schön! rief Amelia aus, mit den Porträts oder vielleicht auch mit den anderen Bildern? Und *wann* und *wo*?

Ihr Eifer steckte Natalie an, die lächelnd antwortete:

– Ich habe mit Mr. Jenkins gesprochen, seine Galerie ist ab Mitte Dezember frei. Er hat meine Bilder gesehen und vorgeschlagen, daß wir uns auf die Porträts konzentrieren, er findet die früheren Bilder weniger originell. O Amelia, ich bin so nervös – was werden all die Leute dazu sagen, wenn sie sich selbst auf diese Weise sehen?

– Alle werden vielleicht nicht überglücklich sein, sagte Amelia und dachte an ihr eigenes, aber sie sind wirklich sehr gut, Natalie, und verdienen es, daß man sie ausstellt. Ich glaube, du mußt dir keine Sorgen machen, keiner wird zugeben wollen, einen weniger schmeichelhaften Zug von sich selbst in den Bildern zu entdecken.

Natalie lachte.

– Da hast du sicher recht. Vorsicht – da ist ein Stück Glut aus dem Kamin gefallen! Dort, neben dem Teppich! Wie ist es übrigens mit deinem Roman gegangen? Du hast schon lange nichts mehr davon erzählt.

– Eleanor? sagte Amelia und klopfte mit dem Feuerhaken auf die Glut, bis sie erlosch. Oh, es ist über Erwarten gut gegangen. Mr. Finkle war ganz außer sich. Letzte Woche habe ich bei ihm vorbeigeschaut, und da hat er gestanden, er habe den Roman eigentlich gar nicht veröffentlichen wollen – er habe überhaupt nicht daran geglaubt! Nun, der Roman hat sich offenbar unwahrscheinlich gut verkauft, er sprach davon, eine weitere Auflage drucken zu lassen. Tatsache ist, sagte Miss Amelia mit Schadenfreude in der Stimme, daß er schon *doppelt* soviel davon verkauft hat wie vom *Tal der Rosen*. Natürlich freue ich mich über das Geld, das will ich gar nicht leugnen, aber am meisten freue ich mich über all die Briefe, die ich bekommen habe. Die Leute scheinen den Roman wirklich zu mögen, das Phantastische darin spricht sie an – der Faun, das Einhorn – und daß er anders ist als die üblichen Mittelalterromane.

– Faune, ja, sagte Natalie nachdenklich und warf Amelia einen forschenden Blick zu, die sind natürlich ziemlich phantastisch.

– Oh, fang nicht wieder damit an, seufzte Amelia und nahm einen Schluck Tee, ich *habe* dir doch versichert, daß es die reine Wahrheit ist. Ich weiß, es klingt unglaublich, aber ich habe alles genau so erzählt, wie es war.

– Jaa, er war schon recht sonderbar, dein Sir Forrester, sagte Natalie zögernd, mit diesem Bart! Aber ein *Faun*, mit dem du eine Liebesgeschichte hast? Es fällt mir schwer, das zu glauben, weißt du.

– Ich weiß, murmelte Amelia, glaub doch, was du willst.

Nachdenklich rührte sie den Tee um und erinnerte sich in einem raschen Aufblitzen an Fritz' spöttische, glitzernde Augen. Natalie holte einen Skizzenblock und eine Kohlenkreide hervor; die Freundinnen saßen schweigend da und lauschten dem Trommeln des Regens auf den Fensterblechen, dem Knistern des Feuers und dem Schaben der Kreide auf dem Papier. Amelia streckte ihre Beine der Wärme entgegen und gähnte.

– Wollen wir nicht nach deiner Ausstellung zusammen verreisen, du und ich, sagte sie und folgte mit dem Blick dem Tanz der Flammen. Wir könnten nach Griechenland fahren oder nach Italien – irgendwohin, wo es warm ist! Was sagst du dazu?

– Wir könnten ein kleines Haus mieten, sagte Natalie träumerisch, nahe am Meer. Dann könnten wir arbeiten und lange Spaziergänge am Strand machen. Ich habe immer davon geträumt, nach Italien zu fahren – ja, das machen wir, Amelia!

– Nachdem ich jetzt so viel Geld habe, ist es ja durchaus möglich, sagte Amelia. Ich möchte gern für mich selbst aufkommen, weißt du.

– Mhm, murmelte Natalie und konzentrierte sich auf ihre Zeichnung, ich weiß. (Sie hatte schon mehrmals versucht, Amelia zu einer Auslandsreise einzuladen.) Aber wir können nicht vor dem 17. Februar fahren, ich habe Miss Pennymongler und dem Leutnant versprochen, an ihrer Hochzeit teilzunehmen.

– Ja, freilich, sagte Amelia mit einem leichten Erröten, also werden sie endlich heiraten?

– Das weißt du doch, das ist doch schon lange ausgemacht, sagte Natalie und runzelte die Stirn.

Eindringlich betrachtete sie ihre Zeichnung.

– Was zeichnest du denn, fragte Amelia neugierig.

– Dich. Ich habe mir gedacht, ich mache ein neues Porträt von dir, dieses alte taugt nicht mehr. Aber es ist schwierig, wenn du nur dasitzt und gähnst. Nein – du darfst es noch nicht sehen! – du mußt dich gedulden.

Amelia versuchte sich vorzubeugen, aber Natalie drückte den Skizzenblock an die Brust. Sie lachten.

Draußen fällt der Regen novemberkalt auf London; es ist gut, an einem solchen Abend zu Hause zu sein. Für uns ist es jedoch jetzt an der Zeit, Abschied zu nehmen, von den beiden Frauen und voneinander, und uns in die Nacht hinauszubegeben, ein jeder zu seiner eigenen Geschichte. Danke, lieber Leser, daß du uns so geduldig auf dieser Reise begleitet hast – mir war es ein Vergnügen, und ich hoffe, das gleiche gilt auch für dich.

Die Straßen glänzen naß im Licht der Laternen, es ist zweifellos ein gewaltiger Regen. Hier ist eine große Pfütze direkt am Fuß der Treppe – vergiß nur nicht den Regenschirm. Leb wohl! Vielleicht stoßen wir eines Tages an einer Straßenecke zusammen? Aber das ist eine ganz andere Geschichte.

1. September

Ich lerne sehen. Ich weiß nicht, woran es liegt, es geht alles tiefer in mich ein und bleibt nicht an der Stelle stehen, wo es sonst immer zu Ende war. Ich habe ein Inneres, von dem ich nicht wußte. Alles geht jetzt dorthin. Ich weiß nicht, was dort geschieht.

Malte Laurids Brigge wieder, natürlich. Dieses Buch ist ein wunderbarer Begleiter. Immer, wenn ich es lese oder nur darin blättere, treten mir neue Passagen entgegen und scheinen etwas zu sagen, was ausdrücklich an *mich* gerichtet ist, in dieser einzigartigen Situation, in der ich mich momentan befinde. Lesen lernen, wirklich lesen, das heißt vielleicht, mit einer Art von schlafwandlerischer Sicherheit seine Fähigkeit zu schulen, das zu finden, was einen anspricht. Andererseits – warum muß man unbedingt alles benutzen? Nein, was ich meine, ist nicht eigentlich ein Benutzen, sondern eher eine *Begegnung* voller Staunen und großer Freude. Das Wiedererwachen der Hoffnung, daß der Zufall nicht nur blind ist, sondern auch ein Maß an Güte enthält.

(Erinnere mich an das erste Mal, als ich den *Malte* las, in der Kammer über den Dächern, dieses ungeheure Staunen: Kann jemand so schreiben? Hat jemand außer mir diesen Blick gehabt? Ein Wiedererkennen, aber auch eine große Dankbarkeit, weil seine Worte es mir ermöglichten, mich selbst deutlicher zu sehen.)

Lernen. Jetzt bin ich wieder da angekommen. In den letzten

Tagen habe ich begonnen, mir vorzustellen, dies alles müsse in einer Gegenbewegung zu den Dingen stattfinden. Statt das, was man sehen will, eindringlich zu betrachten und hartnäckig zu versuchen, es zu *verstehen*, sollte man vielleicht einfach den Blick öffnen, ihn bis an die Schmerzgrenze erweitern und alles nur hineinstürzen lassen. Groß und klein, triviale Einzelheiten und bedeutungsvolle Ereignisse: absichtslose Gesten, aus ihrem Zusammenhang gerissene Gegenstände, Farben, Formen, Plunder, Gesichter – alles! Es einfach durch sich hindurchströmen lassen, ohne eine Absicht mit dem zu haben, was man sieht; es in sich hineinfallen und sich davon verändern lassen. (An dieser inneren Stelle, an der man nicht weiß, was geschieht.) Wie Joe neulich abend sagte, »objektiver« sein. Allerdings in dem Sinn, daß man sich zum Objekt der Welt macht: sie voraussetzungslos annimmt und das ewige »Warum« des Subjekts aufgibt. Vielleicht kann man erst dann Dinge und Menschen *an sich* sehen, ohne sie ständig mit den Wünschen des eigenen Ichs zu besudeln. Das ist natürlich unmöglich, im strengen Sinn vielleicht nicht einmal wünschenswert, aber auch das Streben nach dem Unmöglichen verändert einen durch die Bewegung hin zum Unerreichbaren.

Die Schwester kann ich so sehen, glaube ich, zumindest zum Teil. Vielleicht, weil wir auf eine so dunkle und unklare Weise miteinander verbunden sind, daß wir uns nicht ineinander spiegeln müssen – möglicherweise haben wir eher das Bedürfnis, uns gegeneinander abzugrenzen. Aber Rakel, Rakel ... Vielleicht ist das in Wirklichkeit meine »Schuld«. Aber ich will es nicht mehr als Schuld sehen (erinnere mich jetzt an ihre Worte in Lissabon), das entfernt uns nur voneinander. Könnte man statt dessen nicht »Verantwortung« sagen? Die Verantwortung, die wir für jene haben, die wir lieben.

Heute abend habe ich im Tagebuch herumgelesen: überall Notizen über Rakel und Betrachtungen über sie. Aber wenn ich das lese, sehe ich nur mich selbst. Wo ist Rakel in alledem?

Heute habe ich auch eine Karte von ihr bekommen, endlich. Die Abbildung zeigte die Ikone mit Joachim und Anna, vor der wir so oft im Nationalmuseum gestanden haben. Auf der Karte stand:

Die Wirklichkeit ist doch die beste Version der Welt. In all ihrer Unvollkommenheit und Unfertigkeit übertrifft sie schließlich alle meine Versuche, sie zu ersetzen. Ich fange jetzt an, deutlich zu werden. Kommst Du bald nach Hause?

Rakel

Ja, ich werde bald nach Hause fahren. Es gibt für mich keinen Grund mehr hierzubleiben.

Rakel erwacht: die Sonne fällt in einer breiten Bahn auf den dunklen Holzfußboden des Schlafzimmers, Staubkörnchen flimmern in der Luft. Sie erwacht langsam, muß sich jeden Tag behutsam in die Welt hineintasten. Das Zimmer ist morgenhell, vom Bett aus sind die vertrauten Gegenstände auf dem Nachttisch zu sehen; ein aufgeschlagenes Buch, ein grünes Gummiband, Aschenbecher, Teetassen, der Ohrring aus Jett, ein zerknülltes Papiertaschentuch. Dahinter das blanke Licht des Morgens im Rechteck des Fensters.

Gleichzeitig: stehe in einer kompakten, sanften nächtlichen Dunkelheit in der Tür zum Kücheneingang, ungeheuer müde. Die Tür zum Badezimmer ist offen; ein bleiches, übriggebliebenes Licht zittert im Spiegelglas. Der Körper ist schwer und unwillig, von der Straße her ist ein Auto zu hören, das beschleunigt.

Beide Perspektiven sind gleichermaßen wirklich: ein Raum und eine Zeit mit jedem Auge. Muß sie zusammenbringen, beide Welten ineinandergleiten lassen, die Augen dazu zwingen, daß sie sich einigen. Es ist nicht eigentlich unangenehm, eher eine Frage des Vertrauens, eine leichte Berichtigung des Blicks. Die Augen sehen, was sie sehen, aber der Wille ist stärker, der Wille, die Welt als einen Ort zu erschaffen, der bewohnbar ist.

Rakel erwacht an einem Vormittag, steht auf, zieht sich an und geht aus, um zu frühstücken. Mit leichten Schritten läuft sie die Treppen hinunter, hinab in den Spätsommer, hinab in ihre Stadt. Öffnet mit raschem Griff die Haustür und tritt auf die

Straße hinaus. Die Sonne wirbelt den Asphaltstaub auf, der Tag ist schon in vollem Gang, aus der Konditorei an der Ecke riecht es nach Brötchen. Jemand ruft ihren Namen:

– Rakel!

Eine junge Frau mit langen dunklen Haaren kommt ihr entgegen; ein Gesicht, das vage Erinnerungen weckt und angenehm ist. Die Frau ist jetzt ganz nah und lächelt zurückhaltend.

– Hallo, erinnerst du dich an mich? Annas Schwester.

– Ja, du kamst mir gleich bekannt vor, dein Lächeln vor allem. Aber es ist lange her, daß wir uns getroffen haben – du hast dich verändert. Wohnst du hier in der Nähe?

– Mein Freund wohnt gleich um die Ecke, auf der Sibyllegatan.

– Hast du von Anna gehört?

– Ja, ich habe einen Brief bekommen, das ist schon eine Weile her. Und du – du warst doch zuerst mit ihr in London?

– Mhm, aber nur ein paar Tage. Ich habe lange in Italien gelebt und wollte nach Hause.

Rakel schaukelt auf den Zehen und steckt die Hände in die Jackentaschen. Die Schwester streicht die langen Haare nach hinten, und so bleiben sie einen Augenblick unentschlossen stehen. Soll man sich trennen, sagen: Tschüs, wir sehen uns, grüß Anna, rasch um die Ecke gehen und wieder in seiner eigenen Welt sein, oder soll man die Begegnung zu einem Ereignis machen, das einen durch den Tag trägt? Es ist ein Tag für überraschende Begegnungen, entscheidet Rakel, und die Schwester sagt:

– Wohin bist du unterwegs? Gehen wir ein Stück zusammen?

– Ich wollte in Djurgårdsbrunn frühstücken gehen, antwortet Rakel, hast du Lust mitzukommen?

Die Schwester nickt, und sie gehen langsam hinunter zum Nybroplan. Über dem Wasser segeln die Möwen, und der Siebenundvierziger-Bus startet geräuschvoll an der Haltestelle. Sie gehen zum Kai hinunter und sehen einander hin und wieder an, verstohlen. Als sie schließlich das Wort ergreifen, geschieht es gleichzeitig:

– Meinst du, es ist ihr gutgegangen in London …

– Was hat sie dir in dem Brief geschrieben?

Sie lachen, erleichtert darüber, daß sie wissen, was sie wollen und woran die andere denkt. Sie gehen auch gut miteinander, mit gleich langen Schritten, und in raschen Atemzügen nehmen sie den Geruch von Holz und Tauwerk der Segelboote in sich auf.

– Ich habe den Eindruck, sie hatte über vieles nachzudenken, und dann natürlich ihre Arbeit …

Sie entfernen sich immer weiter auf dem Kai, die eine schlank und kurzgeschnitten, die andere mit schweren Haaren, die auf ihrem Rücken tanzen, und wir sehen sie nicht mehr; aber wir wissen, daß es sie gibt. Es ist ein warmer Spätsommertag mit klarer Luft, und der Wind weht vom Wasser herauf.